EIN ABGEZOCKTER SAUHUND

W0404779

Geboren und aufgewachsen ist Roland Krause in Lindau am Bodensee. Nach einigen Jahren in Nürnberg lebt und arbeitet er heute in München. Die düsteren Winkel der Großstadt bilden auch den Hintergrund seiner Krimis. Roland Krauses Romane und Erzählungen sind atmosphärisch-dichte Milieustudien, in denen er das Dasein von Außenseitern und schrägen Charakteren beleuchtet.

Dieses Buch ist ein Roman. Handlungen und Personen sind frei erfunden. Ähnlichkeiten mit lebenden oder toten Personen sind nicht gewollt und rein zufällig.

ROLAND KRAUSE

EIN ABGEZOCKTER SAUHUND

Kriminalroman

emons:

LChoice
Hier bestellen
Lust auf mehr? Laden Sie sich die »LChoice«-App runter, scannen Sie den QR-Code und bestellen Sie weitere Bücher direkt in Ihrer Buchhandlung.

Bibliografische Information der Deutschen Nationalbibliothek
Die Deutsche Nationalbibliothek verzeichnet diese Publikation in der Deutschen Nationalbibliografie; detaillierte bibliografische Daten sind im Internet über http://dnb.d-nb.de abrufbar.

MIX
Papier aus verantwortungsvollen Quellen
FSC® C083411
FSC www.fsc.org

© Emons Verlag GmbH
Alle Rechte vorbehalten
Umschlagmotiv: Roy Bishop/Arcangel.com
Umschlaggestaltung: Nina Schäfer, nach einem Konzept von Leonardo Magrelli und Nina Schäfer
Umsetzung: Tobias Doetsch
Gestaltung Innenteil: César Satz & Grafik GmbH, Köln
Lektorat: Carlos Westerkamp
Druck und Bindung: CPI – Clausen & Bosse, Leck
Printed in Germany 2020
ISBN 978-3-7408-0947-8
Originalausgabe

Unser Newsletter informiert Sie regelmäßig über Neues von emons:
Kostenlos bestellen unter
www.emons-verlag.de

Dieser Roman wurde vermittelt durch die Literaturagentur Gerald Drews, Augsburg.

Als sie guter Dinge waren,
sagten sie: Ruft Samson her, wir wollen
unseren Spaß mit ihm treiben.
Das Buch der Richter 16,25

EINS

Ausruhen. Nur ein bisschen ausruhen, dann wird es wieder gehen. Er darf hier nicht liegen bleiben. Nicht zu lange. Rosi würde sich Sorgen machen. Er muss Kraft schöpfen. Kraft braucht er. Aber es tut weh, verdammt weh.

Er schließt die Augen, die Atemzüge fallen ihm schwer, als würde ein gewaltiges Vieh auf der Brust sitzen und sie zusammenquetschen.

Er muss hochkommen, um es abzuschütteln und durchzuatmen. Er sieht sich gehen, nach Hause, sieht, wie seine Rosi ihm zulächelt. Die Wohnung riecht nach frisch gebackenen Muffins, mit Blaubeeren, die mag er am liebsten.

Gleich, gleich wird er losgehen.

Stimmen dringen zu ihm durch – das Lachen eines Kindes, das heisere Kläffen eines Hundes. Er bewegt lautlos die Lippen, versucht, fliehende Gedanken aufzuhalten. Wohin nur? Weiter unten fließt der Auer Mühlbach vorbei, dort pulst das Lebendige. Seine Hand ertastet die Rinde eines Baumes, krallt sich daran fest. Er kann das Rauschen des Verkehrs auf der Ludwigsbrücke hören. So nah, so unerreichbar.

Niemand wird es bekommen. Er hat es nicht verraten. Kein Wort. Sein Mund war verschlossen. Er wird es später holen.

Warum ist seine Hand nass? Es hat nicht geregnet. Er hält sie sich vors Gesicht. Das ist sein Blut. Alles ist voller Blut. Nichts hat er gesagt. Es ist kalt. Er zittert. So schrecklich kalt. Nichts.

Seine Augenlider, sie sind so schwer. Zu schwer, um sie zu öffnen. Schwärze ist um ihn. Nur ausruhen. Wenn nur dieser teuflische Schmerz nicht wäre.

Er hustet, stößt die Luft aus. Sein Brustkorb hebt sich noch einmal – ein letztes Mal.

ZWEI

Mein Name ist Simek. Samson Simek. Jetzt könnte wer fragen: Was für ein beschissener Name ist Samson? Was haben sich die Eltern dabei gedacht? Von ihnen selbst konnte ich das nie erfahren, als ich die ersten Worte zu stammeln gelernt hatte, waren sie längst verschwunden. Mein Onkel hat mir erzählt, die biblische Geschichte habe damit nicht die Bohne zu tun.

Ich bin nach einem anderen Samson benannt. Samson Ellis Burke. Den kennt heute keine Sau mehr. Zu Recht, er war Rechtsausleger mit Glaskinn. Meinen Großvater hat er reich gemacht. Ein verschobener Boxkampf und eine bestens platzierte Wette. Samson war klarer Favorit gegen einen viertklassigen Schweizer Schwachmaten, ging aber in der zweiten Runde theatralisch auf die Bretter. Klassischer K. o., und Großvater hat richtig abgesahnt. Fünfzigtausend Deutsche Mark.

Später hat sich ein Unbekannter als schlechter Verlierer erwiesen und Burke eine Kugel hinters linke Ohr gejagt, nachdem er ihm alle restlichen Zähne ausgekloppt hatte. Das waren bestimmt nicht mehr als zwei oder drei. Burke hat es überlebt, wusste danach aber nicht mehr, dass er Burke war und ein Apfel ein Apfel. Tragisch. Na ja, Apfel war ihm eh zu hart.

Mit der mühevoll verdienten Kohle hat mein Großvater sich selbstständig gemacht. Autohandel Simek. Die Klitsche lief ordentlich, und vielleicht wäre ich ohne Samson Ellis Burke nicht gezeugt worden.

Meine Großmutter hat der alte Simek nämlich kennengelernt, als sie ein Auto bei ihm kaufen wollte. Ich glaube, in den sechziger Jahren hatten Frauen, die ohne Mann an ihrer Seite beim Autohändler vorbeikamen, Seltenheitswert. Das hat Großvater imponiert. Er hat seine Chance genützt.

Den altersschwachen DKW Junior, für den ihr Erspartes gereicht hätte, verkaufte er ihr nicht, armselige Bremsen, doch bei der Probefahrt haben sie meinen Vater fabriziert. Ungelogen, auf der Rückbank einer Rostlaube – Liebe auf den ersten Fick, oder so.

Für diese Story kann man schon mal Samson heißen, oder?

Bevor meine Oma ruckzuck schwanger und Frau Autohändler geworden war, hatte sie einige Bügelstellen. Dafür gab es wenig Geld, aber die Hausherren haben ihr reichlich zugesteckt, um sie flachlegen zu dürfen. Die Nachfrage war so groß, dass sie begonnen hatte, anpackende, junge Mädchen an verknitterte Herren zu vermitteln. Das Geschäft war einträglich, sodass sie es nach der Heirat erfolgreich weitergeführt und ausgebaut hat.

Manchmal, wenn ich über diesen Teil meiner Familiengeschichte nachdenke, könnte ich richtig wehmütig werden. Alles war so unkompliziert und an seinem Platz.

Ja, mit der Ordnung war es später nicht mehr weit her.

Als meine Großmutter gestorben war und der alte Simek auch nicht mehr wusste, was man mit einem Apfel anfangen kann, haben mein Vater und mein Onkel den Laden geschmissen. Und jetzt wird es doch biblisch. Grobrichtung Kain und Abel. Mein Onkel hatte den Riecher und die Richtung vorgegeben. Das muss meinem Vater gewaltig auf den Zeiger gegangen sein, er war der Ältere, wenn auch nur um ein Jahr und zwei Monate. Er wollte seinem Bruder und sich beweisen, dass er genauso viel draufhatte, und schaffte es mit wenig Glück und krummen Geschäften, das Firmenkapital zu verdampfen.

Eines Tages ist die Sache aufgeflogen, die Bullen und das Finanzamt klopften an, Autohandel Simek war am Ende und mein Vater weg. Es gab Gerüchte, denen zufolge seine Geschäftsfreunde sich seiner endgültig entledigt hätten. Böse Zungen behaupteten, mein Onkel habe seine Hände im Spiel gehabt, aber das ist wohl ein Märchen.

Meine Mutter hatte zu der Zeit mich Satansbraten in der Röhre, und mein Onkel musste kleinere Brötchen backen. Schrottreife Autos reparieren und verticken, mieser Ruf, mieses Gelände, miese Lage.

Bald darauf hat meine Mutter sich meiner entledigt, den Kinderwagen vor die Werkstatttür gerollt und ist abgehauen. Mein

Onkel meinte, sie sei in die Isar gesprungen, eine alte Freundin will sie Jahre später auf Kreta gesehen haben. Von Weitem am Flughafen Heraklion.

Bei einem jedoch sind sich alle einig: Wenn sie mich vor Augen haben, sehen sie den faulen Apfel, der nicht weit vom Stamm gefallen ist. Aber ganz ehrlich, mit Ende zwanzig hatte mein Vater mehr Geld verballert, als ich je in Händen hatte. Irgendwann, da bin ich mir sicher, wird es die eine Gelegenheit geben, die alles verändert. Und ich werde zuschlagen.

Wenn ich eines weiß, dann, dass Gelegenheiten nicht einfach so herumliegen wie leere Bierdosen am Isarufer. Sie klopfen auch nicht bei dir an und rufen: »Hey, Digga, mach auf. Ich bin's!«

Du musst losziehen, sie aufstöbern und zupacken. Wenn du Pech hast, packen sie dich und machen dich fertig, aber ohne Risiko bleibt der Pot leer.

Heute wäre es verdammt notwendig, dass der Tag eine Chance rausrückte, und wenn's nur um 'ne kleine Sache ginge. Warum nicht? Er ist so gut und billig wie jeder andere. Ein ganz normaler Samstagmorgen, und die Sonne lacht sich eins. Es soll Menschen geben, für die ist beides eine freudige Botschaft. Zu denen gehöre ich nicht. Gegen das Lachen hilft mir meine dunkle Ray-Ban. Gegen den Morgen ist kein Kraut gewachsen, außer du hast Weed zur Hand. Wer das für eine ausbaufähige Tageszeit hält, dem schenke ich sie.

Trotzdem hab ich mich aus dem Bett geschält, mich aufgerafft und bin in die Isarvorstadt gefahren. Mehr oder weniger freiwillig. Hat sich mal wer gefragt, warum der Unterschied zwischen Sorgen und Morgen nur aus einem mickrigen Buchstaben besteht? Hat seinen Grund, sie sind verwandt, die beiden Scheißerchen.

Ich bin auf dem Weg, um Stani einen Besuch abzustatten. Er ist eine Drecksau, gleichwohl eine große Nummer. Du musst tief gesunken sein, wenn du dich mit ihm einlässt.

Weil mir gerade die Scheiße bis zu den Ohren steht, ist Stanislav perfekt. Ich bin abgebrannt, ohne Aussicht auf Veränderung. Bevor ich an die eisernen Reserven gehe, muss ich was unternehmen. Stani ist meine allerletzte Quelle, falls ich auf dem Trockenen sitze.

Und wenn selbst mein Onkel bloß mit den Schultern zuckt, hab ich keine Wahl. Natürlich kam von dem die alte Leier, ich könnte bei ihm malochen. Schrauberjob. Beinahe legal. Aber Blaumann war noch nie meine Kluft.

Das Viertel hinter dem Bahnhof hat keinen Ruf mehr zu verlieren. Passt zu mir. Auf der Schwanthalerstraße schieb ich mich durchs Gedränge, vorbei an Dönerläden, Geldwechselstuben, billigen Hotels und noch billigeren Sexshops. Neben dem Gehsteig türmt sich der Verkehr auf, Blech an Blech, nichts geht mehr. Ein Notarzt steckt mittendrin, die Sirene jault hilflos vor sich hin.

Die Frühlingssonne hat das Volk aus allen Höhlen gelockt. Touristen, die Rollkoffer hinter sich herzerren, gockelnde Männerrudel, Freaks, die aussehen, als wär die Straße ihr Zuhause, und dazwischen, wie Fliegen auf der Torte, fettleibige Möchtegerns, die in ihre iPhones plärren und sich ständig den Schweiß von der Stirn tupfen.

Ich zünde mir eine Kippe an und geb mir Mühe, im Strom mitzuschwimmen.

Direkt vor mir platzt einem Großmütterchen die pralle Einkaufstüte. Pfadfinder-like bück ich mich und helfe ihr, die Tomaten und den anderen Kram vom Pflaster zu pflücken.

Die Alte achtet mit gerunzelter Stirn darauf, dass ich mir von ihrem Gemüse nichts einschiebe.

Ein paar Eckensteher haben sich aus ihrer saloppen Haltung gelöst und sind herbeigeschlendert, um das Geschehen aus der Nähe zu begaffen. Mit flackerndem Blick taxieren die Jungs, ob Schätze für sie abfallen könnten. Kleine Fische, die auf Bissen lauern. Findest du überall. Morgens haben die null Ahnung, wie der Tag für sie enden wird. Mit einem Haufen Scheine oder Smartphones, zugedröhnt, mit polierter Visage oder von den Cops einkassiert. Meistens Nummer drei und zum Nachtisch die vier.

Bevor das Weiblein davonhatscht, drückt es mir ein Erfrischungstuch in die Pfoten. Zitrusduft. Na, wenn das nicht fröhlich macht.

Während ich weitergehe, spiel ich kurz mit dem Gedanken, mir für meine letzte Kohle einen neuen Haarschnitt verpassen zu lassen. Folgenschwere Idee, falls dir dein Aussehen wichtig ist. Mit sieben Euro bist du dabei, Maschinenschnitt.

Der Friseur ist hier ein beliebter Treff. Alle naselang findest du einen. In den meisten »Salons« drängeln sich mindestens zwanzig Kurzgeschorene zum Reden und Zeitvertreiben. Männer unter sich. Es geht um Kohle und wie man sie ohne Ärger vermehren könnte. Jeder macht auf Schlaufuchs. Doch mit dem todsicheren Masterplan säße keiner herum und würde darüber quatschen, glaub mir.

An den Holztischen vor den Dönerbuden pfeifen sich die ersten Gestalten ihren Morgen-Raki ein, um in Form zu kommen.

Ich hab es nicht eilig, vielleicht kann ich wen auftun, mit dem es sich zu reden lohnt. Klar, das ist eine billige Ausrede. In Wirklichkeit zögere ich die Begegnung mit Stani hinaus. Vor ihm die Hosen runterzulassen, ist nicht gerade wie Weihnachten.

Im »Coffee Fellows« ist um diese Zeit Hochbetrieb. An der Theke hol ich mir eine Latte und pflanz mich an den letzten freien Tisch. Meine Augen klappern die Gäste ab. Keine einzige Lady, überall gestylte Bärtchen samt schwarzen Klamotten. Zwei Meter entfernt sitzt ein kahl geschorener Fleischberg, den ich kenne, vor seinem Cappuccino.

Ufuk macht in Autos und winkt mir augenzwinkernd zu, als wäre ich seine lang vermisste Olle. Den Hals schmückt ein neues Tattoo. Sieht aus wie eine Kreuzung aus Krabbe und Tintenfisch. Frutti di Mare, auch hübsch. Er ist allein und streicht sich ständig eine unsichtbare Haarsträhne aus der Stirn. Im Knast scheint er sich einen Tick zugelegt zu haben.

Ein Nicken muss genügen, und ich vertief mich in mein Smartphone. Als ich zum Klo gehe, folgt er mir.

Während Ufuk sich ausstrullt, schwafelt er von zwei nagelneuen Cayennes, an die er rankommen könnte.

»Hundertpro ohne Risiko, Samson!«

Vor ein paar Monaten hat er einen Maserati GranTurismo »gefunden«. Alles ist korrekt und safe abgelaufen. Wenn nicht seine Alte versucht hätte, das Gucci-Täschchen, das darin gelegen ist, samt Inhalt an einen Zivilbullen zu verticken. Hayır teşekkürler! »Nein, danke« kann ich in vielen Sprachen. Eiserne Regel: Zock nicht mit Pechvögeln. Sollte ich bei meinem Onkel mit Ufuks Porsche aufschlagen, hetzt der »hundertpro« seine Hunde auf mich.

Ich mach, dass ich zum Tisch komme, und trink meine Latte aus. Genug herumgedrückt. Es ist an der Zeit für Stani.

Sollte man dem Bahnhofsviertel einen Walk of Fame spendieren, Stani hätte dort seinen Stern. Der hat es zu was gebracht. In die Shisha-Lounge, in der er residiert, kann man nicht einfach reinlatschen, ohne an seinem Gefolge vorbeizukommen. Der Laden ist Fassade, damit Stani gechillt Pot rauchen und Hof halten kann. Wenn du nicht zu seinen Handlangern oder Spezln gehörst, solltest du darum einen Bogen machen. Nur für Mitglieder.

Im Pulk lungern sportlich gekleidete Gestalten neben dem Eingang herum und rauchen. Ihr Markenzeichen ist die gedämpfte Lautstärke, in der sie quatschen, als hätten sie Schiss vor Frau Lehrerin. Jeder von denen würde auf ein Full House in der Kralle bedenkenlos seine Schwester setzen. Das sind Jahre an Knast nebst verbeulten Jochbeinen vom Erfahrungsaustausch, und alles tanzt brav Polka, wenn Stani aufgeigt.

Umringt wird der harte Kern von ein paar Frischlingen, die mit wichtigtuerischer Fresse nach Schulterklopfen gieren und nach der großen Nummer. Jedes hungrige Ferkelchen drängt an den Futtertrog.

Stani kurbelt die Wirtschaft an, der Laden brummt.

Ein paar Ecken entfernt gibt's den Arbeiterstrich bei der Goethestraße, da stehen sie sich ab halb sieben die Füße platt, um sich für ein paar Ocken kaputtbuckeln zu dürfen. Für die armen Schweine beginnt am Morgen kein neuer Tag, sondern immer der alte, nur dreckiger und abgefuckter. Bis zum billigen Abgang.

Was haben die Jungs hier zu verlieren? Frag nach bei mir. Klar, wir alle zocken mit ’nem schäbigen Blatt, aber immerhin sind wir im Spiel, solang uns die Cops nicht rausnehmen.

Stanis Vorarbeiter, er nennt sich Major, verzieht die Visage, als er mich sieht. Es ist ein pickelvernarbter Schrank mit gegeltem Undercut und Adidas-Hose. Hochgezogen, wie er sie trägt, ist das sicher ungesund fürs Gehänge. Er macht schon lange für Stani das Grobe. Ich nenn ihn Igor. Da kann man nicht falschliegen.

Lässig will ich an ihm vorbei, aber er schiebt mir sein geräuchertes Fleisch in den Weg. Den Geruch könnte er unter der Marke »Wildes Vieh« als Parfüm verscherbeln.

»Was willst du, Samson?«, grunzt er, die Kippe zwischen den Lefzen bewegt sich unmerklich. Er mustert mich von oben bis unten. Bedrohung sieht für ihn anders aus.

Ich muss den Kopf in den Nacken legen, um ihm in die Augen zu schauen. Wenn ich eine Frau wäre, würde man »zierlich« zu mir sagen. Ich nenne es sehnig. Dazu trag ich mein Rotblond nicht wie einen englischen Rasen, sondern eher Richtung ungemähte Wiese. Das macht mich für die Jungs zum dreckigen Hippie.

»Na, was glaubst du?«, sag ich.

»Bin ich Priester? Glauben gibt’s hier nicht«, kontert er durchaus witzig.

»Scheiß drauf, ich will mit Stani reden. Sag es ihm.«

Er setzt einen Blick auf, als wär ich etwas, das an seiner Schuhsohle klebt. Bei Igor besteht das Risiko, dass dieser Fall eintreten könnte. Schau ihm in die Augen, und du ahnst, dass er als kleiner Furz einen Mordsspaß dabei hatte, Katzenbabys am nächsten Baum aufzuknüpfen.

»Und wer sagt dir, dass er auch mit dir reden will?«, knurrt er. »Du wartest.« Er dreht sich um und verschwindet durch den Eingang.

Auf mein freundliches »Hat jemand ’ne Kippe für mich?« krieg ich vom Rest der Crew nicht mal einen Blick aus Mitleid ab. Die schenken mir so viel Aufmerksamkeit wie einer der zerdrückten Red-Bull-Dosen auf dem Pflaster.

Als Igor auftaucht, sieht er aus wie die Steigerung von angepisst: Stani will mich sehen.

Er hat das falsche Grinsen aufgesetzt, das ich aus unserer gemeinsamen Schulzeit kenne. Ich erinnere mich, da waren wir neun oder zehn, da hat er das Pausenhofschutzgeld eingeführt. Zwanzig Cent pro Tag, und du warst auf der sicheren Seite. Nie so viel Geld, dass es wehtat. Das lief bestens, und es gab von Stani Kinokarten, Süßkram und andere Belohnungen für seine »Kassierer«.

Ich sollte Münzen abdrücken oder hätte, auf Bewährung, zu einem seiner Speichellecker aufsteigen können. Als ich das meinem Onkel erzählte, meinte der: »Willst du zu denen gehören, die bezahlen, oder zu denen, die Befehle ausführen?«

»Zu keinen«, da war ich mir sicher.

Mein Onkel hat genickt. »Dann ist ja gut.«

Am nächsten Morgen hab ich mit einem Taschenmesser Stanis Fahrradreifen aufgeschlitzt. Natürlich hat irgendein Lappen mich verpfiffen und seine Meute mich verdroschen. Am darauffolgenden Tag dasselbe Spiel. Wie zum dritten Mal seine Reifen dran glauben mussten, hatte ich Ruhe. Sie konnten mich noch sooft vermöbeln, ich würde nicht klein beigeben, das war Stani und mir klar.

Von diesem Moment an kamen er und sein »Clan« mir nie mehr blöd. Mein Onkel hat mitgekriegt, wie verbeult ich aus der Schule kam, aber ich hab die Klappe gehalten. Und er auch.

Stani hat die Schule früh geschmissen. Während ich mich zur Mittleren Reife geschummelt habe, hat er mit sechzehn mehr Kohle gemacht als jeder seiner Ex-Lehrer. Und mit achtzehn fuhr er einen nagelneuen Carrera. Dabei war ich sogar ein Jahr auf dem Gymnasium, aber mein Onkel und ich haben rasch kapiert, dass ich nur angeeckt bin. War für die Tonne und nicht fürs Leben.

»Setz dich, Samson.«

Ich tu es, und Stani schiebt mir seinen halb vollen Teller rüber. »Iss was.«

Um die Stimmung nicht zu trüben, schnapp ich mir eine Olive.

»Schaust gut aus«, sag ich dann.

Stani knipst das Grinsen aus. »Meinst du nicht, ich hab zugelegt?« Er klopft sich auf die Wampe. Er war nie ein Muskelpaket, war bereits in der Schulzeit mit Schwarte aufgepolstert. Den »Sport« hat er immer anderen überlassen. In feinem schwarzen Zwirn und lila Hemd hockt er vor mir. Ohne Bartschatten und fette Goldkette wäre er tauglich für jede Bank. Er brächte Knowhow mit.

»Ich hab keine Bewegung mehr«, seufzt er. »Andere Zeiten. Das geht heut alles so.« Er schnipst mit den Fingern. »Schau dort drüben, die pickligen kleinen Freaks. Kacken noch in die Windeln, aber schaffen richtig Asche für mich ran. In einer Woche mehr, als ich mit dem ganzen anderen Gedöns in einem Monat mache.«

Am Nebentisch sitzen zwei dürre Gestalten in ihre Laptops vertieft.

»Das Netz. Wenn du es gescheit anstellst, ist das eine Goldgrube, und du musst deinen Arsch nur noch zum Scheißen und Vögeln bewegen.«

Ich nicke.

Einer der Jungs schaut auf, durch mich hindurch und nippt von seiner Cola.

»Also«, meint Stani, »was willst du?«

»Ich brauche was zu tun, was schnell Kohle bringt«, sag ich, »irgendwas. Ich bin blitzblank.«

»Hey, Alter, deine Taschen haben zu große Löcher. Aber so ist es halt. Das Leben ist 'ne Hure. Nur wenn du Kohle hast, darfst du ran an ihren Speck.«

Hält er sich für Meister Yoda, oder was?

»Diese Stadt ist die Hure«, geb ich zurück.

So wie Stani lacht, weißt du nie, ob es Keuchhusten ist.

»Kannst du hacken?«, will er von mir wissen. »Kennst du dich im Darknet aus? Action auf der Straße ist dünnes Eis, Alter. Für 'nen Hunni finde ich sofort jemanden, der jeden lästigen Hurensohn filetiert, mit 'nem Lächeln in der Fresse. Und für die Hälfte bringt er dir den Dödel im Geschenkpapier. So läuft das ab. Jeder Loser kratzt sich Brösel von der verschissenen Torte. Draußen ist der Laden heiß gelaufen. Zu heiß. Bringst du das, ohne dir die Flossen zu verbrennen? Haben wir doch nicht nötig, Alter.«

Wir? Stani hat keine Ahnung, was ich schon gebracht habe, für ein paar Ocken. Besser, ich halte die Schnauze. Aber er weiß genau, wie es aktuell bei mir ausschaut. Ich muss nicken, seine Oliven fressen und mir seine Weisheiten to go reinziehen. Wenn du das nötig hast, bist du so weit unten, dass dir die Käfer in die Fresse spucken.

Er streckt mir die gespreizte Hand entgegen.

»Siehst du? Ich kann an jedem Finger zehn Schwachköpfe kriegen, die keine Fragen stellen. Und meine Angestellten in den Clubs? Die machen japanische Kampfscheiße, Yoga und joggen den halben Tag. Die koksen nicht und fressen nach Ernährungsplan. Hey, schau dich an, Samson, wir werden alle nicht jünger.«

»Ich dachte ja nur ...«

»Wenn das Denken so einfach wär, glaubst du nicht, es würden mehr ausprobieren?« Das Grinsen erscheint wieder. Er verleibt sich ein Stück Dolma ein und wischt sich die Finger an der Tischdecke ab.

»Warum steigst du nicht bei deinem Onkel ein?«, meint er kauend. »Autos sind ein gutes Geschäft.«

»Mhm.«

Sinnlos. Ich steh auf. »Du bist tatsächlich fetter geworden, man sieht's am Kinn«, sag ich und wende mich zum Gehen.

Er lässt mich bis zum Eingang hatschen, bevor er mit den Fingern schnipst. Ich bleib stehen wie ein folgsames Muli.

»Da fällt mir ein, Pauli ist doch ein alter Kumpel von dir«, ruft er. »Wart ihr nicht Partner bei 'ner Hotelmasche?«

Brav trab ich zu ihm zurück. »Pauli? Das war in 'nem früheren Leben.«

Wenn ihm das nicht gerade eingefallen ist, spielt er gut. Aber er ist Stani, also führt er was im Schilde.

»Die Sache ist die: Er schuldet mir was. Und meine Jungs können ihn nicht aufstöbern. Du könntest dich umtun, in welchem Loch er sitzt. Gibt ’nen Hunni, und noch einen, wenn du ihn gefunden hast. Vor dir versteckt er sich nicht, dir vertraut er. Richte ihm aus, er soll sich keine Sorgen machen, er soll sich einfach bei mir melden. Bald. Sehr bald. Okay?«

»Hat er ein Problem?«

»Ach was – es geht ums Prinzip, Alter. Du weißt schon, Gefallen für Gefallen. Kein großes Ding. Mein Wort.«

Ein Hunni ist ein Hunni. Und falls er Stani gelinkt hat, ist das seine Sache. Er kennt die Konsequenzen so gut wie jeder andere. Und ich soll ja nur mit ihm reden und nicht die Finger brechen, also was? Finger brechen geht unter Freunden eh nicht unter dreihundert.

»Okay, ich mach’s.«

Er steckt mir den Schein zu und lächelt.

Ich schnapp mir eine Olive und mach mich auf die Socken, während sich Stani seine persönliche Weed-Mischung in den Shisha-Topf stopfen lässt.

Pauli wohnt in Neuperlach. Zumindest hat er da gewohnt. In dieser Stadt ziehst du nicht so schnell um, es sei denn, sie tragen dich im Sarg raus. Wo willst du hausen, wenn deine Wohnung weg ist? Selbst unter den Isarbrücken wird’s eng. Es kommt die Zeit, da stehst du mit der Knarre am Fenster, wie im Western, und verteidigst deine lausige Bude gegen all die zockenden Aasgeier. Und selbst wenn du verlierst, lohnt es sich, ein paar der Figuren mitzunehmen.

Pauli war ein Gewohnheitstier. Ich bin sicher, ihn bei seiner alten Adresse zu erwischen, es sei denn, er wäre reich geworden oder müsste untertauchen.

Ich brauche Zeit, um nachzudenken, über die Verbindung zwischen ihm und Stani. Dazu will ich weder im Stau vermodern noch meinen Tank leer fahren, besser ist es, die U-Bahn zu nehmen.

Ich marschier zum Bahnhof, schlängle mich dort durch die Rollkofferarmee samt all den fragwürdigen Gestalten, die miesere Absichten haben, als zu verreisen, und trab die Treppen hinab ins Untergeschoss. Immerhin hab ich 'nen Hunni in der Tasche. Leicht verdientes Geld ist nie verkehrt. Dass es ein Job von Stani ist, lässt mich kalt.

Auf die U5 muss ich nicht lange warten.

Kaum bin ich drin, mach ich es wie alle anderen, zücke mein Smartphone samt Kopfhörer und beglotz das Display. Auf YouTube such ich mir Tito & Tarantula. Passt als Soundtrack. Meistens wenn ich U-Bahn fahre, denk ich an Zombies. Hör dir »After Dark« an und stell dir vor, wie sich alle von den Sitzen hochstemmen und dich mit leeren Augen anstarren. Langsam stapfen sie näher und näher an dich heran. Überraschen würde mich das nicht. Die Band lässt sogar mein Onkel gelten. Der hat allerdings mit Untoten nichts am Hut.

»Hört sich wenigstens nach Leben an«, hat er mal kommentiert, »und nicht nach dieser Plastikscheiße.«

Dort, wo ich hinfahre, kann man auch mit beiden Händen voll ins Leben greifen, wenn man nicht Schiss davor hat, dass sie dreckig werden.

DREI

Natürlich hab ich bei Stani keine Fragen gestellt. Wozu? Ich hatte üblere Jobs. Viel üblere.

Eigentlich mach ich alles.

Nein, das ist falsch!

Ich mach fast alles, solange die Bezahlung stimmt.

Neun Stunden am Tag für ein paar Kröten den Affen zu geben, fällt unter »fast«, und die Werkstatt meines Onkels. Wenn du für ihn rödelst, bist du dir sicher: Sklaverei ist legal. Seine beiden Leibeigenen kennen es nicht anders. Dimitri und Josep waren immer da. Schon als ich klein war. Erledigen den Job und halten die Klappe. Zum Dritten im Bunde will ich nicht werden. Zwei Affen sind genug.

Ach ja – alles, was mit Fischen zu tun hat, fällt auch aus. Vor Kurzem hatte ich nämlich was am Laufen mit einer Frau, die an der Fischtheke gestanden hat. Nicht einmal Fischfabrik – aber hey, da war immer eine leichte Spur von Seetang in der Luft. So stellt man sich eine Meerjungfrau vor, ich meine, den Geruch. Abgesehen davon war Liane, so hieß sie, üppiger gebaut. Keine Schuppen, fleischige Schenkel. Und du weißt, mit den Fingern, die sie gerade um deinen Willi legt, hat sie vor ’ner Stunde einen Bückling gepackt oder Gekröse aus einem Karpfen gerissen. Die Fische haben sich mehr und mehr in meine Gedanken geschlichen.

Einmal bin ich mittags in die U-Bahn gestiegen, das Volk hat sich reingequetscht und gestapelt wie immer, und ich dachte mir, wir alle sind ein verdammter Makrelenschwarm und hüpfen freiwillig in die Dose. Vielleicht Zombie-Makrelen. Nein – gesagt hab ich es Liane nie direkt, eher laut darüber nachgedacht.

Blumenhändlerin, das wär perfekt, oder eine Frau aus der Parfümerie. Aber jemanden aufzutun, mit dem du ohne Theater durch den Tag treiben kannst, ist so wahrscheinlich wie ’ne Goldader in deinem Keller.

Der gute Pauli hatte bereits seine Rosi, als ich ihm zum ersten

Mal begegnet bin. Ich bin gespannt, wie es mit den beiden steht. Wie ich Pauli kenne, hat er diese Gewohnheit behalten. Rosi war früher in einem SB-Backshop an der Kasse, ob er den Duft frischer Semmeln in der Nase hat?

Ich muss vom U-Bahnhof Neuperlach-Zentrum nicht weit hatschen. Kafkastraße. Die ist in keinem Reiseführer. Wenn du dort aufschlägst, weißt du, warum.

Paulis Ecke hat wahrscheinlich nie an besseren Zeiten geschnuppert. Ein grauer Klotz von vielen, die sie in den Siebzigern hingepappt haben. Schaut aus, als hätte sich ein Architektenrudel in Tetris für Arme versucht.

Auf der Hundekackwiese rostet eine einsame Schaukel vor sich hin. Die Balkone sind orange gestrichen, die Farbe heißt bestimmt »Koralle« oder »Sonnenuntergang«. Aus einem Fenster im Erdgeschoss lehnt sich eine Kunstrothaarige in Kittelschürze und pafft. Ihre Oberarme ähneln wabbeligen Schenkeln, und ihr Vorbau hat sich über das Fensterbrett ausgebreitet wie X-large-Dampfnudeln. Von irgendwoher hör ich eine Töle kläffen und ein Baby schreien. Das wird hier aufwachsen und mit etwas Pech nie aus der Gegend verschwinden. Und irgendwann hängt es auch paffend seinen Schädel aus dem Fenster und so weiter und weiter, bis zum jüngsten Tag.

Die Dicke schnippt die Kippe in die Hecke und gähnt mit aufgerissenem Mund. Wie sie mich sieht, streicht sie sich die Haare glatt.

Pauli macht wohl auch alles, aber »alles« scheint nicht viel Asche zu bringen. Am Klingelschild sehe ich, dass er hier noch zu wohnen scheint. »Schmitzer«. Bei den meisten anderen Namen gäbe es ’nen Knoten in der Zunge.

Ich drück die Haustür auf und versuche mich leise und unauffällig zu bewegen.

Der Hausflur ist abgewanzt, und das Gekritzel an den Wänden findest du auf jedem Lokus der Welt. Dem Gemäuer merkst du an, dass die Abstellgleise hinführen. Das kommt mir bekannt vor, ist original wie bei mir zu Hause am Piusplatz.

Es gibt Ecken und Häuser, da willst du keine Bekanntschaften machen und bist happy, wenn alle sich um ihren Kram kümmern. Andererseits wohnen hier bestimmt angenehmere Leute als dort, wo um jedes Heim eine stramme Hecke wächst und sie dich mit schrägen Blicken beschmeißen.

Apropos Blick, die Kapuze meines schwarzen Quicksilver-Hoodies hab ich bis in die Stirn gezogen, alte Gewohnheit.

Es ist düster, als würde die Nacht früher aufschlagen. Hier gibt es kein Morgen, geht es mir durch den Kopf, und ich frag mich, wo ich das aufgeschnappt hab. Hat was Poetisches.

Kurz bevor ich im ersten Stock angelangt bin, hör ich Geräusche. Jemand räuspert sich und schnauft heftig aus. Vorsichtig späh ich um die Ecke. Da verharrt ein Typ vor einer geschlossenen Wohnungstür.

Halbglatze, um die sechzig, samt rot kariertem Hemd. Ich fass es nicht! Er hat tatsächlich eine Umkehroptik in der Bratze und starrt durch den Türspion. Ich kenn mich aus mit dem Shit, unauffällig und schweineteuer, diese Miniglotzer. Willst du wissen, was in einer Wohnung abgeht – brauchbares Gadget. Mir ist klar, was der Alte hier treibt. Mitten am Tag!

Er scheint Glück beim Spannen zu haben. Wahrscheinlich hat er seinen Fisch zum Rubbeln aus der Cordhose gekramt. Das ist erbärmlich, bis unter die Grasnarbe. Ich kann nicht einfach an ihm vorbei. Eigentlich will ich nicht von Gott und der Welt gesehen werden, andererseits …

Indianermäßig pirsch ich mich heran. Lautlos, Schritt um Schritt, bis ich dicht hinter ihm bin.

Er ist arg beschäftigt. An seiner Backe rinnt ein Schweißtropfen hinab. Die rechte Hand kann ich nicht sehen, aber er atmet schwer. Unter seinen Füßen erkenn ich einen gelben Smiley auf dem Fußabstreifer.

Mit der linken Hand zieh ich dem Kerl den erhobenen Arm herunter. Ich pack ihn am Haarschopf, zieh fix seinen Schädel zurück und donnere die Visage gegen die Tür. Bam! Bam! Zweimal lass ich ihn mit dem Zinken anklopfen.

Das Ferkelchen grunzt.

Aus der Wohnung hör ich es rumoren.

Ächzend sinkt der Lutscher um. Seine Finger hat er um die Nase gelegt, einen seiner Cordpantoffeln verloren. Die Versuchung ist groß, ihm in den Wanst zu kicken. Ich lass es.

Geräuschlos wie das Phantom der Nacht verzupf ich mich in die nächste Etage. Auf meinen Sneakers ist zum Glück nicht ein roter Tropfen.

Das Licht im Hausgang geht an.

»Hallo?«, ruft eine Frauenstimme, gefolgt vom Aufstöhnen des Alten.

Sie: »Oh Scheiße, Herr Zierl!«

Er, unverständlich: »... ein verflixter ...«

Sie, schrill: »Soll ich einen Arzt ...?«

Er, hustend: »Nein, geht schon.«

Getrampel auf der Stiege. Der Alte macht sich vom Acker. War klar, dass der kein Drama veranstalten wird. Zu lernen heißt zu leiden.

»Hallo?«, ruft sie erneut, und zwei Türen fallen ins Schloss. Begriffen hat sie es wohl nicht, warum Herr Zierl mit offener Hose und blutiger Nase auf ihrem Türvorleger rumgelungert hat. Da brauchst du dreckige Phantasie.

Ich kann hören, wie sie den Schlüssel zweimal herumdreht, während ich darauf warte, dass das Licht ausgeht.

Für Herrn Zierl hat es sich ausgeglotzt.

Und für alle Freaks, die mit dem Friedensnobelpreis liebäugeln: richtig vermutet. Es hat mir Spaß gemacht. Klar, das ist nicht mein Kram, und jeder kann treiben, was er mag. Aber das muss man sich mal geben. Was immer die Trulla zu Hause treibt, sie hat keinen Schimmer davon, dass ein scheintoter Spanner vor der Tür steht und sabbert.

Wenn es nicht um Pauli ginge, hätte ich bei der Lady klingeln und ihr diesen Zierl servieren können, mit Apfel im Maul, wie es sich für eine Sau gehört. Ihre Stimme klang spannend. Nicht zu hoch und rau, als wäre jemand mit feinem Schleifpapier über die Stimmbänder gegangen.

Rosi macht mir auf mein Läuten hin die Tür auf. Demnach scheint sie noch mit ihrem Pauli zusammen zu sein. Im Türrahmen bleibt sie stehen und reckt das Kinn nach vorn.

»Ah, Samson.« Als wenn ich das nicht selbst gewusst hätte.

»Genau«, bestätige ich und werfe einen Blick über ihre Schulter. Ich muss auf die Zehenspitzen, weil Rosi ein gewaltiges Weib ist. Ein Würfel, hoch wie breit. Und weil ich klein, schmächtig und gerade höflich bin, sag ich: »Servus, Rosi. Wie geht's dir? Ich dachte, ich schau mal, was mein alter Kumpel Pauli treibt.«

»Dachtest du, ja?«

Paulis Göttergattin rückt keinen Zentimeter zur Seite. Sie glaubt wohl, ich will Pauli in irgendeine Scheiße verwickeln. Das nenn ich guten Riecher. Vielleicht tu ich das gerade.

»Ja, dachte ich. Ist er hier?«

Plötzlich ist es vorbei mit ihrer Türsteherrolle. Ihr Kopf sinkt nach vorn, und ihr kommen die Tränen.

»Ich weiß nicht, wo er ist. Er sollte längst da sein.«

Sie dreht sich um und tapst durch den Flur. Ich folge ihr. Es riecht, als hätte ich sie beim Kuchenbacken gestört.

Im Wohnzimmer setzen wir uns aufs abgeschabte Kunstledersofa.

Rosi nimmt die Hände auf den Schoß und zupft mit den Fingern an einem Papiertaschentuch. Auf ihrem faltigen Hals zeigen sich rote Flecken, als hätte sie einen Schal aus Brennnesseln getragen.

Ich werfe einen raschen Blick umher. Der Fernseher ist ein fettes Sony-Gerät, samt Bluetooth-Lautsprechern, die Wände sind gepflastert mit Fotografien in allen Größen und Formen, muss die Verwandtschaft sein. Auf einem sieht man Pauli und Rosi in blumengemusterten Klamotten vor dem Schiefen Turm in Pisa stehen. Er schaffte es, den Arm um sie zu legen, und hatte eine Föhnmatte auf dem Schädel, wie einer dieser grinsenden Zuchtstiere vom »Musikantenstadel«. Schaut nach Flitterwochen aus. Und danach? Zum ersten Mal sehe ich, dass jemand tatsächlich eine Heizdecke auf dem Sofa liegen hat, mit Elektrik und allem Drum und Dran. Wahrscheinlich gibt's eine Fernbedienung. Wenn du deine Alte nicht mehr bespaßen willst, machst du es ihr per Knopfdruck kuschelig. Ja, der Pauli. Immer ein Händchen für die Technik.

»Na ja, Pauli wird irgendwo hängen geblieben sein«, versuch ich es. »Wär nichts Neues. Hat er eine Stammkneipe?«

»Das macht der nicht mehr. Pauli ist trocken, verstehst du? Fast keinen Tropfen, seit neun Monaten.«

War er schwanger? Der Pauli, den ich kannte, war ein anderes Kaliber. Stani hatte recht, die Zeiten ändern sich.

»Was hatte er denn vor?«, will ich wissen. »Wenn es dumm lief, haben ihn die Bullen kassiert.«

»Na, dann stünden die längst auf der Matte. Er hat nur gesagt, es wäre wichtig und es brächte eine Menge ein. Aber er wollte am Mittag hier sein. Ich spür es, Samson, da ist was passiert. Von allein bleibt der nicht einfach weg.«

»Und –« Die Türklingel verhindert, dass ich meinen Satz zu Ende bringe.

Rosi stemmt sich aus den Polstern. Sie ist blass geworden. Wie sie aus dem Zimmer watschelt, sehe ich, dass der blaue Delphin in ihrem Nacken auch verblasst ist.

»Ach, Herr Zierl, was ist denn passiert?«, hör ich sie im Flur sagen.

»Ein Verbrecher hat mich hinterrücks überfallen«, näselt er. »Haben Sie ein Pflaster für mich?«

»Sieht schlimm aus, Sie sollten zum Doktor.«

Ich höre sie rumoren. Sie sucht offenbar Verbandsmaterial.

Das bietet mir die Gelegenheit, mich im Wohnzimmer umzuschauen. Ich ziehe Schubladen auf, luge in den Schrank. Da ich nicht weiß, nach was ich suchen soll, lass ich es bald. Ist eh nur vollgestopft bis zum Kragen mit Trödel und Firlefanz, den niemand braucht. Eine Geldbörse hätte ich mir eingehen lassen, aber so wie es aussieht …

Als Rosi zurückkommt, bohrt ihr Blick mir ein Loch in die Stirn. Sie hatte Zeit, sich zu besinnen.

»Samson, das ist doch kein Zufall, hä? Pauli verschwindet, und du kommst vorbei. Dazu kriegt Herr Zierl vor fünf Minuten im Hausgang aufs Maul.«

»Dein Zierl ist ein notgeiler Bock. Der hat bei den Nachbarn durch den Türspion geglotzt und ...«

»Na, und weiter?«

»Was heißt ›und weiter‹? Kann der Alte sich keine Pornos reinziehen wie alle anderen, oder was?«

»Immerhin bezahlt er. Er gibt Daniela ’nen Fuffi im Monat, und dafür hatscht sie ab und an nackig durch den Flur. Schade, dass er mich nicht gefragt hat.« Sie seufzt und schaut an sich hinunter. »Wäre leicht verdiente Kohle. Und dich geht das nix an! Jeder muss schauen, wo er bleibt.«

Ich greif mir an den Kopf und lach los. »Holy shit!«

»Und was hast du mit Pauli zu schaffen? Du schaust nicht einfach so vorbei, hä? Ist doch komisch. Erst vor ’ner Stunde waren zwei Kerle da, die was von Pauli gewollt haben. Ich hab sie abwimmeln können. Also, was ist los, zum Teufel? Und verschon mich mit Märchenstunden!«

Bevor ich zu meiner Lüge komme, läutet es erneut. Wenn es Zierl ist, bekommt er Nachschlag. Der Alte bettelt darum, so wie er mir die Laune vermiest.

Als ich das Wort »Kriminalpolizei« höre, krieg ich einen erstklassigen Adrenalinschub. Wer hat schon Lust, Fragen zu beantworten? Du weißt nie, was sie dir aus den Antworten drehen. Ich späh in den Flur. Wenn sie die Geier reinlässt ...

Rosi hat die Tür einen winzigen Spalt geöffnet, die Kette vor, und will die Ausweise sehen. Zehn Jahre mit Pauli sind Schule genug.

Ungesehen schaffe ich es ins Bad, leg mich in die Wanne und zieh den Duschvorhang zu. Die Tür hab ich angelehnt. So kann ich hören, was die Cops wollen. Das sollte Stani interessieren. Die Jungs werden hoffentlich nicht die Bude auseinandernehmen. Niemand würde mir glauben, dass ich nur baden wollte. Paulis Bademantel ist keine Option, ich will nicht den Eindruck hinterlassen, seine Perle vernascht zu haben.

Die Schritte auf dem Flur verraten mir, dass Rosi die Kriminaler hereingelassen hat.

»Aber wieso?«, hör ich sie schluchzen. Das klingt nicht prickelnd. Was Paulis Zustand angeht, tippe ich auf tot, halb tot oder zumindest in eine Zelle geprügelt.

»Wir wissen die genauen Umstände noch nicht«, hör ich jemanden mit Baritonstimme sagen. »Es muss ungefähr vor einer Stunde passiert sein.«

Das klingt, als sei Pauli endgültig abserviert worden. Alter Schwede! Stani wird nicht jubeln – oder lässt er bei der Nachricht die Korken knallen?

Die Unterhaltung wird zum unverständlichen Gebrumme. Sie sind bestimmt im Wohnzimmer verschwunden.

Ich klettere aus der Wanne und schleiche in den Flur.

»Können Sie uns sagen, wohin Ihr Mann ging? Wollte er jemanden treffen?«

»Ich weiß doch nichts«, jammert Rosi. »Er hat nur gesagt: ›Spätzchen, ich muss noch was erledigen.‹«

Jetzt scheint ihn jemand erledigt zu haben. Aber wieso?

Du steckst mittendrin, Samson, Stani hat dich nicht umsonst beauftragt. Am besten schicke ich ihm eine SMS: »Pauli ist Geschichte und bye-bye.« Und dann genug davon.

Die Cops sind fertig im Text, und ich schaff meinen Hintern fix ins Bad zurück. Kaum lieg ich in der Wanne und hab den Vorhang zugezogen, hör ich jemanden hereinkommen. Mir bricht der Schweiß aus. Ich halte die Luft an und mucks mich nicht. Schnaufen ist zu hören und ein Reißverschluss. Meine Fresse, ein Sheriff mit schwacher Blase. Er strullt sich in aller Ruhe aus, seufzt auf wie beim schicksten Happy Ending und verzieht sich ohne Händewaschen. Du kleines Ferkel.

»Auf geht's, Johannes!«, ruft eine Stimme von draußen.

»Falls Ihnen noch etwas einfällt …«, meint der Angesprochene zu Rosi. »Und morgen um neun kommen Sie bitt schön bei uns vorbei, Sie kennen ja die Adresse, Frau Schmitzer.«

Mit üblichem Gelaber macht sich Johannes nebst Kollega vom Acker.

Die Stimme und der Name. Bruckner, Johannes – ja, den vergesse ich nicht. Der war früher beim Diebstahldezernat. Unsere Wege haben sich oft gekreuzt, wie es so schön heißt. Lange Geschichte. Wie hat Rosi gesagt? Jeder muss schauen, wo er bleibt. Das hab ich gemacht.

Auch Bruckner hat geschaut, wo ich bleiben kann, und wollte mich unbedingt in einem Stadelheimer Zellenblock unterbringen. Wegen Klaueritis. Er hat mich nie drangekriegt. In diesem Etablissement musst du Schwein haben und Schwein sein, damit dein Hintern jungfräulich bleibt. Hinterher schuldest du den einen oder anderen Gefallen. Ich kenne niemanden, der aus dem Bau gekommen und danach als Heiliger umhergewandelt ist. Deine Süße hat dich ausgetauscht, und Kohle wächst nicht auf dem Baum. So schaut es aus. Doch der Scheißkerl Bruckner klopft sich bestimmt vor jedem Spiegel auf die Schulter und glaubt, er macht die Welt besser. Und sollte Pauli abgemurkst worden sein, geht ihm das am Arsch vorbei. Ein kriminelles Subjekt weniger.

Rosi sitzt als Häuflein – nein, als üppiger Haufen Elend auf dem Sofa. Ich krieg nichts Vernünftiges aus ihr heraus, vor lauter Gewimmer. Von der Anrichte schnapp ich mir eine Flasche Cognac und zwei Gläser. Ich mach sie randvoll, schieb eins zu ihr und leer das zweite auf ex. Das Schluchzen wird unterbrochen, wie sie den Schnaps abkippt.

»Besser?«, frag ich, und mir ist klar, eine blödere Frage hat es selten gegeben.

Trotzdem nickt sie.

»Die Schweine haben ihn umgebracht«, murmelt sie. »Den Pauli umgebracht, abgestochen, da bei der Ludwigsbrücke, am Auer Mühlbach. Er ist verblutet. Was hat er da gewollt?« Die Frau greift sich an die Kehle, als bekäme sie keine Luft. Sie räuspert sich mehrmals. »Weißt du, das stand ihm auf die Stirn geschrieben, dass was passiert«, flüstert sie, »das hab ich immer geahnt. Aber er war nicht mehr so leichtsinnig. Jetzt wird's besser, hab ich gehofft. Gesoffen hat er kaum noch. Ich kann es nicht begreifen.«

»Haben die Bullen 'nen Verdacht, wer es war?«, frag ich sie.

Rosi schüttelt bloß den Kopf, hört nicht mehr auf damit. Tränen laufen ihr über die Wangen, ihre Brust bebt. Sie schnauft, als käme sie frisch vom Joggen.

Urplötzlich ruckt sie hoch, packt meinen Hoodie und zieht mich an den Schultern zu sich.

»Du weißt doch was!«, plärrt sie. »Du weißt, wer es war, sonst wärst du nicht gekommen!«

Speichelfetzen fliegen mir ins Gesicht. Rosi beutelt mich wie eines ihrer Sofakissen. Ihre Klauen haben sich durch den Stoff in mein Fleisch gegraben. Sie ist außer Rand und Band. Beim Versuch loszukommen, räum ich eine Glasvase vom Couchtisch.

Rosis knallrotes Gesicht ist dicht vor meinem. Sie schwitzt. Ich kann ihre Mitesser zählen. Ihr Atem riecht nach Zwiebeln.

Ich pack ihre Handgelenke, zerr daran und versuch, mir die Frau vom Hals zu reißen. Keine Chance. Ein Cocktail aus Rage und Kilos.

»Nein, nichts weiß ich, verdammt!«, schrei ich zurück, solang ich noch schreien kann. »Lass mich los!«

Ihre Arme werden schlaff, ihre Finger lösen sich. Ich stoß die Luft aus. Puh! Wir schweigen. Sie umhalst mich schlagartig, umklammert meinen Nacken wie ein Äffchen die Mutter.

»Was soll ich denn jetzt machen?«, schluchzt sie los. Dieselbe Frage spukt mir im Schädel rum.

»Was hat Pauli getrieben in letzter Zeit?«, will ich wissen und drück sie behutsam zurück in die Polster.

Sie lässt es geschehen, als wäre sie zur Stoffpuppe geworden.

»Das haben die Bullen auch gefragt«, sagt sie, »ich weiß es doch nicht. Du kennst ihn. Er hat nie etwas gesagt darüber. ›Besser, wenn du nichts weißt‹, hat er gemeint.«

»Hast du heut mit ihm telefoniert, gesprochen?«

»Ja.« Sie heult los.

Ich warte, streich ihr über den Rücken.

»Er hat gesagt … er hat gesagt, dass es das letzte Mal war. Und wir neu anfangen können.«

»Was hat er damit gemeint?«

»Ich hab kein gutes Gefühl gehabt und ihm gesagt, er soll ja aufpassen. Er hat so gehetzt geklungen und …«

»Und?«

Sie stemmt sich hoch und holt einen Zettel aus der Hosentasche.

»Schau.«

Eine Zahlenreihe. 3821836016. Ich hab ein dickes Fragezeichen im Kopf. Als Konto- oder Schließfachnummer taugt sie nicht. Für einen Tresor zu lang. Telefonnummer? Wo soll das sein? Ich denk mir eine Null dazu und geb die ersten Zahlen als Vorwahl in mein Smartphone ein, während Rosi in den Schubladen nach Taschentüchern kramt.

»Willkommen in der Bernsteinstadt Ribnitz-Damgarten«, lese ich. Das Kaff ist am Arsch der Welt. Urlaub in Mecklenburg hatte Pauli wohl nicht geplant. Wollte er dort untertauchen oder hatte was mit einer russischen Bruderschaft am Laufen? Dann wäre ich raus. R-a-u-s.

Rosi erscheint und setzt sich dicht neben mich. Ich kann ihr Zittern spüren.

»Er hat gesagt, ich soll die Nummer aufheben und niemandem zeigen. Und dann hat er aufgelegt. Ich konnte ihm nicht mal mehr sagen, dass …«

»Das hast du den Buletten nicht gesteckt?«

Sie schüttelt den Kopf. »Pauli hat doch gemeint, es kommt richtig viel Geld ins Haus. Und ich …«

»Du hast dir gedacht, das wäre der Weg dazu?«

Sie nickt. »Die Bullen brauchen das nicht zu wissen. Und …«

»Es kann zu dem führen, der Pauli gekillt hat.«

Wieder nickt sie. »Bitte, hilf mir, Samson. Ich will alles wissen.«

Ich auch. Kohle kann jeder gebrauchen. Ein Messer zwischen den Rippen wäre weniger günstig. Ich schnauf durch und wäge ab.

»Glaub mir, ich hab keinen Schimmer, was Pauli da gedreht hat, aber ich versuch es rauszufinden.«

Rosi schnäuzt sich, dann schaut sie auf. Ich hör die Rädchen rattern. »Vierzig Prozent für dich.«

»Halbe-halbe, von was auch immer.«

»Abgemacht.«

Ich schenk uns Cognac nach.

Stani muss nicht alles erfahren, zum Beispiel keine Zahlenreihe. Ich könnte ihm weismachen, Pauli wollte sich in den Osten, in dieses Ödnis-Arschkarten verzupfen. Daran würde sich der Big Boss die Zähne ausbeißen.

»Ich muss erst rausfinden, mit welchen Figuren ich mich einlasse«, sag ich. »Bevor es ungesund werden kann, bin ich raus.«

»Freilich«, meint Rosi und klopft sich ein Kissen zurecht, »der Pauli hat von so viel Geld geredet, dass man es kaum ausgeben kann.«

Sie will mir den Mund wässrig machen.

»Das wird der Grund sein, weshalb der Pauli nie mehr Geld ausgeben wird«, sag ich, und seine Witwe schluchzt los, als würde sie dafür bezahlt.

Als Erstes muss ich zurück zu Stani fahren. Reaktion checken. Wenn ich Schwein habe, verplappert er sich. Ich hab nie daran geglaubt, dass Pauli ihm etwas schuldet. Und wenn schon, bei der Kohle, die Stani scheffelt, wär es ihm nicht mehr als ein Schulterzucken wert.

Pauli war, laut Rosi, dabei, ein großes Ding durchzuziehen.

Was wollte Stani von ihm? Ein Stück vom Kuchen? Überprüfen, ob Pauli gesund und munter ist? Die Fragen kreisen mir im Schädel gleich Fliegen um den Kuhfladen.

Die Fahrt mit der U5 kommt mir so trist und depri vor wie selten etwas. Alle um mich herum scheinen in den Seilen zu hängen. Ein Kleinkind plärrt sich die Lunge aus dem Hals, während die Hohlbirne von Mutter mit ihrem Smartphone kuschelt. Man möchte ihr links und rechts eine klatschen, damit sie selbst heult. Aber was würde das bringen? Vermutlich kennt sie das zur Genüge von ihrem Alten. Dafür sind die Fingernägel schön bunt.

Plärr lieber weiter, kleiner Scheißer, und gib nicht auf! Keiner schenkt dir was. Du musst es dir selbst holen. Ich hätte Lust mitzubrüllen, um mir die erstarrten Visagen reinziehen zu können. Was will der Psycho? Pillen vergessen?

Mir gegenüber haben sich ein Alter und ein Junger hingepflanzt, gleiches Kinn, scheinen Vater und Sohn zu sein. Richtige Hackfressen. Beide stecken in gefütterten Karohemden, haben eine halb leere Löwenbräuflasche in der Pfote und starren ins Nirgendwo. Ob ich mit meinem Alten so dasitzen würde, wenn er noch hier wäre? Wer weiß das schon? Die beiden haben rote, schwielige Pranken und die gleichen Kerben über die Stirn gezogen. Runen sind das. »Drecksjob, Scheißleben«, steht da geschrieben. Ich muss wegschauen, das Gespann macht mich müde.

Als wir am Bahnhof sind, stehen beide ohne ein Wort auf. Ich folge ihnen nach draußen und arbeite mich durch den brackigen Menschenstrom nach oben ins Freie.

Diesmal versperrt mir Igor nicht den Weg. Er raucht schweigend und winkt mich durch, gleich einem Verkehrsbullen. Das mag an meinem Blick gelegen haben. Pauli war oft neben der Spur, aber dass er so ins Gras beißen musste, lässt mich grübeln. Er war nicht verkehrt, der Mann.

Stani sitzt genau so da, wie ich ihn verlassen habe. Ruhig saugt er an der Shisha. »Du weißt, wo Pauli ist?«, will er wissen.

»Ich kann es mir denken. Willst du ihn besuchen?«

»Könnte sein. Was hat er dir gesagt?«

Ich setz mich ungefragt.

»Nichts«, sag ich.

»Was heißt das?«

»Wenn du von Pauli was hören willst, befrag ein Medium.«

Er lehnt sich nach vorn, bringt die Shisha zum Brodeln und schüttelt kurz den Kopf.

»Wie?«, will er wissen.

»Unfreiwillig. In ein Messer gelaufen.«

Stani nickt und lutscht wieder am Mundstück.

»Was sagt seine Alte?«

»Die heult nur Rotz und Wasser.«

»Hat er was – hinterlassen?«

»Was, zum Beispiel, sollte das sein?«

»Hat er oder nicht?«

»Nicht dass ich wüsste – und wenn, haben es die Cops. Die sind da aufgeschlagen. Wer weiß, was Paulis Alte denen erzählt hat«, lüge ich.

Da ist es. Kurz haben sich Stanis Augen geweitet. Was könnten die Bullen mit der Zahlenreihe anfangen? Ist es das, was er sucht?

»Na schön.« Er stemmt sich hoch. Seine Visage bleibt nichtssagend. Ob Paulis Tod eine Überraschung für ihn ist? Mein Gefühl sagt mir, eher nein.

So komm ich kein Stück weiter. Die verschlagene Ratte hat mich losgeschickt, ohne Vorwarnung. Genauso gut hätte der Killer uns beide ausknipsen können, falls ich Pauli lebend angetroffen hätte. Oder hatten Stanis Jungs Pauli auf den Zahn gefühlt? Nein, wozu hätte er dann mich gebraucht? Und das alles für 'nen Hunni. Nicht wirklich gut bezahlt.

Stani scheint meine Gedanken erraten zu haben. Er zückt ein Bündel mit Scheinen, das eine mit Brillanten bestückte Goldklammer zusammenhält. Ein Hunderter muss sich von seinen vielen Kumpels trennen.

Ich nehme ihn wortlos in Empfang und schieb ihn in die Jeanstasche. Genau genommen hab ich meinen Job gemacht und Pauli aufgetrieben. Was kann ich dafür, wenn der für ein Treffen nicht in Form ist? Sobald die Gerichtsmedizin ihn wieder zugenäht und aufgebrezelt hat, kann Stani ihm ja einen Besuch abstatten.

Mittels Kopfnicken deutet der mir an, dass ich entlassen bin. Er winkt Richtung Glastür, und seine Bulldogge Igor kommt sofort bei Fuß.

Beim Rausgehen wende ich mich kurz um und beobachte, wie die beiden ihre Köpfe zusammenstecken. Der Boss redet intensiv auf seinen Major ein. Er packt ihn bei der Schulter und sieht nicht zufrieden aus.

Wenn Igor weiter so eifrig nickt, fällt der Schädel irgendwann runter. Da würde kein Schaden entstehen. Ob er es bemerken würde, wäre fraglich.

VIER

Es hat einen Vorteil, wenn du einen Onkel hast, der schrottreife Autos aufhübscht und an Ahnungslose vertickt. Ich fahr ein Auto, das schrottreif aussieht, allerdings eins a in Schuss ist. Unterm Strich hab ich was gelernt, immer wenn mich mein Onkel gezwungen hat, ihm zur Hand zu gehen. Die Karre wartet auf mich, nicht weit von Stanis Shisha-Lounge – nun brauch ich sie, um Igor zu verfolgen.

Ich muss nicht lange warten. Kaum habe ich mich hinters Lenkrad geschoben, lädt der Major sich seinen blitzblank gewienerten 3er BMW mit Personal voll und brettert los.

Über Land hätte ich gegen seine getunte Mühle keine Chance, aber hey, wir sind in München hinterm Bahnhof. Im Stop-and-go könnte ich ihn mit ’nem Bobbycar verfolgen, der alte Chrysler LeBaron macht die Sache komfortabler.

Für die ersten Kilometer brauchen wir eine Viertelstunde. Aus den Augen verlieren kann ich Igors Meute nicht. Wir rollen über den Maximilianplatz an der Residenz vorbei. Willkommen im großzügigen, üppigen München. Das der Herrscher und Wichtigtuer. An jeder Ecke reckt sich eine Statue oder ein Denkmal. Ein steinerner Pimmel nach dem andern. Will offenbar sagen: »Ich nagel euch alle.«

Die meisten haben mit heroischem Abschlachten zu tun. Ich stell mir das vor wie bei ’nem Kindergeburtstag. Irgendwie mussten die Untertanen ja beschäftigt werden, bevor sie Dummheiten machen. Am besten hetzt man sie auf einen Feind, das klappt immer.

Wir zockeln Richtung Maximilianeum, dort, wo heutige Wichtigtuer ihren Bullshit verbreiten. Bei Tempo zwanzig hast du Zeit zum Nachdenken. Was Vernünftiges schießt mir nicht ins Hirn, ich lass mich treiben.

Das Maximilianeum geht als Burg durch, hohe Mauern, flatternde Fahnen im Wind. Fehlten nur Fanfaren und geschmückte

Lanzenträger in Strumpfhosen. Nicht dass jemand glauben würde, da drin hockt die Macht. Macht ist eine geldgeile Dirne, die macht nur die Schenkel breit, wenn Ocken einzusammeln sind. Schau dir Leute wie Stani an. Die haben immer wen in der Tasche. Das lohnt sich für alle. Alles andere ist Gekläffe für die Show. Wen juckt das Theater?

Ich gönn mir eine Kippe und alte Musik dazu.

»That's Entertainment« von The Jam. Den Song hab ich unter den Schallplatten meiner Mutter aufgestöbert. Mein Erbe. Immer wenn ich Musik von ihr höre, hab ich das Gefühl, ich kann mir die Frau vorstellen. Wie das war, früher, mit mir als Baby. Ihre Augen, ihr Lächeln, ihre Stimme. Das ist sicher Schwachsinn, schert mich aber nicht – der Song hat was.

Paint-splattered walls and the cry of a tomcat.

Lights going out and a kick in the balls.

Ich lass die Scheibe herunter und brüll den bärtigen Skoda-Fahrer neben mir an: *»That's entertainment!«*

Der Typ sieht und hört nichts, quäkt in die Freisprechanlage und zieht 'ne Grimasse, als hätte er gerade eine Magenkrebsdiagnose bekommen. Vermutlich führt er sein Auto Gassi, weil es mal muss. Ist üblich in der Stadt, wenn du schon keinen Kläffer hast.

Seit wir über die Isarbrücke gerollt sind, ahne ich, wohin die Reise gehen wird. Neuperlach. Igor will zu Paulis Witwe.

Der BMW verschwindet aus meiner Sichtweite, da ich weiß, wo er hinfährt, ist das besser so. Was Stani von Rosi will, kann ich mir denken. Nicht umsonst hat er mich nach Paulis Hinterlassenschaft gefragt.

Ich hab kein Drehbuch im Kopf, zumindest sollte ich verhindern, dass Igor an den Zettel mit der Nummer kommt. Wie ich den Major einschätze, wird Rosi es ihm nicht verheimlichen können. Der holt sich Antworten auf die hundsgemeine Art.

Sobald ich im Haus bin, muss ich improvisieren. Es nervt mich, dass ich nicht daran gedacht habe, mir Rosis Handynummer geben zu lassen. Das war ein Anfängerfehler. Ich kann sie nicht vor dem warnen, was da auf sie zurollt. Samson, zero points!

Mit einer schwarzen Wolke im Hirn zottele ich durch Neuperlach, bis ich in die Kafkastraße einbiege.

Weiter vorn rollt Igors BMW die Straße entlang.

Fünfzig Meter entfernt halte ich an und beobachte das Geschehen.

Ein paar spielende Jungs lassen ihren Ball liegen und beäugen mich neugierig. Müssten die doch gewohnt sein. An Gestalten, die nichts tun und rumstehen, herrscht hier kein Mangel. Immerhin gibt's um die Ecke 'ne Spielothek. Ich steige aus, zünde mir eine Kippe an und nicke den Kurzen zu. Bis die achtzehn sind, müssen sie draußen spielen.

Prompt kommt einer herbeigeschlendert und haut mich um 'ne Zigarette an. Drei-Millimeter-Haarschnitt, Adidas-Jogginghose, ein fettes Samsung in den Pfoten. Wird mal den Majorsrang erreichen, das Milchgesicht. Der könnte vierzehn sein. Ich geb ihm Fluppe und Feuer dazu, damit die Kurzen auf meiner Seite sind. Du weißt nie, wofür es gut ist. Schaden kann es nicht, außer seiner Lunge.

Vor Rosis Klotz angekommen, lässt Igor seine Männer vom Stapel. Einer bleibt im Wagen sitzen und beobachtet den Eingang. Der muss weg.

Für manche Probleme gibt es simple Lösungen.

Ich benötige fünf Euro und eine Tomate vom Penny, die Straße runter. Beides drück ich einem der Jungen in die Hand, der mich halbwegs versteht und Feuer und Flamme ist für mein Jobangebot.

Er ist der Jüngste und Kleinste aus der Gruppe, aber er macht einen aufgeweckten Eindruck.

Ich stell mich hinter der Hausecke auf und schau, was passiert.

Der Knirps schlendert heran und bounct die Tomate mit aller Kraft. Sie klatscht gegen das Heckfenster des Dreiers und verteilt sich dort als Tomatensoße. Good one!

Sofort geht die Wagentür auf, und Igors kahl rasierter Soldat schaut sich nach dem Übeltäter um.

Der schlendert davon und reckt den Mittelfinger. Das ist Eigeninitiative. Der wird es weit bringen.

»Hey, du! Mieser Hurensohn!«, plärrt der Typ mit der Fleischmütze und macht sich an die Verfolgung.

Der Junge beschleunigt. Er kennt sich aus. Ich bin mir sicher, der weiß, an welcher Stelle er den Glatzkopf abschütteln wird.

Sie verschwinden in einem Torbogen.

Ich setz mich in Bewegung, jogge die Straße lang bis zu Paulis Block, drück die Haustür auf, und drin bin ich.

Im Hausgang herrscht Aufregung. Ich stürme in den ersten Stock. Zierl textet seine Nachbarin zu. Das wird seine Angebetete sein. Eine schmale Rothaarige in Leggins und Feinripphemdchen. Hinreißender Anblick zur falschen Zeit.

»Ich hab sie schreien hören!«, ruft Zierl. »Sollen wir die Polizei …?«

Der Trubel hat ihm einen krebsroten Schädel verpasst. Verdammt, Rosi! Ich haste an ihnen vorbei, die Treppen nach oben. Ihre Wohnungstür ist angelehnt.

Die Nachbarn folgen mir. Sie können mich nicht einschätzen. Freund oder Feind? Gut möglich, dass ich beides bin.

»Er muss dir was gegeben haben! Es muss etwas da sein, verfickt noch mal!«, hör ich Igor brüllen. Dazu ist Rosis unverständliches Wimmern zu vernehmen.

»Nehmt die Bude auseinander!« Den Geräuschen nach zu urteilen, tun seine Jungs genau das.

Zwei Dinge können richtig Probleme machen: rohe Gewalt und wenn man dabei Fingerabdrücke hinterlässt. Deshalb schlüpfe ich vorsorglich in meine Allzweckhandschuhe. Feinstes Porc.

»Ich ruf die Polizei!«, schreit Herr Zierl Richtung Wohnungstür. Keine geistreiche Idee.

Einer von Igors Handlangern kommt herbeigeeilt.

Schlechtes Timing, Samson! Ich zieh mir die Hoodie-Kapuze

tief ins Gesicht und dreh mich weg, Typ Angsthase. So hat der Klotz erst den alten Zierl vor sich. Er ist ein Poser und macht sich breit.

»Was willst du, hä?«, wird der Alte angemacht. »Brauchst du aufs Maul, Alter? Brauchst du, ja?«

Eigentlich hatte Zierl heute schon seine Ration. Er schüttelt stumm den Kopf. Das wird ihm nichts nützen.

Der Kerl baut sich zehn Zentimeter vor ihm auf. Wenn der Alte es nicht schnallt, wird's 'nen Nickermann geben und die Nase gänzlich platt.

Frage: Wie schaffst du es, unerkannt jemanden niederzustrecken? Antwort: nachts, von hinten.

Das fällt aus. Aber es ist immer besser, der Erste zu sein, der zuschlägt. Ich pack den Vogel an der Schulter, dreh ihn halb zu mir und stoß ihm die ausgestreckten Finger in den Kehlkopf. Das Grunzen bleibt ihm im Hals stecken. Er nimmt die Hände an die Kehle und würgt. Mein Schlag von unten in seinen Murmelbeutel lässt ihn auf die Knie fallen.

Die Rothaarige von nebenan gibt dem armen Kerl einen Tritt ins Kreuz, als wär sie Profi bei Bayern München. Per Seemannsköpper nimmt er die Stiegen nach unten.

»Raffi?«, ruft es von drinnen. »Alles klar?«

Raffi schweigt sich aus.

»Was für ein Scheiß geht da ab?«, hör ich Igor plärren.

Kein Gedanke, einen nach dem anderen auszuschalten, unser Film heißt nicht »Stirb langsam«. Raffi war ein Schwachmat, da hatten wir Glück.

Ich mach den beiden Hausbewohnern hektisch Zeichen, um sie in ihre Wohnungen zu scheuchen, und springe die Stufen hinauf. Ein Blick über die Schulter auf Raffi zeigt mir, der ist eingetütet.

Diesmal tauchen sie zu zweit auf. Merde, ich hab meine Nase nicht rechtzeitig weggezogen. Wichtige Regel: Jeder, den du sehen kannst, der kann dich sehen. Eine Bewegung scheinen sie mitbekommen zu haben.

Einer jagt die Treppen nach oben, der andere kümmert sich

um Raffi. Ich hetze weiter und weiß: Irgendwann kommt das Dach, und da ist Schicht im Schacht. Offene Dachluken gibt's nur im Film.

»Die Schweine haben Raffi gekillt!«, hallt es durchs Treppenhaus. So würde ich das nicht sehen. Er hat schlicht Pech gehabt, beim Fallen. Raffi würde mir recht geben, wenn er noch könnte.

Da wir gerade von Pech reden: Ich bin im obersten Stockwerk angelangt. Wohin ich schau, nichts Hilfreiches.

Die Schritte auf der Treppe kommen näher. Langsam, aber stetig. Der Typ will Raffis Schicksal nicht teilen. Der wird extrem auf der Hut sein. Allerdings will er Blut fließen sehen. Mein Blut! Plaudern bei Bier und Chips kann man vergessen. Na gut, Panik nützt mir null. Bleib ruhig, Alter!

Hoch über mir bemerke ich eine Klappe, die zum Dach führt. Natürlich keine Leiter. Sollte man immer einstecken haben. Das Ding ist nur für Spiderman erreichbar. Mannomann! Ich sitz fest. Rien ne va plus. Von oben hätte ich einen Vorteil, aber kugelfest bin ich nicht.

Tief durchatmen. Ich mach mich sprungbereit. Sobald sein Schädel auftaucht, wird der Tanz losgehen. Ich hab einen miesen Versuch. Wenn ich mich auf ihn stürze …

Eine Wohnungstür wird aufgerissen, und ein Junge lugt vorwitzig heraus. Mit einem Satz bin ich bei ihm. Ich dräng mich hinein, bevor er reagieren kann, und schlag die Tür hinter mir zu. Der Kurze flitzt in ein Zimmer. Sonst bleibt zum Glück alles still. Er scheint allein zu sein, oder seine Eltern liegen weggetreten auf der Couch. Zweiteres wär fürs Haus nicht untypisch.

Ich verharre hinter der Tür und schau durchs Guckloch. Ein Auge ist zu sehen, und es hämmert gegen das Holz.

»Ich weiß, dass du da drin bist – los, komm raus, du Wichser! Dich mach ich alle!« Daran zweifel ich nicht.

Der Junge späht aus seinem Zimmer. Jetzt erkenn ich ihn. Es ist mein Freund mit der Tomate, und er hat sich mit Pfeil und Bogen bewaffnet. Der Wohnblock hat offenbar einen zweiten Eingang oder 'ne Kellertür, durch die er hineingeschlüpft ist. Schlau gemacht.

Ich zeig ihm beschwichtigend die Handflächen.

»Keine Angst, Chef«, flüstere ich. »Leih mir deine Waffen, da draußen ist der Böse.«

Er schüttelt den Kopf. Ich fische fünf Euro aus der Tasche und halte sie ihm entgegen.

Wieder Kopfschütteln.

»Du kleiner Wicht.« Er will mich ausnehmen.

Bei einem Zwanziger reagiert er. Er legt seine Waffen ab.

»Schmeiß ihn rüber«, sagt er.

Ich knüll den Schein zusammen und werfe ihn.

Der Kurze hebt ihn auf, und die Zimmertür knallt hinter ihm zu.

Ich schnapp mir den Bogen. Er ist aus Fiberglas mit straff gespannter Sehne. Vom Pfeil zieh ich die Gummispitze ab.

Ich muss mir was einfallen lassen, bevor der zweite Idiot antanzt.

Billig komm ich nicht aus der Sache raus. Schließlich haben wir Raffi kaltgestellt – oder -gemacht. Ich bin sicher, da draußen trägt jemand eine Knarre bei sich. Solang er nicht durch die Tür ballert, ist alles okay.

Polizeisirenen sind zu hören. Der brave Herr Zierl! Es klingt, als hätte er 'nen Aufstand und mindestens zehn Tote gemeldet. Das große Besteck ist im Anrollen.

Wumm! Der Typ hat sich gegen die Tür geworfen. Ist das bereits Verzweiflung? Jedenfalls will er mich unbedingt in die Finger bekommen. Und das wird er. Das Schloss sieht nicht arg haltbar aus. Zwei Tritte, und er hätte es geschafft.

Ich zähl auf drei und reiß die Tür auf. Richtiger Moment. Schweinebacke kommt mir, Schulter voraus, entgegengeflogen. Ich mach einen Sidestep, damit er nicht gegen mich prallt, und glotz auf die Hand, in der er seine Knarre hält. Ist das eine verdammte Glock 18? Damit kann der Freak mich aus den Klamotten blasen wie nichts.

Bemüht um Gleichgewicht, stolpert er mit rudernden Armen an mir vorbei. Er darf keinen Halt finden! Von hinten spring ich ihm voll in die Kniekehle.

»Samson!«, quiekt er, knickt ein und fliegt nach vorn.

Ich mach einen Satz in den Hausgang. Mit einer halben Drehung reiß ich die Bogensehne an, so weit es geht.

Der Bursche rappelt sich blitzschnell auf und dreht sich zu mir. Der Lauf seiner Knarre zeigt in meine Richtung. Ich blicke in aufgerissene Augen. Er oder ich. Mein Pfeil jagt los. Nimm das, Digga!

Ohne zu schauen, ob ich ihn erschrecken konnte, hechle ich nach unten. Der Schuss könnte mir Vorsprung verschafft haben, immerhin hör ich die Glock nicht schlagen.

Der Hausgang ist gähnend leer. Niemand will mit nichts was zu tun haben. Igor hat sich verzogen.

Ich nehme die Treppen, ohne mir den Hals zu brechen, an Rosis Wohnung und Raffis Leiche vorbei, bis zu meiner Mordkomplizin.

»Polizei!«, ruf ich. »Aufmachen!« Meine Faust donnert gegen die Tür.

Sie öffnet, und bevor sie protestieren kann, hab ich sie in die Wohnung geschoben und die Tür zugeknallt. Uff! Ich leg den Finger auf die Lippen, und sie schweigt tatsächlich. Draußen hört man Fußgetrappel.

Ich brauch einen Moment, bevor ich Luft bekomme. Der Schweiß quillt mir aus allen Poren, meine Pumpe macht auf Speed Metal. Oh Mann, so ist das, wenn man keinen Plan hat, aber Meister Wichtig spielt. Das war richtig krank.

Die Cops sind aufgeschlagen. Ob sie Igor geschnappt haben? Oben findet sich der andere, wenn er sich nicht verdünnisieren konnte.

Ich spähe durch den Türspion. Sanitäter hasten nebst Uniformierten treppauf. Immer mehr Polizei. Im selben Augenblick gehen die Türen auf. Ein vollbärtiger Riese im blauen Morgenmantel schreit: »Verpisst euch!«, und wird sofort von drei Mann angesprungen. Er knallt mit einem Rums gegen unsere Tür. Die Bullen reißen ihn zu Boden, und ratzfatz klicken die Handschellen. Auf jede vorwitzige Nase kommen zwei Sheriffs, die kräftig zupacken. Es geht ab wie zur Wiesnzeit am Hauptbahnhof – genauso zweitklassig. Das Treppenhaus ist erfüllt von Geplärr und Randale.

Jemand im Stimmbruch bringt höflich »Dazu haben Sie kein Recht« hervor, während eine schrille Stimme über »dreckige Bullenschweine« zetert.

Die Frau will an mir vorbei zur Tür. »Wir müssen mit den Bullen –«

»Hey, ganz langsam«, flüstere ich ihr zu. »Du hast jemanden umgebracht. Der war mausetot. T-o-t.«

»Das … war Notwehr. Ich meine, Unfall. Das wollte ich nicht. Du – du bist an allem schuld. Du hast angefangen.«

»Ich? Ich wollte nicht, dass der Typ euch beiden die Gräten knickt. Ich hab das für euch getan. Und gekickt hast du ihn, schon vergessen? Wir bleiben schön drin, verdammt noch mal. Wenn die Bullen läuten und fragen, ob du was gehört hast, sagst du: Ja, Herr Wachtmeister, das hörte sich schrecklich an, aber gesehen hab ich nix – capito?«

Sie schaut an mir runter. Ihr Blick bleibt am Bogen hängen, den ich immer noch halte.

»Was soll das werden?«

»Zerbrich dir nicht meinen Kopf. Der ist eh hinüber.«

»Ich weiß nicht, ob ich das bring.«

»Lady, du bringst ganz andere Sachen, wie ich weiß.« Ich greif mir an den Kopf. »Scheiße! Ruf diesen Zierl an und erklär ihm, er muss die Klappe halten, sonst kommst du in den Knast. Nix mehr Türspion, Untersuchungshaft! Tu es jetzt!«

Sie fummelt hektisch an ihrem Smartphone und macht sich ans Werk.

Zum Glück geht er gleich ran. Sie belabert ihn mit meinem Text und nickt mir zu. Daumen hoch, er scheint es gefressen zu haben.

Mehr Sorgen als die Bullerei macht mir der Narr, auf den ich geschossen habe. Der hat meinen Namen gerufen. Sobald er telefoniert, wird Stani abdrehen. Das verringert meine Lebenserwartung. Mit Rauchen brauch ich nicht mehr aufzuhören.

Aufs Stichwort bekomm ich eine American Spirit angeboten. Und mit zitternden Fingern Feuer dazu.

Die Frau stellt sich mit Aschenbecher in der Hand zu mir, und wir rauchen schweigend.

Ich äug wieder durch den Spion. In meinem Blickwinkel steht ein fetter Sanitäter mit einem uniformierten Frischling zusammen.

»Nichts mehr zu machen«, hör ich den Rotkreuzler sagen. »Der Pfeil war präzise durchs Auge gesetzt. Kunstschuss. Der wusste, was er tat, wie Robin Hood.«

»Das ging quasi ins Auge«, meint sein Gesprächspartner. Klar, der musste sein.

»Oder wie Legolas, dieser Elf. Der war auch der Hammer«, setzt der andere nach.

»Ja, stimmt. Vielleicht dachte er, der Typ wäre ein Ork.«

»Ha, kennst du die Szene, in der Legolas diesen komischen Elefanten –«

»Du meinst den Olifanten.«

Genug gehört. Oh, holy shit! Leichen pflastern meinen Weg. Mit der Nummer könnte ich im Zirkus Krone brillieren. Ich atme durch und versuche meinen Puls runterzufahren. Ist nicht zu ändern. Warum hat der Honk seinen Schädel nicht weggezogen? Selbst schuld. Immerhin bin ich eine Sorge los. Igor blieb keine Zeit zu checken, welcher Terminator seine Kameraden reihenweise abserviert hat.

Das Mädel neben mir hat mitgehört.

»Du hast ihn mit dem Bogen umgebracht – einfach voll ins Auge? Ist ja abgefahren. Machst du so was öfter? Wie heißt du eigentlich?«

»Immer wenn sich 'ne Gelegenheit bietet«, geb ich den Harten. »Und ich heiße Samson.«

»Schräg. Samson, der dreitausend Philister gekillt hat.«

»Klar, ich übe noch. Wie kommst du auf so 'nen Quark?«

»Kam unlängst in der Glotze. Der war voller Muskeln, und Italiener. Sixpack und alles. Den Schauspieler mein ich.«

»Aha. Die Philister waren nicht sehr helle, oder?«

»Keine Ahnung. Die gibt's nicht mehr.«

»Dann war er gründlich, was? Hast du Gras?«

»Oh, bitte nicht jetzt, ey.«

Sie zieht gedankenverloren an der Kippe und reibt sich die Oberarme. Das Tattoo auf dem linken gefällt mir. Ein chinesischer Drache, der die Zunge bleckt.

»Zwischen uns steht es eins zu eins. Wir haben beide ein Tor gemacht. Nicht vergessen!«, erinnere ich sie an die Tatsachen. »Ich meine, wenn nachher die Buletten kommen.«

Sie nickt und nimmt einen tiefen Zug. Ihre Augen werden schmal.

Wie kann man solche Bögen an Kinder verkaufen? Was damit alles passieren kann. Und was sind das für Eltern?

Das Fatale ist, dass ich nicht einen Meter weitergekommen bin. Zumindest hab ich Rosi Stanis Laufburschen fürs Erste vom Hals geschafft. Und mir. Ob sie die Nummer vor Igor verschwiegen hat?

Ich würde nicht sagen, es wäre gemütlich, aber langsam gewöhne ich mich an die Badewannen im Haus.

Ich muss Daniela vertrauen. So heißt die Grazie, in deren Wanne ich liege, samt meinem Bogen, während sie der Bullenarmada schildert, was sie gehört hat. Gesehen hat sie natürlich nichts, weil sie sich als ängstliche Frau nicht vor die Tür getraut hat. Sie spielt überzeugend. Es dauert eine Viertelstunde, dann ist die Befragung zu Ende, und die Sheriffs ziehen wieder ab. Wenigstens musste diesmal keiner pinkeln. Mein Smartphone piept. Nachricht von Stani.

»Komm vorbei. Arbeit.«

Sieht aus, als ob der Big Boss kurzfristig Personalengpässe hat. Na klasse, vielleicht darf ich sogar in seine WhatsApp-Gruppe.

Bevor ich 'nen Abgang machen kann, klopft es zaghaft an der Wohnungstür. Es ist Rosi mit dem Zierl im Schlepptau. In ihrer Wohnung sei die Spurensicherung zu Gange, genau wie im Hausgang. Keine gute Nachricht, war aber zu erwarten.

Rosi hatte der Polizei nichts anderes berichtet, als dass sie von einer Horde übler Typen überfallen worden war und keinen

Grund dafür wusste. Pauli hatte offenbar nichts versteckt. Das beruhigt mich. Ich bin noch im Spiel.

»Bruckner und sein Bullenkumpan haben die Bude restlos zerlegt, die Schweine. Da hätte es die anderen gar nicht gebraucht«, fügt Rosi an.

»Ach, hat er das, der Hauptkommissar?«

Jetzt sitze ich hier fest. Schlimmstenfalls würde mich im Hausgang einer der Bullen erkennen. Das will ich nicht riskieren. Was, wenn diese Nachricht sich bis zu Stani verbreitet? Er hat seine Informanten bei der Polizei, und ich wäre geliefert. Wahrscheinlich diktiert das Balg im Dachgeschoss eine astreine Beschreibung von mir, fürs Phantombild. Oh Mann, wäre ich gläubig, sollte ich mindestens ’nen Hammel opfern. Die Schlinge zieht sich zusammen, wie es so schön heißt, ich spür ein Kratzen am Hals.

»Eine Runde UNO?«, schlägt Daniela vor.

»Wieso versuchst du nicht mal dein Glück, wenn du scharf auf Daniela bist?«, will ich vom Zierl wissen. »Ich meine, was kann passieren? Ist doch besser, als selber …«

»Sie verstehen nichts«, zischt er, und ich sehe ihm die Verlegenheit an. Seine Ohren kriegen Radieschentönung.

»Oder?«, sag ich zu Rosi.

Sie schaut zur Seite.

»Ja was?«, leg ich nach.

»Ich spiel seine verstorbene Frau«, klärt mich Daniela auf. »Herr Zierl ist Witwer.«

Der Alte senkt den Kopf und nickt.

Daniela verschwindet in ihrem Schlafzimmer und erscheint kurz darauf mit einer schwarzen Kurzhaarperücke und einem bunt gemusterten Kostüm. »Das zieh ich manchmal an und das Kostüm im Flur aus.«

Ich schau von einem zum anderen. Alle gaga. Komplett, der Zierl vorneweg. Und die Kapelle spielt dazu. Ein Wahnsinnstrio, mit dem ich festsitze. Vielleicht könnte man mit einer Partie UNO den Tag noch retten. Einen Versuch wär’s wert. Da kommt mir ein Gedanke. Wenn Wahnsinn, dann richtig.

»Jetzt spiel ich deine Frau«, sag ich zu Zierl.

»Was? Sie sind wohl nicht bei Trost! Sie glauben doch nicht –«

»Nein, Gevatter – ist mir egal, wie du einen hochkriegst, ich muss raus aus dem Haus.«

»Ich erlaube nicht –«

»Soll ich dich dran erinnern, dass ich vor 'ner halben Stunde mein Leben riskiert hab, damit du deine Zähne behalten kannst? Es sind Leute draufgegangen, nur wegen dir. Wo bleibt deine Dankbarkeit?«

Daniela reicht mir wortlos Kostüm und Perücke.

Zierl gibt klein bei und sinkt auf der Wohnzimmercouch zusammen. Seine Finger betasten den Mull über seiner Nase. I am sorry! Der ist fertig, schlimmer kann sein Tag kaum werden. Na ja, Pauli hatte heute auch keinen leichten. Immerhin kann Zierl Luft holen – durch den Mund. Wenn du Schmerzen hast, bist du lebendig. Das ist manchmal mehr, als man erhoffen kann.

Ich stülpe mir die Perücke über den Schädel und rück sie zurecht.

Die Ladys scheinen Spaß dran zu haben, mich zu schminken. Vor dem Spiegel bleibt mir die Spucke weg. What the f…! Ich sehe aus wie 'ne abgehunzte Heidi aus der Laufhausabteilung. Grobrichtung gepimptes Schulmädchen. Auf Rouge-Bäckchen hätte ich verzichten können.

Ich stopf mir einen Spitzen-BH von Daniela mit Seiten der Abendzeitung aus. Ihre Bluse sitzt wie angegossen. Den superkurzen Rock tu ich mir nicht an – die Beine bleiben unrasiert. Rosi leiht mir ihre Schuhe. Rosa Sandaletten mit spitzem Absatz. Größe 42. Bevor ich sie anprobiere, tauschen wir Handynummern aus. Paulis Zahlenreihe male ich mir auf den Unterarm. Besser als eine Smartphone-Notiz. Ich traue den Dingern nicht über den Weg.

Rosi kann die Nummer inzwischen auswendig.

Ich bin gerade fertig gestylt, da meldet sich Zierl. Brav hebt er den Finger.

»Ich … habe eine Idee, was die rätselhafte Nummer betrifft.«

»Das ist eine Telefonnummer aus 'nem Kaff in Mecklenburg. Danke. Setzen«, klär ich ihn auf.

»Ja, oder aber …«

Mein Blick wandert zu Rosi. Hat sie ihm alles erzählt?

»Raus mit deiner Weisheit, wenn es sein muss«, sag ich zu ihm.

»Fünfundzwanzig Prozent«, näselt er.

»Fünfundzwanzig Prozent von fucking was?«, will ich wissen und schieb meine Finger unter die schwarze Haarpracht. Es juckt, als wäre 'ne Flöheparty angesagt.

»Von allem, was Sie von Herrn Schmitzers Beute finden«, sagt Zierl und glotzt mich herausfordernd an.

Ich zucke mit den Schultern. »Das sind deine fünfundzwanzig Prozent, Rosi, du hast gequasselt.«

»Also abgemacht?«, vergewissert sich Zierl. »Auf Ehre und Glauben?«

Da liegt er bei mir so was von falsch.

»Hey, was ist mit mir?«, meldet sich Daniela. »Ich könnte raus zu den Bullen gehen und alles erzählen.«

»Du willst uns erpressen, du miese Schlampe?«, wird sie von Rosi angeraunzt.

»Selber Schlampe. Ich will auch fünfundzwanzig Prozent.«

»Rede endlich!«, plärr ich Zierl an.

Er zuckt zusammen und wird zum Mäuschen.

Ich platze gleich.

Rosi sieht aus, als wolle sie sich auf Daniela stürzen. Ich hab sonst nichts gegen einen gepflegten Catfight einzuwenden, aber gerade wäre das eine Nummer too much. Ich kann sehen, wie Daniela mit den Lippen lautlos das Wort »Bitch« formt.

»Pflanzt euch hin«, knurre ich, »alle. Und haltet bitte den Rand – außer Herrn Zierl.«

»Das könnte eine ISBN sein«, erklärt der Mann mit leiser Stimme.

»Eine was?«

»ISBN – Internationale Standardbuchnummer. Die befindet sich auf allen neueren Büchern. Sie wissen schon, diese Objekte mit Seiten und Buchstaben.«

»Ich lache nur freitags. Du willst uns weismachen, Pauli hätte sich diese Standarddingsda notiert, damit er sie nicht vergisst? Kleine Leseratte, der Pauli, was?«

»In unseren Büchern war bestimmt nichts. Die Typen haben sie gründlich durchgeschaut«, sagt Rosi, »und die Bullen auch.«

Alle drei Schwarten? Okay. Stani glaubt also, Pauli könnte etwas besitzen, das in ein Buch passt. Diamanten, ein Zettel, ein Foto? Aber Pauli hat es entweder gut versteckt, oder sein Mörder hat es längst abgegriffen.

»Was soll das für ein Buch sein?«, will ich von Zierl wissen.

Der kratzt sich am Kinn.

»Ich hab die Zahlen gegoogelt«, sagt Daniela und starrt auf ihr Smartphone-Display. »3821836016, die Nummer gibt es! ›Leonardo da Vinci‹. Aus dem Französischen. Der Autor heißt Pinguilly. Soll ich es bei Amazon bestellen? Ich meine, wenn du zahlst.«

Zierl zückt seinen Geldbeutel und zaubert ein Kärtchen hervor. »Stadtbibliothek. Man könnte es leihen.«

Ich starre den Mann schweigend an, dann seinen Ausweis. Ho, ho, ho, nicht so schnell. Stadtbibliothek? Verdammt! Der Alte hat bei mir eine Kerze angezündet. Licht! Die Idee ist nicht blöd. Pauli hat es am Auer Mühlbach bei der Ludwigsbrücke erwischt. Vielleicht musste er was auch immer schleunigst loswerden, weil er Verfolger hatte. Er brauchte ein Versteck. Zum Gasteig und der Stadtbibliothek dürften es schlappe zweihundert Meter Fußweg sein. Er könnte von dort gekommen sein, als er auf seinen Mörder traf, weil er sein Geheimnis in das Buch dieses Pinguins gelegt hatte und hoffte, er kann es später holen – mit etwas Schwein.

Ich zupf Zierl das Kärtchen aus der Hand.

»Aber treiben Sie damit kein Schindluder!«, sagt er.

»Du hast's nötig, Alter. Was geht's dich an, ob ich Luder schinde? Außerdem hab ich Besseres zu tun. Bücherei im Gasteig, hast du gesagt?«

»Ich hab keinen bestimmten Ort genannt. Heute schaffen Sie das nicht mehr. Die Stadtbibliothek hat samstags nur bis sechzehn Uhr –«

»Dann brech ich eben ein.«

»Was?«

Zierl sollte seine Augäpfel festhalten, sonst hopsen sie noch aus den Höhlen.

»War ein Joke. Ich hol mir am Montag die Pinguin-Schwarte«, beruhige ich ihn, »danach sehen wir weiter. Das war gut mit der Kummernummer«, lob ich das Trio.

»Vielleicht ist da ein Hinweis drin«, vermeldet Daniela.

»Ich könnte es mit der Onleihe vorbestellen«, sagt Zierl und streckt die Hand nach Danielas Samsung aus. Sie verweigert und drückt es an ihren Busen.

»Das wär voll bescheuert! Dann hat jemand aus der Bibliothek das Buch in den Flossen«, sagt sie, »vielleicht –«

»Vielleicht sind wir morgen alle t-o-t«, flüstere ich beschwörend und bring Schweigen in die Hütte.

Hinter mir fällt die Tür ins Schloss.

Mit meinen Sneakers und dem Hoodie in der Aldi-Tüte stöckele ich mit straffen Waden an den Uniformierten im ersten Stock vorbei. Dass ich den Bogen nicht wegschaffen konnte, sondern bei Daniela lassen musste, nagt an mir. Eine Mordwaffe lässt du ungern in der Obhut von Zufallsbekanntschaften. Ob ich mich auf die Frau, deren Haar ich auf dem Schädel habe, verlassen kann, wird sich herausstellen. So oder so.

Wie vermutet, kommt mir die eine oder andere Figur im Hausgang bekannt vor. Einer der Cops lächelt mir zu, und ich schenk ihm ein billiges Augenzwinkern. So selbstverständlich, wie ich mich durchs Treppenhaus bewege, kommt keiner auf die glorreiche Idee, mich auszuquetschen. Jeder muss denken, dass ich bereits an der Reihe war. Wenn du pokerst, solltest du bluffen können. Mir wird heiß. Unter der Perücke kocht mir das Hirn. Schweiß läuft mir in die Augen, ich will nicht reiben, sonst ist die Schminke im Eimer. Wie machen das die Mädels, verflixt noch mal? Halb blind stolpere ich durch die Haustür.

Fast habe ich es geschafft. Es herrscht Gedränge wie im Einkaufstempel der Messestadt, nur dass sich die Menge aus Polizisten und Sanis zusammensetzt statt aus shoppinggeilen Ersatzbefriedigern.

Mannschaftswagen parken in Dreierreihe. Ein Leichenwagen rollt an. Sie werden zwei davon brauchen.

Kaum hab ich die Reihe der Cops hinter mir, muss ich mich durch die Meute arbeiten, die sich zusammengerottet hat, um nichts zu verpassen. Endlich was geboten! Allüberall gereckte Smartphones, Geplärr und Tumult. Um den Platz in der ersten Reihe wird gefightet, als gäb es das neue iPhone for free. Alles besser als Glotze. Hab ich Pech, kann ich mich morgen auf YouTube bestaunen.

Ich bekomme einen Ellenbogen in die Visage und 'ne Faust ins Kreuz. Beinahe wär ich zu Boden gegangen. Wie beim Sparring reiß ich die Arme hoch und torkele weiter.

»Du Drecksfotze!«, krächzt mir ein scheintoter Furz ins Ohr, wie sich mein Absatz in seinen Filzpantoffel bohrt. Ich zieh ihm eins mit der Tüte über den Schädel und remple ihn auf Rippenhöhe aus dem Weg. Links-rechts-Kombination.

Der Alte knickt stöhnend ein und plumpst auf den Hintern. Währenddessen fliegt neben mir ein Fettkloß über einen Kinderwagen und reißt ihn um. Der Doppel-Whopper verliert zwei Büschel Haare, als das Muttertier sich auf ihn stürzt.

Weiter hinten kniet ein junges Mädel auf dem Pflaster und speit, was das Zeug hält.

Zwei kunstvoll Geschorene punchen sich vor ihr die Scheiße aus dem Leib. »Wamp« und voll drauf. Kurz angetatscht, ein kindischer Spruch und zackig gibt's aufs Maul. »Hey, du hast meine Mutter …«

Ein Sheriff schreit Unverständliches ins Megafon, sämtliche Glotzköpfe plärren zurück. Sie buhen ihn aus, schütteln die Fäuste, als wären sie im Stadion. Ist das Gleiche. Scheißschiri, wie immer!

Als ich mich durchgetankt hab, kann ich Halleluja jodeln und zähl meine Knochen. Touchdown!

Fix und fertig stolpere ich die Straße lang. Das war's! Am Auto hat sich zum Glück keiner zu schaffen gemacht, und ich kann tatsächlich abhauen. Rosis rosa Treter hab ich in den Kofferraum geworfen. Aus der Tüte hole ich meine. Mir zittern die Hände, wie ich die Schnürsenkel binde. Die Bluse könnte ich locker auswringen.

Mehr Umziehen ist nicht drin, unter den Augen von Münchens gesamter Polizeitruppe. Ein Lachflash packt mich, bevor ich losfahren kann. Alter Schwede! Den Tag sollte ich pressen und getrocknet aufbewahren, als Warnung für Nachkommen oder so. Falls noch wer nachkommt.

Ich muss Schminke, Bluse und BH loswerden und durchschnaufen. Der naheliegende Ort ist der Laden meines Onkels. Das muss er verkraften.

FÜNF

Mein Onkel hält Zwingerhunde. Zwei Dobermänner. Karloff und Lugosi. Das ist es, was er von Erziehung versteht. Ich meine, ich war nicht weggesperrt, im Gegenteil. Eher mir selbst überlassen. Zwei warme Mahlzeiten täglich. Aber wenn ich mich verdrückt habe, anstatt in der Werkstatt rumzufummeln, gab es hinter die Löffel. Nachts hatte ich Ruhe. Da sollte ich nicht stören. Es rollten die krassen Schlitten auf den Hof, die Onkelchen auf Bestellung verändert, aufgefrischt und weitervertickt hat. Auf den Papieren war die Tinte meistens noch feucht.

Der Handel mit den billigen Blechkisten tagsüber, das ist Kleinkram. Da schlagen Jungs aus dem wilden Osten auf und feilschen auf Teufel komm raus, um sich einen abgenudelten Benz, Popel oder BMW zu ergattern, der es an einem Stück bis zum Bosporus oder darüber hinaus schaffen könnte. Ich schätze, jeder Zweite hat Schwein.

Wann immer ich Mist gebaut hatte, und das war regelmäßiger als Schule, gab es 'ne Predigt. Doch wenn du im Glashaus sitzt … Und das wussten wir beide genau. Ich wusste auch, dass die Autorödelei nicht mein Ding war. Man muss mit sauberen Pfoten genug Asche machen können.

Nach meinem ersten Bruch bin ich gerade so davongekommen. Mit heiler Haut, doch ohne Kohle.

Mein Onkel hat geahnt, wohin die Reise gehen wird, spätestens als wir immer wieder die Bullerei am Hals hatten, wegen mir. Mein Tun war für ihn geschäftsschädigend. Er hat mich vor die Wahl gestellt: Ich mach bei ihm eine ordnungsgemäße Lehre oder pack meinen Krempel. War zu verstehen. Damals bin ich zum ersten Mal auf Pauli getroffen. Er hat mich in seiner Bude pennen lassen. Und als ich so viel Ärger eingesammelt hatte, dass ich ihn nicht mal für eine Minute wegkiffen oder wegsaufen konnte, hab ich beim Onkel eine durchrostete 69er Stingray mit verzogenem Fahrwerk geklaut.

Der gute Pauli hat sie mir als tadellos, fast wie neu abgekauft. Hätte mein Onkel hören können, wie ich dem die Corvette aufgeschwatzt habe, er wäre stolz auf mich gewesen. Mit der Kohle hab ich mir ein One-Way-Ticket nach Phuket besorgt. Es blieb zwar was übrig, aber das hab ich verfeuert wie nichts.

Als ich nach zwei Jahren wiederkam, hat er darüber kein Wort verloren. Wir haben uns beide gefreut, dass ich lebte, und derzeit läuft es zwischen uns geschmeidig. Bis auf die Arbeitsscheiße. Wenn er mir mit seiner Werkstatt die Ohren vollsabbelt, ist Ende Gelände.

Bis nach Perlach zu meinem Onkel ist es ein Katzensprung. Ich brauch zehn Minuten, bis ich die Ottobrunner Straße entlangrolle, wo sich Autohäuser und An- und Verkaufsklitschen wie Perlen an einer Kette reihen. Erst geht es an den passablen Adressen vorbei, durch Seitenstraßen zu den zweitklassigen, bis zu den abgelegenen Grundstücken, vollgestapelt mit rostigem Krempel, von dem keiner weiß, wofür man ihn braucht. Eventuell hat man ihn nie verwendet und gleich weggehauen. Daran vorbei und zweimal links kommst du zur Werkstatt von Onkel Seba.

Manche Leute sagen Sepp zu ihm, da schwillt ihm die Schläfenader. Er heißt eigentlich Sebastjan, mit Betonung auf »j«. Wenigstens Sepp und nicht Samson. Wenn du aussiehst wie ich, mehr Lauch denn Eiche, ist das, als würdest du einen Gecko Godzilla nennen. Darauf gepfiffen. Eine Frage der Perspektive.

Ich bieg auf Onkels Grundstück ein.

Auf Sebas Hof stehen meistens, von einem Maschendrahtzaun umgeben, um die zwanzig Autos, denen man das Prädikat »fahrbereit« zugestehen könnte. Nicht mehr und nicht weniger. Keine Sardinenbüchsen, nichts unter fünf Meter. Wie er an die TÜV-Plaketten kommt, ist sein finsteres Geheimnis. Ansonsten gibt es eine Halle zum Schrauben, einen Unterstand für die Hunde und einen Wohnwagen, der sich Büro nennt.

An sonnigen Tagen geht es bei meinem Onkel zu wie beim Friseur hinterm Bahnhof. Es wird halt nicht über frisierte Schädel, sondern über frisierte Karren gefachsimpelt – und wie man an die rankommt.

Wie ich aus dem Wagen steig, verlässt Seba mit strahlendem Lächeln den Trailer. Das Kreuz gerade, wiegende Hüften und alles. Aus dem lässig offenen Hemd quillt das Brusthaar, mit Stretchjeans und Dreitagebart macht er, trotz grauem Schopf, noch immer eine gute Figur. Speck hat er nicht angesetzt. Wenn ich weiblich wäre, wüsste ich das zu schätzen. Meine Verkleidung scheint auf meine Gedanken abzufärben.

Er hat mich nicht erkannt und hält mich für 'ne waschechte Señorita. Er sollte es mit einer Brille versuchen. Seine herumliegenden Hunde haben es gecheckt, die heben nur müde den Kopf, und ihre Ruten zucken ein wenig.

Das Lächeln vergeht ihm, als er näher kommt. Hier gibt's nichts zu bezirzen. Meine Karre hätte er erkennen müssen.

»Mach, dass du reinkommst, bevor dich wer sieht, du Luder«, herrscht er mich an.

Das ist ganz in meinem Sinne.

Drinnen geht er zum Tischchen mit der Kaffeemaschine und gießt uns zwei Tassen ein.

»Ladyboy, aha«, sagt er mit dem Rücken zu mir. Mehr nicht.

»Zeit, mich zu outen.«

Ich schnapp mir die Tasse und lasse mich von ihm begutachten. Er ist viel gewohnt von mir und neigt leicht den Kopf. So bringt man Seba nicht aus der Fassung. Das hätte ich selbst mit Minirock und Silikontitten nicht hinbekommen.

Schweigend trinken wir. Sie tun gut, die friedlichen Minuten. Die Bilder aus Paulis Wohnblock fluten mein Hirn. Ich bin unentschlossen, ob ich das Glück oder Pech nennen sollte. Weder Leiche noch eingesperrt – darauf kann man aufbauen.

Seba schenkt uns nach und gibt einen kräftigen Schuss Cognac dazu. Es ist seine Flasche für besondere Gelegenheiten, gute Deals.

Schließlich geh ich zum Waschbecken und schau in den Spiegel. Das sieht hundserbärmlich aus. Verlaufene Schminke, verwischter Lippenstift, Ergebnis: Horrorclown. Ich nehme die Perücke ab und wasch mir die Pampe vom Gesicht. Sebas Handwaschpaste ist perfekt. Ohne Bluse fühl ich mich besser.

Mein Onkel hat sich umgedreht und schlürft Kaffee.

»Ein Kleid kannst du hier lange suchen, Chica«, meint er und schmunzelt.

Ich hol meinen Hoodie aus der Tüte und streif ihn über.

»Ich muss los«, sag ich, »hab's eilig.«

»Musst du selbst wissen.«

Ich schüttle den Kopf und seufze. »Demnächst komm ich länger vorbei, und wir reden.«

»Brauchst du sonst was?«

»Kannst du eine Kalaschnikow besorgen?«

»Wer ist hinter dir her, Samson? Das klingt nicht gut. Ich hab 'ne alte Husqvarna neun Millimeter, die könnte ich dir geben.«

Ich mag seine Sorgenfalten.

»Nein, war ein Gag.«

»Idiot, dämlicher. Warum hab ich dich großgezogen und nicht an die Hunde verfüttert?«

»Damit du 'nen Erben hast, wenn du den Löffel abgibst.«

»Ich vererbe alles meinen Viechern.«

»Von denen hat keiner 'nen Führerschein. Denen sind Autos schnuppe.«

»Hast du denn einen? Dann eben den Anonymen Alkoholikern.«

»Anonym ist ja billig! Das sind Memmen. Gib es 'nem Säufer, der Farbe bekennt. Hier steh ich – halleluja!«

»Hey!« Er packt mich bei den Schultern, zieht mich ran und drückt mich. »Pass auf dich auf, ja?«

Der Mann ist auf seine alten Tage gefühlsecht wie ein Präser.

»Alles gut«, brumm ich und grins ihn an.

Ich schwing mich in meine Karre.

Seba steht mit der Kaffeetasse im Türrahmen. Er hat die Augen zusammengekniffen. Den Ausdruck kenn ich von ihm, wenn er einen Motorraum vor sich hat, in dem kaum ein Teil zu retten ist.

Ich kann nur hoffen, mein Motor läuft wie geschmiert. Natürlich mach ich mir fast in die Hose. Ich meine, wie abgezockt musst du sein, damit du chillig zu Stani cruisen kannst, ohne Schiss zu haben, dich zu verplappern? Hab ich nicht gerade zur Großwildjagd auf seine Büffel geblasen? Doch ich muss wissen, was er von mir will. Besser, als ihn in meinem Rücken zu haben. Stani ist eine unberechenbare Sau. Er knutscht dich ab mit einem Lächeln oder lässt dich mit einem Fingerschnippen ausknipsen, je nach Laune. Ich bin weit davon entfernt, den ganzen Mist zu kontrollieren. Alles, was ich habe, ist Zierls verdammter Büchereiausweis und eine vage Hoffnung.

Ich benötige eine halbe Stunde, bis ich mich durch den Verkehr geschlängelt habe und am Bahnhof ankomme. Zeit genug, um mir in allen Einzelheiten auszumalen, was Stani mit mir anstellen würde, falls ich einen Fehler mache. Ich weiß, wie einfallsreich der Hundesohn sein kann.

Mit Pokerface und Händen in den Taschen schlendere ich zur Shisha-Bar. Der Tanz kann beginnen.

Igor steht da, wo er hingehört. Auf der Straße. Er sieht aufgewühlt aus, trippelt umher wie 'ne rossige Stute. Schweißperlen hat er auf der Stirn. Anstrengenden Nachmittag gehabt, Gevatter?

Wortlos geh ich an ihm vorbei. Meinen Angstschweiß hab ich mir vorhin vom Gesicht geputzt.

Der Major hält mich nicht auf. Es ist nicht die Zeit für Spielchen.

Schweigend zieh ich mir einen Stuhl heran und setz mich zu Stani. Die Nerds sind verschwunden. Außer ihm ist der Laden ausgestorben.

Der Boss nippt vom Chai und schaut mich an.

Er setzt die Tasse ab und streicht sich über das Doppelkinn. Das dauert gefühlt Minuten ohne ein Wort von ihm. Ich spür ein Kratzen im Hals und räusper mich zweimal.

»Du und Pauli«, beginnt er endlich, »wie war das gleich mit dieser Hotelmasche?«

Alte Geschichte. Was will er? Ich lehne mich zurück, schlag

ein Bein übers andere und versuche entspannt auszusehen. Meine Gedanken schick ich in die Vergangenheit.

Pauli und ich waren damals ein erfolgreiches Gespann. Ich glaube, wie waren die Ersten in München, die so gearbeitet haben.

Pauli hat mir eines Tages ein Teil präsentiert, das von außen aussah wie ein Edding, dabei gefüllt war mit Elektronik-Shit. Damit konnten wir die Kartenschlösser der Zimmertüren aufmachen wie nichts. Den Stift unten hingehalten, Knopfdruck, bingo. Ein Kumpel, der im Knast saß und dringend Geld brauchte, hatte ihm das Gerät über seine Freundin vertickt. Alles Weitere war easy. Die Safes in den Zimmern knackst du durch das Loch hinter dem Firmenschildchen, manchmal reichte ein Schlag auf die richtige Stelle. Wer da was reinlegt, ist selbst schuld. Und wenn du halbwegs mit einem Multipick umgehen kannst, sind andere Schlösser Kinderkram.

Die Hotels hängen das nicht an die große Glocke. Wäre geschäftsschädigend.

Wir haben es immer geschafft, rein- und rauszukommen, mit der einfachsten Verkleidung von allen: ein schicker, schwarzer Anzug. Egal was für ein Ding du drehen willst, wirfst du dich in gediegenen Zwirn, landest du 'nen Treffer, als hättest du eine Tarnkappe auf dem Schädel. Deshalb haben die Banken vermutlich Dresscodes. Pauli trug seinen Hochzeitsanzug samt eingestecktem Seidentuch.

Wie auch immer, es gab nie Stress. Fast nie.

Am besten war es zur Frühstückszeit. Die Zimmermädchen schafften uns keine Probleme, die standen unter Druck, fix und geräuschlos ihren Job zu erledigen. Die hatten nur Augen für ihren Kram.

Eines Tages hat unser Magic-Stift den Geist aufgegeben, und wir konnten keinen Ersatz auftreiben. Das war's.

Ich erinnere mich, wie wir einmal in ein Zimmer geschlüpft sind, von dem wir annahmen, es wäre leer. War es nicht. Es war eine überschaubare Drei-Zimmer-Suite, und wir haben uns ordentlich was erhofft, aber da lag eine Frau im Bett. Das ist weit weg von »Erhoffen«, wenn du gerade einen Bruch machst.

»Entschuldigen Sie die Störung«, sagte ich, und wir traten den Rückzug an. Dabei beteten wir, dass sie nicht das Haus zusammenschrie.

»Wartet!«, rief sie. »Ihr seid nicht vom Hotel.«

»Klar doch, wir kontrollieren die Schließanlage. Es gab Einbrüche in letzter Zeit.«

»Ich bin nicht blöd!«

Wir zuckten mit den Schultern und bewegten uns schweigend Richtung Tür.

»Nein, nein«, murmelte sie. »Mein Mann köpft da unten sein bescheuertes Frühstücksei, und ich …« Ihr Lachen klang nicht unbekümmert, eher manisch. »Wenn ich um Hilfe rufe, seid ihr geliefert.«

»Dann hau ich dir ein paar in die Zuckerschnute«, meinte Pauli lapidar.

Das wäre das Einfachste gewesen. Ich sah ihm an, dass er ungeduldig wurde. An Davonrennen war nicht zu denken. Zu spät. Zu hohes Risiko.

»Mach doch«, forderte sie ihn auf. Das klang, als wäre es ihr piepegal, eine verpasst zu kriegen. »Der Kleine könnte das, du nicht«, urteilte sie.

Sie schlug die Bettdecke zurück, und wir durften sehen, dass sie bloß einen rosa Rüschenslip anhatte. Womöglich ein Fünftausend-Euro-Designerteil. Zum abgemagerten Körper trug sie aufgepimpte Möpse und eine Perlenkette. Die Kombi ist wohl in, bei der Millionärsgattin ab Mitte vierzig. Keinen Schimmer, ob sie uns für ausgehungerte Knastbrüder hielt, denen bei einem Fetzen nackter Haut gleich der Willi in der Hose explodierte.

»Du gehst raus«, herrschte sie mich an. Ob Pauli mir die Erleichterung angesehen hat?

Wenn du in Kohle schwimmst, gewöhnst du dich daran, sofort das Spielzeug zu kriegen, an das du soeben einen crazy Gedanken verschwendest hast. Und falls nicht, stampfst du mit dem Fuß auf, quengelst und schreist. Schau es dir an, zu viel Asche macht jeden zum Schnullerkind.

Ich patrouillierte also schwitzend vor der Zimmertür auf und ab und wartete eine Viertelstunde auf Pauli. Fünfzehn Minuten können zur verdammten Ewigkeit werden. Ab und zu hielt ich mein Ohr an die Tür, konnte jedoch kein Geräusch erlauschen. Mit den Händen in den Hosentaschen lächelte ich vorbeihuschenden Zimmermädchen zu. Ich versuchte, tief zu atmen und gechillt zu wirken.

Als Pauli aus der Suite kam, war er schweißnass, und sein Schädel glühte wie ’ne Hundert-Watt-Birne.

Schweigend machten wir, dass wir aus dem Hotel verschwanden. Das rechnete ich Pauli hoch an. Er nahm das Opfer auf sich wie ein ganzer Kerl, damit wir nicht im Knast landeten.

Die Trulla hatte sich, mit Paulis Hilfe, eine Medizin gegen ihre Depri verpasst, und uns würde diese Geschichte kein Schwein in München glauben. Pauli hatte die Perlenkette und das Höschen eingesteckt, um es zu verticken. Das Höschen gab er mir mit, damit es seiner Rosi nicht unter die Augen kam. Hauchdünne Seide mit ein paar Flecken drauf. Dafür findest du immer Käufer.

»Was soll die alte Leier? Das weißt du eh«, sag ich zu Stani und wisch mir verblichene Storys aus dem Hirn. Pauli liegt im Leichenschauhaus, und ich sollte mich höllisch konzentrieren, damit es mir nicht genauso ergeht.

»Ich glaube, dass Pauli die Masche wieder durchgezogen hat«, meint der Boss und gafft mich an, als würde ich für ihn strippen wollen.

»Kann sein, aber nicht mit mir.« Ich starre zurück.

»Wirklich nicht?«

Mein Kopf bewegt sich selbstständig hin und her.

»Geht das allein?«, will Stani wissen.

»Mehr Stress, niemand, der dich absichert, aber möglich wär’s.«

»Da gab es doch diesen Typen, von dem ihr dieses Wahnsinnsteil hattet für die Zimmerschlösser. Wie heißt der gleich?«

Stani war im Bilde. Er musste sich Gedanken darüber gemacht haben und hatte Erkundigungen eingezogen. Warum?

»Ich denke, der sitzt noch ein. Der hat im Suff sein Mädel zugerichtet. Vinzent.«

»Ach ja, der kahle Vinzent. Der hatte doch 'nen Bruder?«

»Vielleicht hatte er sogar Eltern. Was willst du von mir, Stani?«

»Kann sein, Pauli ist da was in die Hände gefallen, was er besser nicht genommen hätte.«

Endlich Butter bei die Fische.

»Was da wäre?«

»Etwas, das einem guten alten Geschäftspartner von mir gehört. Er hat es in München durch meine Vermittlung erworben, und unser unglücklicher Freund Pauli hat es ihm wahrscheinlich gestohlen. Nun ist er etwas, sagen wir, angepisst.«

»Da hat er wohl nicht gut aufgepasst, dein Geschäftspartner. War er so angepisst, dass er Pauli abgestochen hat?«

»Nein, sicher nicht. Er hat sich an mich gewandt, weil er es wiederhaben will und ich weiß, wie der Hase läuft. Ich kenn mich aus, was hier passiert. Das ist meine verfickte Stadt. Ich steh im Wort. Und ich werde es halten.«

»Schön – und jetzt das Ganze für einfach Gestrickte wie mich. Worum geht es?«

Stani seufzt und lehnt sich zurück. Sein Blick saugt sich an mir fest. Seine Hände spielen mit seinem Smartphone.

Ich betrachte seinen fetten Ring mit dem schwarzen Onyx und warte ab. Der Big Boss scheint mich zu brauchen, sonst wär das Gespräch längst zu Ende.

»Du kennst da Vinci?«, fragt er schließlich.

»Freund von dir?«

»Witzig, Samson. Besser für dich, du sperrst die Ohren auf.«

Er tippt auf seinem Smartphone eine Website ein und überfliegt den Text.

»Letztes Jahr haben sie in Frankreich eine kleine Skizze von da Vinci entdeckt, die hat fünfzehn Millionen eingebracht. Sie gehört zu einer Mappe von acht Zeichnungen, die der Kerl – warte – irgendwann 1400 hingerotzt hat. Soll den heiligen Sebastian darstellen. Drei sind bekannt, der Rest gilt als verschollen. Aber sie sind nicht verschollen. Mein Geschäftspartner hat bereits zwei von den Scheißerchen. Natürlich will er keine Aufmerksamkeit auf sich ziehen, sonst würde wer unangenehme Fragen stellen.

Das wäre mehr als blöd. Es ist ja nicht wichtig, wie die Bildchen zu ihm gekommen sind. Er genießt lieber im Stillen und hat ein Zollfreilager in der Schweiz, du verstehst? Und jetzt spitz die Lauscher: Seine dritte Zeichnung ist ihm im Hotel übergeben worden. Klingelt es?«

»Und unser Pauli soll den Heiligen abgestaubt haben? Fünfzehn Mios, alle Achtung. Jackpot.«

»Das ist, was mir durch den Kopf geht. Es war ein verfickter Zufallstreffer im verfickten Hotel.«

»So was solltest du nicht in den Hotelsafe legen. Da hast du ruckzuck ein Problem.«

»Probleme. Du sagst es.«

»Und warum denkst du, dass der Fetzen noch hier ist? Der könnte längst am Schwarzen Meer vertickt werden oder so.«

»Und wo wären Paulis Ocken? Wenn der Fetzen nicht mehr da ist, will ich das Geld. Verstanden? Ich glaube aber, entweder Pauli hat das Bild versteckt, oder er hatte einen Partner.«

»Hast du gründlich gesucht?«

»Bei seiner Alten war nada.«

»Ich müsste mit deinem Geschäftspartner quatschen. Damit ich weiß, wie es gemacht worden ist. Dann kann ich dir sicher sagen, ob es Pauli war.«

Und es böte sich die Gelegenheit für einen Deal. Wenn das Gekritzel in diesem Buch steckte, könnte ich es dem Typen geben, die Kohle kassieren und ab dafür. Wäre einfach. Aber wenn Samson eins gelernt hat: So easy sind die Dinge nie. Jemand hat immer seine Flossen im Spiel. Und Herr Jemand hat Pauli abgeledert.

»Okay, ich mach was aus«, brummt Stani nach längerer Gedankenpause. Er hat sicher durchgespielt, wie er verhindern kann, dass ich ihn linke.

»Und wer, glaubst du, hat Pauli gekillt?«, will ich wissen.

Mit Daumen und Zeigefinger reibt er sich die Augen. Ich kann sehen, dass er schwitzt.

»Ich weiß es nicht«, sagt er, »weil ich nicht weiß, wen Pauli wegen der Skizze kontaktiert hat. Mich nicht, sonst könnte er noch leben – wahrscheinlich. Aber weil ihn wer abgestochen hat, ist es doch sonnenklar, dass er der Dieb im Hotel war, begreifst du das?«

»Und wenn der Killer das Bild oder die Kohle hat? Du bringst doch nicht jemanden umsonst um.«

»Ein verlauster Bastard hat heute zwei meiner Leute ausgeknipst. Der ist einfach bei Paulis Alten aufgetaucht und – bäng! Aber keine Sorge, den erwisch ich, und seine Klöten kommen unters Bügeleisen, bis du keine Falte mehr siehst. War das Zufall, oder wie? Nein – der sucht. Er hat weder das Bild noch die Kohle. Und glaub mir, der hat auch Pauli ausgeknipst.«

Ich atme tief durch. Aus Stanis Sicht klingt das logisch.

»Du willst den da Vinci noch mal an den Käufer verticken?«, frag ich ihn. Es lohnt sich nicht, das Thema mit seinen toten Jungs und der Bügelei zu vertiefen.

Stani nickt schweigend.

»Wieso sollte er sich darauf einlassen?«, will ich wissen. »Er hat doch schon bezahlt.«

»Du fragst zu viel. Bin ich schuld, wenn er es sich klemmen lässt? Wenn ich es wiederfinde, wird's teuer.«

Stani war der Vermittler und will zweimal absahnen. Nicht übel – falls nicht Paulis Killer was dagegen hat.

»Was ist mit dem Verkäufer? Vertraust du dem?«

Stani nimmt einen Zug von der Shisha und mustert mich mit zusammengezogenen Brauen. Darauf werde ich keine Antwort bekommen. Stani wird geprüft haben, ob der Verkäufer sich den da Vinci unter den Nagel gerissen hat. Da mach ich mir keine Sorgen.

»Also, was soll ich tun?«, will ich wissen.

»Du weißt, wo Pauli verkehrt hat. Zu welchem Händler wäre er gegangen? Wem hat er vertraut?«

Hat Pauli das verwünschte Ding in einem Buch versteckt, das man jederzeit leihen kann? Ich versuche mich in seine Lage zu versetzen. Entweder er war kolossal gerissen oder hatte tierisch Schiss. Gab es einen Partner?

»Und – pass auf dich auf«, fügt Stani leise hinzu.

Welch rührende Besorgnis. Gleich kommen mir die Tränen.

»Was springt für mich raus?«, will ich wissen. Schließlich soll Stani mir vertrauen. Wenn ich nicht zocke, würde ihn das misstrauisch machen.

»Falls du weißt, wer sich den Fetzen unter den Nagel gerissen oder wo Pauli ihn versteckt hat – sagen wir, zwanzigtausend.«

Ich lache auf. »Wer garantiert dir, dass ich die Skizze nicht behalte und fünfzehn flockige Mios kassiere?«

»Jeder hängt am Leben, oder bist du da eine Ausnahme? Gehst du zu Paulis Beerdigung?«

Er holt ein blaues Kuvert aus der Tasche und reicht es mir. »Das gibst du seiner Witwe.«

Ich schau rein. Dreihundert Flocken. Fast hätte ich ihm gesagt, dass sie damit nicht mal ihre Wohnung renovieren kann, aus der Igors Trampel Kleinholz gemacht haben. Geh scheißen, dicker Mann!

»Großzügig von dir«, sag ich stattdessen. »Die dreihundert für mein Begräbnis kannst du meinem Onkel geben, wenn es so weit ist.«

Er nickt. »Eine Aschekapsel aus China kostet fünfzehn Ocken. Die werde ich dir spendieren. Und einen Kranz.«

»›Meinem lieben Samson‹? Fünfzigtausend müssen es für mich schon sein.«

»Fünfunddreißigtausend und dein Leben.«

»Vierzig plus Leben.«

»Sechsunddreißig, und ich zahl dir den Friseur. Du hast Zotteln wie der Kläffer meiner Ex. Meine Leute laufen so nicht rum.«

»Deine Leute?«

»Ja, was dagegen? Dein Arsch gehört jetzt mir, also vertrödel nicht unsere Zeit.«

Ich könnte Stani Paulis Nummer geben und mit etwas Glück die Kohle von ihm kassieren, plus Lebensgarantie. Samson, du weißt, dass du ihm das Bild nicht überlassen wirst. Die Chance kommt nur einmal. Und außerdem hab ich drei »Partner« an der Backe. Wer Stanis Personal gekillt hat, sollte unter uns bleiben – meine Nüsse sind bügelfrei.

»Okay?«, sagt mein neuer Boss und wischt sich den Mund mit einer Serviette ab, als hätte er gerade etwas Fettiges fressen müssen. »Oleg wird an deiner Seite sein. Du sagst ihm alles, was du tust, selbst wenn du zum Pullern gehst – hast du das gecheckt, Samson?«

»Yep. Du meinst deinen Igor?«

»Von mir aus nenn ihn Hühnerficker, wenn es dir Freude macht. Ich weiß jedenfalls, wie ich ihn nenne: deinen Schatten. Provozier ihn nicht. Wenn du tot bist, bist du nicht hilfreich. Das nähme ich dir übel. Dann vergiss den Kranz. Ich ruf dich an, sollten wir uns im Hotel treffen. Und jetzt beweg deinen Arsch hier raus und mach dich auf die Suche.«

Er winkt Igor herbei und nuschelt ihm das Ohr voll. Ich kann dem Burschen ansehen, was er davon hält, mein Kindermädchen zu geben.

Er baut sich vor mir auf. »Also, wo geht es hin?«

»Nach Hause. Und nein, du kannst nicht mit unter die Dusche. Du hättest es zwar nötig, aber –«

So schnell hätte ich Stani nicht erwartet. Er ist aufgesprungen und steht zwischen uns, bevor Igor tun kann, was er im Kopf hat.

»Hey«, sagt er und tätschelt seiner Bulldogge die Wange. »Bleib locker. Samson ist ein verfickter Hurensohn, aber er ist *unser* verfickter Hurensohn. Wenn er nach achtundvierzig Stunden nichts zu bieten hat, dann darfst du mit ihm spielen, ja? Die Uhr tickt, Samson.«

Ich hör mir das Gequatsche gelassen an. Was anderes habe ich nicht erwartet. Die nächsten zwei Tage werde ich Igor am Hintern haben wie 'ne pralle Hämorrhoide. Danach bin ich entweder tot, reich oder beides. Zu Hause kann ich nachdenken. Ich muss die Plage loshaben, wenn ich am Montag in die Bibliothek will.

Stani beachtet mich nicht mehr und fummelt stirnrunzelnd an seinem iPhone herum. Ich bin entlassen.

Mein Smartphone klingelt. Ich geh nach draußen und schau mir die Nummer an. Es ist Rosi. Ich drück sie weg.

Igor ist mir gefolgt und glotzt mir über die Schulter.

»Was Wichtiges?«

»Nimm Mundwasser«, empfehle ich ihm, bevor ich in meinen Chrysler steige.

Er knurrt, beißt aber nicht. Vielleicht will er bloß spielen?

Es sind nur ein paar Kilometer durch den Stadtteil Haidhausen bis zu meiner Bude am Piusplatz, aber die haben es in sich.

Als ich bei der Ludwigsbrücke die Isar überquere, kann ich mich kaum auf den dichten Verkehr konzentrieren. Immer wieder zieht es meinen Blick nach links, und ich nehm den Fuß vom Gaspedal, bis hupende Narren mir die Ohren abflexen wollen. Hier, ganz in der Nähe, hat Pauli dran glauben müssen.

Ich unterdrücke den Drang, rechts ranzufahren und mich umzusehen. Wem sollte das nützen? Mein Mund ist ausgetrocknet, und meine Finger kribbeln. Ein Whisky wäre perfekt, oder einfach Flüssigkeit, die in der Kehle brennt und das Hirn betäubt. Eine Klinge hast du dir ratzfatz eingefangen. Manchmal braucht es nicht mal 'nen amtlichen Grund, da reicht die falsche Grimasse, schon liegst du auf dem Pflaster und schwimmst in deinem Blut. Worauf zur Hölle hab ich mich eingelassen?

Hinter mir steckt Igor mit seinem BMW und sendet mir drohende Vibrations. Ich kann sie im Genick spüren. Meine Härchen stellen sich auf. Nenn es meinetwegen Instinkt.

Bis in mein Viertel helfen mir eine Zigarette und GReeeN mit seiner »Perle im All«. Mag sein, das ist kitschig, doch meine Gedanken surfen auf dem Refrain in ruhigere Gewässer.

SECHS

Ich kann den Chrysler in Sichtweite der Haustür parken. Er reiht sich unauffällig zwischen den anderen Rostlauben ein. Der Piusplatz ist einer der vergessenen Orte im Münchner Osten. Er könnte zum Freilichtmuseum werden. Die ersten Bauten sind aus des Gröfaz' Zeiten. Schlichte Arbeiterwohnungen, solange Arbeit da war. Danach haben die Kriegswitwen dort ihre Blagen großgezogen. Hier gibt es nichts zu holen. Jeder Bewohner weiß, warum. Dafür wächst jede Menge Grünzeug zwischen den Bauten. Vor ein paar Jahren haben sie neue »Aufenthaltsbereiche« angelegt. Wahrscheinlich, weil es die Bewohner nach draußen zieht, da ist es wohnlicher als zwischen den vier Wänden. Hat was von Freigang. Beim Einzug kriegst du ein Hinweisblatt, wie du richtig lüften musst, wegen des Schimmels. Das ist Roulette, entweder er taucht auf oder nicht. Ich hatte Glück.

Nicht weit von hier wird das »urbane«, »kreative« und »moderne« Werksviertel hochgezogen. Die volle Wörterdröhnung macht dich schwindlig. Scheint eher ein Glückskeks zu sein.

Dabei geht es kaum urbaner und kreativer als bei mir ums Eck. Mancher aus meiner Nachbarschaft hat sich einen Gartenstuhl rausgestellt, um im Sommer in knappen Badeklamotten herumzufläzen, als wär's ein All-inclusive-Resort in Phuket. Den Sechserpack Adelskrone kriegst du unter zwei Euro, Cracker und Kippen dazu – alles easy. Und es tun sich Bier um Bier neue Kumpels auf – falls es dir daran mangelt. Daran hab ich keinen Bedarf. Gesellschaft ist nicht mein Ding. Ich mag es, dass mir keiner krumm kommt, jeder lebt, wie er muss, und niemand stört sich dran. Egal in welchem Zustand du aktuell bist oder ob du etwas auf die Reihe kriegst.

Ich schlendere den betonierten Weg entlang, der zu meinem Hauseingang führt. Besser gesagt, ich tänzle wie ein Balletthäschen, weil einer der dämlichen Minikläffer aus der Hausgemeinschaft seinen Dünnpfiff verstreut hat.

Habe ich gerade gemeint, dass sich hier niemand darum schert, was beim anderen abgeht?

Großer Irrtum, Samson. Du findest keinen Platz auf diesem irrsinnigen Planeten, ohne dass dir jemand in dein Nest pinkeln will. Irgendein Lappen hat sich die Mühe gemacht, meine Pizzakartons aus dem Müllcontainer zu ziehen, und sie daneben aufgeschichtet. Ich weiß, dass es meine sind. Es sind sechs Stück. Napoli. Warum wirft er sie nicht gleich in den Papiermüll? Erziehungsmaßnahme. Es gibt einen Kandidaten, dem ich das zutraue. Es ist Hattler, der über mir wohnt. Der Kerl ist ein Blockwart der ganz alten Schule. Ich würde gern meinen Privat-Igor benutzen, der just um die Ecke verschwunden ist, um dem Wichtigtuer die Schneidezähne zu amputieren. Aber Hattler ist ein harter Brocken, den schnupfst du nicht so einfach weg.

Ich lass die Kartons liegen, stoß die Haustür auf und steig die knarzende Holztreppe hinauf in den dritten Stock zu meiner Wohnung.

Drinnen herrscht Chaos. Ich hab nicht viel, doch das bisschen macht sich überall breit. Es will protzen und nach mehr aussehen, oder so ähnlich. Damit meine ich, von meinen vier Hosen lümmeln drei auf der Bettcouch herum.

Nebenbei besitze ich einen russischen Armeerevolver, Nagant M1895. Er ist, laut Datum auf dem Schaft, von 1936. Ich hab ihn, wen wundert es, von einem Russen, eingetauscht gegen zwei Gramm Koks. Spontankauf. Wir waren gut drauf, und er wollte das Teil verscherbeln. Er hat mir versichert, der sei zuverlässig. Dazu achtzehn Patronen. Der Revolver ist gewaltig, und meine Bude besteht aus Küche, Bad und Zimmer, trotzdem brauch ich 'ne Viertelstunde, bis ich ihn gefunden habe. Wer denkt an den Schuhkarton auf dem Küchenschrank?

Ich schaff mir Platz auf dem Sofa, leg die Füße hoch und spiel mit der Knarre. Der Tag hatte es in sich. Drei Tote. Rosis verwüstete Wohnung, einen Stani samt dessen Köter Igor an der Backe und einen frei laufenden Messerstecher.

Ich renne nie mit einer Waffe durch die Pampa. Außerdem,

wo soll ich das Teil verstecken? Im Hosenbund? Das sähe aus wie ein Dauerständer.

Auf dem Schaft eingeprägt ist ein Stern, den ein Pfeil durchbohrt. Pfeil passt zu mir. Probehalber halt ich mir den Lauf an den Schädel und drück ab. Klick. Scheißspiel. Ich weiß ja, dass keine Patronen in der Trommel sind, es sei denn, ich hätte das Teil bekifft geladen. Ein Prozent Restrisiko.

Beim ersten Klick hast du fünfundachtzig Prozent Überlebenschance bei sieben Patronenkammern. Das ist doch was, falls es stimmt. Erzählt hat mir davon ein kaputter Freak, der das in 'nem Schuppen in Riga durchgezogen hat. Für dreihundert Dollar. Sie waren zu viert, und die Zuschauer haben auf den Pechvogel gewettet. Die Kugel im richtigen Kopf brachte Kohle. So kann man öfter Geburtstag feiern, wenn man auf Extravaganz abfährt.

Ich öffne die Ladekammer und schieb eine Patrone ein. Drehen und durchatmen. Die Mündung an der Schläfe fühlt sich nicht anders an als zuvor. Mein Zeigefinger liegt auf dem Abzug. Einmal Finger krümmen, und weg bist du, Samson. In mir kommt keine Unruhe auf, da kribbelt nichts. Hey, wofür lohnt sich die ganze Plackerei? Ich schließe die Augen und halte die Luft an.

Okay – ganz langsam, das ist nicht der passende Moment für eine Knarre an der Schläfe. Es scheint, als wär im Oberstübchen 'ne Brandrodung angesagt. Wenn es mir schon egal ist, sollte ich einen Gedanken daran verschwenden, dass eine arme Haut die Sauerei hinterher von der Wand kratzen muss. All die blutigen Bröckchen und Fitzelchen, großflächig verteilt, da schrubbst du dir die Pfoten wund. Und du weißt, der graue Klumpen, der da über dem Sessel klebt, hat früher nachgedacht und Ideen ausgebrütet. Keine Option.

Ich nehm den Revolver behutsam herunter und die Patrone heraus. Das Teil schieb ich samt Munition in den kleinen, gefakten Adidas-Rucksack aus Phuket und leg den neben meinem Sofa auf den Boden. Meine Version von »griffbereit«. Ob ich die nächsten zwei Tage bei fünfundachtzig Prozent bin? Mein Gefühl sagt, eher darunter.

Besser, ich mach es mir chillig. Eine Flasche Penny-Bordeaux und »London Calling« von The Clash schaffen den Anfang. Die Songtexte kann ich auswendig. Ich weiß von Seba, dass meine Mutter im Auto mitgesungen hat. Ich hätte Gitarre spielen lernen sollen. Das wäre ihr bestimmt ein Fest gewesen. Mit geschlossenen Augen stell ich mir vor, wie ich in die Saiten dresche.

I've been beat up, I've been thrown out, but I'm not down, I'm not down.

Es dauert ein Stündchen, und ich hab passable Laune gefunden – oder bin ich besoffen? Wen interessieren Nuancen?

Vor dem Pennen gönn ich mir Weed zum Entspannen. Gute Nacht, Igor, gute Nacht, Killer.

SIEBEN

Klingeln und Klopfen kenn ich von den Bullen. Oder von einer Frau, die vermutet, es rekelt sich gerade eine andere auf deinem Laken. Der zweite Grund entfällt.

Ich fahr von der Bettcouch hoch. Nein, ich hab nicht geträumt. Wieder läutet es Sturm, und jemand wummert einen fiesen Beat an meine Tür. Mein Smartphone zeigt kurz nach sieben! Beinahe noch Nacht.

Ich spring auf und schlüpf in die Jeans. Die Weed-Utensilien pack ich in eine Schublade. In Slow Motion beweg ich mich durch den Flur. Alles Fernsteuerung, mein Schädel ist nicht im Wachmodus.

»Freund und Helfer«, hör ich, »mach auf, Samson.«

Ich tu ihnen den Gefallen.

Draußen stehen Bruckner und eine zweite Figur. Beide schauen mir über die Schulter. Sie tragen Partnerlook. Stoppelschnitt zu schwarzer Lederjacke, wie im Film.

»Zu mir oder zu dir?«, fragt Bruckner und reckt mir die spitze Nase entgegen. Er ist ein Typ, der aussieht, als würde er sich nie was Gutes gönnen, nie Spaß haben. Hager, scharfe Falten, wie mit dem Lineal durch das Gesicht gezogen.

Bei seinem Kumpan spannt das Jäckchen über der Wampe. Haut wie aufgegangener Hefeteig, sieht ungesund aus. Der gönnt sich eher die fettigen Seiten des Lebens.

»Ich hab 'ne gemütliche Bettcouch«, sag ich und trete zur Seite. »Reicht für drei.«

»Hört sich gut an, Samson«, meint der Bulle fröhlich und folgt mir ins Zimmer.

»Puh, du solltest mal lüften«, sagt sein Kumpan, der hinter ihm hertrottet.

»Verträgt er kein Gras?«, frag ich Bruckner. »Das ist pure Natur. Heuschnupfen?«

»Riecht eher nach Furz«, knurrt Cop Nummer zwei.

»Passiert mir auch manchmal. Da sagt man ›Entschuldigung‹.«

»Vertragt euch.« Bruckner gibt den Sanftmütigen.

»Oberkommissar Weinhauser«, sagt sein Begleiter, »damit du weißt, mit wem du es zu tun hast, falls du dich beschweren willst, Scheißkerl.«

Ich seh ihm an, wie gern er mir Handschellen verpassen würde oder lieber gleich einen amtlichen Tritt. Bad Cop?

»Wie kann man so abgefuckt leben?«, sagt er und schaut sich um.

»Soll helfen, wenn man sich selbst Fragen stellt«, sage ich. »Kann ich was anbieten – Tee, Kakao, Schluck Wasser?«

»Pauli Schmitzer. Fällt dir dazu was ein?«, fragt Bruckner.

Ich massier mir die Stirn, um Konzentration auszuquetschen.

»Klar. Ich war gestern bei seiner Witwe.«

»Warum?«

»Pauli und ich waren alte Kumpels. Kondolenzbesuch.«

»Was hast du dort gemacht?«

»Cognac gekippt, Trost gespendet, danach bin ich wieder weg.«

Sicher wurden meine Fingerabdrücke in der Wohnung gefunden. Manchmal geht nichts über die Wahrheit, da ich nicht weiß, was Rosi erzählt hat.

»Woher hast du gewusst, dass Pauli tot ist?«

»WhatsApp. Das spricht sich schneller rum, als Oberkommissar Weinhauser seinen Willi findet, Herr Hauptkommissar Bruckner.«

Weinhauser baut sich vor mir auf. Ich könnte ihm in die Nase beißen, ohne mich groß zu bewegen. Seine unrasierte Visage hat Ähnlichkeit mit einem Waschbären. Schnauze, Bärtchen, Pausbacken, alles da.

Bruckner durchschaut das Spiel. Wenn es eskaliert, ist nichts mit der Befragung.

Und ich gewinne Zeit, um nachzudenken.

»Lass ihn, Toni«, zischt er Weinhauser an, »der will nur spielen.«

»Wie hat es Pauli erwischt?«, will ich wissen, wende mich vom Waschbären ab und hau mich in meinen einzigen Sessel.

»So, wie es in der Zeitung steht. Aber du liest wohl keine. Drei Messerstiche. Er ist verblutet. Am Auer Mühlbach, nahe der Ludwigsbrücke, zwischen den Bäumen ist er gelegen.«

»Ich frag mich, was er dort gewollt hat«, sag ich und zünde mir eine Zigarette an.

»Das wollte ich dich gerade fragen. Schließlich sollt ihr mal Geschäftspartner in der Hotelbranche gewesen sein.«

»Sagt wer?«

»Das spricht sich auch rum.«

»Ich hab Pauli über ein Jahr nicht gesehen.« Und das war nicht gelogen.

»Wenn du was weißt, was uns helfen kann, den Mörder zu finden, wäre jetzt eine gute Gelegenheit, es zu sagen. Und wenn du mit drinsteckst – pass auf dich auf. Da läuft ein Killer rum.«

»Wie fürsorglich. Ich weiß nichts.«

»Vielleicht hast du ihn ja abgestochen?«, mischt sich Weinhauser ein. Mit dem Fuß kickt er meinen Rucksack. Ich hätte den Revolver laden sollen. Ein Loch in der Sohle ist eine Lehre fürs Leben.

»Um Beute gestritten und zack«, fährt er fort. »Wo warst du gestern zwischen eins und drei?«

»Was meint er mit ›Beute‹?«, wende ich mich an Bruckner.

Der Cop zuckt schweigend mit den Schultern.

»Soll das eine offizielle Vernehmung werden, oder was?«, will ich wissen. »Die hab ich anders in Erinnerung.«

»Nein«, sagt Bruckner und setzt sich auf meine Bettcouch. Er will vertraulich rüberkommen. »Ein Gedankenaustausch. Wir wollen deine Meinung hören zu dieser Geschichte.«

»Dazu hab ich keine Meinung. Ich war ja nicht dabei. Ich war bei meinem Onkel. Meine Karre verliert Öl, und ich hab nachgesehen. Sie wissen ja seine Adresse. Fragen Sie ihn.«

»Samson ist doch kein Mörder«, meint Bruckner zum Kollegen gewandt. »Der sticht niemanden einfach so ab. Der weiß genau, das kann böse ins Auge gehen.«

Mir bleibt für einen Moment die Luft weg. Weiß Bruckner mehr, als er von sich gibt? Hat der Junge mit dem Bogen ihm was Genaues liefern können, sodass er mich im Visier hat? Wenn es ein Phantombild gäbe, hätten sie mich bei den Murmeln, Gegenüberstellung und pipapo. Ich hab mich nicht um ein Alibi gekümmert. Shit! Reiß dich zusammen, Samson. Wie es bisher lief, hatten sie nichts außer einem dummen Spruch.

»Zwei von Stanis Männern sind gestern Nachmittag getötet worden, vor Paulis Wohnung«, fährt Bruckner fort, als hätte er meine Gedanken erraten. »Seltsamer Zufall, oder? Kennst du Stani?«

»Wer kennt den nicht? Was sagt er dazu?«

Bruckner lacht auf. »Wir wissen doch beide, dass Stani natürlich nichts damit zu tun hat. Weißt du was darüber?«

»Wir wissen doch beide, dass ich die Klappe halten würde, wenn ich was wüsste. So gut könntet ihr nicht auf mich aufpassen. Aber zum Glück weiß ich ja wirklich nichts.«

»Was, glaubst du, haben die in Paulis Wohnung gesucht?«

»Auch ein Kondolenzbesuch?«

»Das war's fast, Samson«, meint Bruckner. Er zückt sein Smartphone und wischt mir nacheinander drei Bilder vor die Linse. Eins zeigt Raffi, eins mein Pfeilopfer, das dritte ist die Computerzeichnung eines Gesichts, Glubschauge mit Stoppelschnitt und Segelohren. Ich hab den Dumbo nie gesehen, der wird sich in Rosis Haus um den toten Raffi gekümmert haben. Wo ist die Zeichnung von Igor? Haben sie den nicht auf dem Schirm? Seltsam. Scheint, als habe er Schwein gehabt.

»Und?«, meint Bruckner.

»Kann sein«, sag ich. »Das sind Allerweltsfressen. Vielleicht bin ich denen mal über den Weg gelaufen, vielleicht auch nicht. Mit Namen kann ich nicht dienen.«

»Die Namen der Toten wissen wir, der Dritte ist abgetaucht. Stani ist nicht blöd.«

»Wie gesagt … keine Ahnung. Sonst noch was?«

»Wir sehen uns, Samson.«

»Sicher, Bruckner.«

Waschbärtoni sagt nichts. Er zeigt mit dem Finger auf mich, bevor er sich umdreht. Und damit sind sie aus meiner Bude. Bruckner hat mir kein Wort geglaubt, aber er hält mich für einen Statisten. Der Waschbär ist von sich überzeugt, scheint jedoch nicht clever genug. Im Moment sind es ausgerechnet die Bullen, die mir am wenigsten Kopfzerbrechen bereiten.

Jetzt kann ich lüften.

Nach dem Duschen kram ich mein Weed hervor und gönn mir eine Tüte. Wenn am Morgen die Cops klopfen, macht dich das irgendwie zerbrechlich. Ist nicht gut für die Nerven. Ich setz mir einen Kaffee auf und hör Kula Shaker. Das ist, was ich brauche. Ich döse vor mich hin, und mein Kopf wackelt im Rhythmus. Leben kann einfach sein.

»Wamm!« Diesmal hämmert es nur an die Tür. Ohne Läuten. »Wamm!«

Ich ruck hoch, hol die Knarre aus dem Rucksack und marschiere damit durch den Flur.

Wenn ich recht mit meiner Ahnung habe, gibt's jetzt richtig Feuer.

Ich reiß die Tür auf und halte Igor den Lauf zwischen die Augen.

»Du willst in meine Wohnung, Arschloch?«

Er wird fahl und prallt zurück. »Mach keinen Scheiß, lass uns reden. Nimm die Knarre weg.«

»Okay, okay, pass auf.« Ich nehm die Waffe runter und dreh die Trommel. »Eine Patrone, eine einzige. Du willst in meine Wohnung?« Ich press mir den Lauf an die Schläfe, halt die Luft an, glotz Igor manisch in die Glubscher und drück ab. Klick! Ich halt ihm den Griff hin und schnaufe tief durch.

»Komm, jetzt du, Igor, mach! Na los!«

»Klar, die ist nicht geladen. Du verarschst mich nicht.«

»Mach schon, los. Ich verarsch dich. Ja, komm. Zeig's mir. Drück ab, drück ab!«

Er starrt den Revolver an, fasst aber nicht zu. Seine Zunge wischt über die Lippen.

»Du Wichser, du bist doch völlig durchgeknallt. Dafür brech ich dir alle Knochen.«

»Ja, kann sein – übermorgen. Und jetzt verpiss dich und komm nie wieder zu mir. Nie wieder! In zwanzig Minuten geh ich raus zu deinem Auto und sag dir, wo ich hinfahre.«

»Was wollten die Bullen von dir?«

»Sie haben mir ein Bild von dir gezeigt, und jetzt hau ab.«

»Ein Bild? Was für ein dämliches Bild?«

Ich fuchtel mit der Knarre herum, als hätte ich die Tollwut, und er geht langsam rückwärts. Dann die Treppe hinunter. Ich höre die Haustür zuschlagen.

»Um den wär's nicht schade gewesen«, höre ich Hattlers Stimme durch den Hausgang dröhnen. Der Alte hat gelauscht.

»Da kenn ich noch einen!«, geb ich meinem Nachbarn zurück und knall die Tür zu.

Billige Nummer, aber episch. Mir war klar, dass Igor darauf brannte zu wissen, was Bruckner bei mir wollte. Da rollt er an, im schicken BMW, und sieht die Buletten bei mir aufschlagen. Da juckt die Neugier wie eine Horde roter Ameisen zwischen den Schenkeln. Jetzt weiß er Bescheid. Wenn Stani ihn von der Leine lässt, brauch ich alle achtzehn Patronen oder sollte weit weg meinen geölten Bauch in der Sonne rösten. Wie hat mein Ladyboss Thyla in Phuket immer gesagt: »Take snow, if it will be hot.« Den Rat würde ich liebend gern befolgen. Ich hab leider keine einzige weiße Flocke im Haus und mach mich ernüchtert auf den Weg.

Ob Pauli den alten Filser aufgesucht hat, an den wir immer unseren Kram vertickt haben, weiß ich nicht. Ich weiß nur, dass Stani seine Show will. Das heißt: Ich liefere subito. Es muss genug Feuerwerk geben, damit er nicht dorthin schaut, wo es für mich gefährlich wird. Hauptsache, Rosi ist erst einmal aus dem Spiel. Es ist gesünder für alle, wenn er annimmt, ich reiß mir den Hintern auf, damit er seinen da Vinci bekommt. Demnach werde ich Igor mitnehmen zu einem Besuch bei Filser. Der wird sich freuen.

Filser und ich, wir kennen uns aus uralten Zeiten. Meine erste »gefundene« Uhr hab ich bei ihm verticken wollen, da war ich fünfzehn. Der Wecker ist in einer von Sebas Limousinen im Handschuhfach gelegen und hat golden geblinkt und geglänzt, ein Krokoarmband dran, was willst du mehr? Gewaltige Versuchung für mich. Das Ding war schnell eingesteckt. Ich hab mich damit aufs Moped geschwungen und bin ins Westend gedüst. Von einem Kumpel hatte ich erfahren, dass Filser exakt der wäre, den ich suchte.

Sein winziger Laden ist unscheinbar, wie ein Pony auf der Rennbahn. Wer nicht weiß, wo er zu suchen hat, übersieht ihn leicht. Ein einzelnes Schaufenster, dekoriert mit bayrischem Firlefanz, von der Schmalzlerdose bis zum Elfenbeinpfeifenkopf – damals wie heute. Dazu ausgefallene Krüge, Münzen, Schmuck, Diridari, Dekowaffen und jede Menge Porzellan.

Filser hat sich die Uhr zwei Sekunden angesehen und mich ausgelacht. Ich hab mir geschworen, das passiert nicht wieder. Wenn ich noch mal mit Gelump daherkäme, würde er mir die verlorene Zeit berechnen, hat er gemeint. Und ein drittes Mal dürfte ich seinen Laden nicht mehr betreten, selbst wenn ich den Grabschmuck von Tutanchamun in der Tasche hätte.

Als ich erneut bei ihm aufschlug, war Zeit kein Thema mehr – nur der Preis.

Das Westend war für 'nen Typen wie mich eine spannende Ecke. In den Hinterhöfen waren Partys angesagt mit Bierbänken, Weißbier und bunten Lampions. Auf den Straßen brodelte es, die Kneipen waren vollgepackt, fast wie in Bangkok.

Die Kohle hat das Viertel plattgemacht. Nein, das heißt ja nicht »platt«, sondern »gutbürgerlich«. Und geht's deswegen jemandem gut? Freut sich denn das Ferkelchen, weil der Schlachthof frisch geputzt ist?

Einmal, wie ich mit Pauli zu Filser getuckert bin, hat er mir von einem Traum erzählt. Geil wäre es, richtig fett die Sahne abzuschöpfen, in eine dieser herausgeputzten Wohnungen zu ziehen und es sich gut gehen zu lassen. Keine Sorgen, Ruhe, täglich frische Semmeln und ein Marmorbad. Ich hätte es Pauli und Rosi gegönnt, doch mich würde das fertigmachen, Leichenschauhaus pur. Es gibt unbequemere Orte, um darauf zu warten, bis die Knochen klappern und du Brei schlabberst, aber zwischen tot und lebendig sollte ein Unterschied sein, sonst kannst du dir das Aufstehen und die Semmeln schenken.

Von Filser haben wir für die Uhren, den Schmuck, die Digicams und all den anderen Plunder richtig Kohle eingesammelt, trotzdem hab ich zu Pauli gesagt: »Alter, wenn du Richy Rich spielen willst, musst du im großen Stil die Leute verarschen, als Investmentbanker oder so. Das hier sind Mäuseköttel.«

Ob ihm der Spruch nachgegangen ist? Pauli hat seine Wahl getroffen. Das Rad, das er drehen wollte, war zu groß, es ist über ihn drüber und hat ihn zermalmt. Kein Gedanke, es ihm nachzumachen, ich würde gern das Finale ohne Messer zwischen den Rippen auskosten. Aber wir sind nicht bei »Wünsch dir was«.

Unser Korso braucht eine Weile, bis wir uns durch die Einbahnstraßen der Schwanthalerhöhe gearbeitet haben. Selbst am heiligen Sonntagmorgen ist jede Gasse verstopft wie die Latrine bei einer Choleraepidemie. Autos, Radler, Roller, alles, was Räder hat und lärmt, ist unterwegs. Als Begleitmusik beschallen uns die Glocken von Sankt Benedikt. Vierstimmig. D-fis-a-c. Warum ich diesen Kram im Kopf habe? Der Bruder des Mädchens, das mich entjungferte, war in dieser Kirche Ministrant und hat mit nutzlosem Wissen geprahlt. Sie hieß Marion, und die Lücke zwischen ihren Schneidezähnen war legendär. Jahre später hab ich gehört, der brave Messdiener habe bei Toulouse eine Tankstelle überfallen und sei in Frankreich wegen bewaffnetem Raub zu sieben Jahren verknackt worden. C'est la vie, mon ami.

Igor und ich wühlen uns ins tiefste Westend, kreisen wie die Geier, um einen Parkplatz aufzutun, bis wir fündig werden.

Schweigend traben wir zu Filsers Laden. Es gibt nichts zwischen uns zu sagen.

Igor kniet bereits im Startblock, um mich bei meinen Glocken zu packen.

Filsers Geschäft ist im Erdgeschoss eines der Altbauten, die sich hier aneinanderlehnen. Ganz nach Paulis Traum, mit renovierten Mauern und geparkten SUVs.

Ich läute im ersten Stock, wo der Alte wohnt. Es dauert seine Zeit, bis ein Kopf am Fenster erscheint. Filser lehnt sich hinaus, um die Störenfriede sehen zu können. Sein Morgenmantel hat himmelblaue Streifen, die maximal siebzehn Haare stehen wirr vom Schädel ab.

»Ich bin es, Filser, Samson.«

»Was willst du um diese Zeit? Es ist Sonntag – komm später wieder.«

»Zeig ich dir. Es ist wichtig.«

»Wer ist der andere?«

»Der zählt nicht.«

»Dann wartet.«

Bis die Ladentür aufgeschlossen wird, gönn ich mir eine Zigarette. Igor macht es ebenso.

Als Filser zu sehen ist, späht er ins Rund, bevor er uns einlässt. Er trägt jetzt Lederbundhose zum Karohemd. Sein übliches Outfit.

»Kommt mit«, knurrt er und führt uns durch den Laden.

Mit seinem Stock klopft er auf eine graue Holztafel, die neben anderen an der Wand hängt. In Goldschrift ist da zu lesen: »Es ist umsonst, dass ihr früh aufsteht und hernach lange sitzet und esset euer Brot mit Sorgen, denn seinen Freunden gibt er es im Schlaf. Psalm 127,2«.

»Wer war noch mal ›er‹?«, frag ich Filser.

Der Alte lacht auf. »Heide, gottloser!«

Zusammen mit Igor winde ich mich durch bayrischen Trödel. Hat was von Gymnastik. Filser reckt seinen Stock, als würde er seinen Plunder für einen Durchgang in zwei Hälften teilen. Die Ordnung ist für fremde Augen unsichtbar.

Wenn er sich von dem ernähren müsste, was er von dem Touristenkram verscherbeln kann, wär er längst verhungert. Das Zeug sollte man nach China exportieren. Nehmt das zurück! Die Hehlerei scheint den Braten fett zu machen, auch wenn Filser samt seinem Trödelstall abgerissener daherkommt als früher. Das Darknet ist eine übermächtige Konkurrenz. Ich kenne Hehler, die verlassen sich inzwischen völlig auf virtuelle Warenhäuser. Versandhandel im Netz ist der Bringer. Andere Zeiten. Irgendwann gehen die Cops nicht mehr vor die Tür, sie müssen nur dran basteln, wie sie die Bösewichte digital verhaften können.

Ob Filser überhaupt einen PC besitzt, weiß ich nicht, auf jeden Fall versteht er was vom alten Handwerk. Du kannst darauf wetten, dass er Ausgaben hat, die er nicht verbuchen kann. Auf Schnäppchen und Geschenke fährt jeder ab – das schließt die Staatsgewalt nicht aus. Gegen eine Hublot-Uhr, als Aufmerksamkeit des Hauses, gibt's selten Einwände. Geben und nehmen. Filser weiß, wann er zu geben hat. Das Motto heißt: Keine Fragen stellen. So hat der Mann Ruhe, und niemand flickt ihm am Zeug.

Der Alte öffnet uns eine Tür, und wir setzen uns in seinem »Schmuckstüberl« an einen Eichentisch. Der könnte viel ausplaudern. Bis auf eine Lupe im Lederfutteral ist er blank.

»Magst an Schnaps, Samson?«

Aus einem Regal holt Filser drei Gläser und eine Flasche mit durchsichtigem Inhalt.

»So früh?«

»Dafür gibt's keine falsche Zeit. Ist ein Obstler, also Vitamine. Zum Wachwerden.«

»Dann sag ich nicht Nein.«

»Du auch?«

Igor schüttelt stumm den Kopf.

Filser schenkt uns den Klaren ein, und wir exen das Gebräu. Ich hätte frühstücken sollen. Der Alkohol ersetzt mir das Blut in den Adern.

»So, was hast du für mich?«, will der Alte wissen.

»Hat dir der Pauli nichts gebracht? Der war doch da.« Schuss ins Blaue.

»Der Pauli … Ich wusste gar nicht, dass ihr beide euch wieder zusammengetan habt. Noch einen Schnaps? Den brennt mein Schwager selbst. Der haut nei, gell?«

»Yep. Also der Pauli?«

»Ach so, ja.«

Wir kippen die Klaren.

Igor scharrt mit den Füßen.

»Ja, kann sein, dass er da war. Wenn er da war, hat er aber nix von dir erzählt. Da erzähl ich auch nix von ihm. Du verstehst scho.«

»Ich versteh.«

»Kommts doch gemeinsam vorbei, und wir plaudern ein wenig.«

»Der Pauli wird nie mehr kommen, Filser. Den hat wer abgestochen.«

»Ah, verreck!«

»So kann man sagen.«

Er schenkt die Gläser voll. »Auf den Pauli. Weiß ma, wer's war?«

Ich schüttel den Kopf und trinke. »Willst du mir nicht sagen, weswegen er da war, Filser?«

»Schau, Samson, genau genommen könntest du mir einen Schmarrn weismachen oder hast den Pauli selbst angestochen. Weiß man's? Sei mir nicht bös, aber …«

»Hast recht«, sag ich und seufz auf. Der Schnaps zündet mir die Gurgel an. Falls ich das Zeug weiter abkippe, werde ich entweder blind oder mein Gedärm verabschiedet sich mit 'nem Wumms. Den Alten scheint es zu konservieren.

»Wir wollen wissen, was er bei dir gewollt hat, und das sagst du besser, wenn du an deinem Gebiss hängst«, mischt sich Igor ein.

»Was hat er gesagt?«, meint Filser zu mir.

»Nix, nix, der hat das nicht so gemeint. Alles gut«, beeile ich mich zu sagen.

Igor steht auf. »Du sollst das Maul aufmachen, wegen Pauli, du schimmliger Furz, sonst …«

Der Hehler ist auch aufgestanden. Bedächtig und schweigend.

»Hör auf, Igor!«, ruf ich.

»Ich heiß Oleg, O-l-e-g! Und du, halt's Maul jetzt!«, herrscht er mich an.

»So redest du nicht bei mir herin«, sagt Filser und greift zum Stock.

»Filser, der kommt nicht von hier«, mahne ich, »der entschuldigt sich gleich!«

Zu spät.

Der Alte kommt auf ihn zu.

Igor lacht auf.

Es reißt ihn von den Beinen, er fliegt zwei Meter, prallt gegen eine Kommode und rutscht belämmert zu Boden.

Filser baut sich über ihm auf und spuckt ihm ins Gesicht.

»Du dreckiger …« Gnadenlos verpasst er ihm mit dem Stock noch einen Stromstoß.

Igors Körper wird geschüttelt, als wär er von Dämonen besessen. Zwischen seinen Beinen bildet sich eine Lache.

»Filser, bitte, hör halt auf«, bettel ich. »Hör auf, ihn zu rösten, der kriegt einen Schaden oder geht ganz kaputt.«

Er schaut mich an. »Jetzt bieselt mir die Drecksau hier rein. Du hast den mitgebracht. Das putzt du auf.«

»Ja, mach ich, aber schau mal, was der wiegt. Wenn du den umbringst, lass ich ihn dir liegen«, droh ich dem Alten an. Wie soll ich das Stani erklären? Warum kann Igor nicht die Schnauze halten?

»Der verträgt was«, brummt Filser. »Schau ihn dir an, kleines Hirnkasterl, großes Mundwerk.«

»Ja, und das kleine Hirn solltest du ihm nicht noch anbraten, Filser.«

Er winkt ab und setzt sich umständlich. Den getarnten Schock-Viehtreiber lehnt er griffbereit an die Wand, bevor er uns nachschenkt.

Den Stab hat er sich von einem fähigen Elektriker pimpen lassen. Einzelstück, Handarbeit, Polycarbonatkern, zwei Millionen Volt. Sieht aus wie ein Wanderstock, sogar mit bayrischem Wappen darauf. Einzig die Kontakte an der Spitze könnten einen adleräugigen Betrachter stutzig machen, wenn er denn Zeit dazu hat. Jetzt hab ich ihn zum zweiten Mal in Aktion gesehen. Beim ersten Mal war ich zufällig dabei, als ein Größenwahnsinniger meinte, er könne mit einem Browning-Messer als Argument mehr Geld für sein Goldarmband rausschlagen.

In seiner Ecke stöhnt Igor auf. Noch immer zucken seine Glieder.

»Und jetzt sag's mir ins Gesicht. Stimmt das mit dem Pauli, und hast du was damit zu tun?«, fragt mich Filser.

»Ja und nein.«

Er nickt. »Das glaub ich dir ausnahmsweise. Und wer ist er? Kriminaler ist er ja keiner. Die sind nicht so strunzblöd. Das Bürscherl taugt bloß zum Kinder-Erschrecken.«

»Laufbursche von Stani.«

»Aha.« Das juckt den Hehler nicht. Stani würde sich Feinde machen, wenn er ihm ein Haar krümmte. Der Alte ist wertvoll wie Gold. Verschwiegen, nie Ärger, nie Bullen. Faire Preise, aber ein zäher Verhandler.

»Also bevor der Depp wach wird – was willst du wissen?«

»Hat der Pauli wieder die Hotelgeschichten durchgezogen?«

»So wie ich das einschätze – ja. Er hat mir was gebracht, zwei Mal, vor drei Wochen. Nix Besonderes, Kleinkram. Einmal eine Rolex, eine Kamera, Goldketten, so Zeug halt. Mittlere Qualität. Ich vermut aber, gehobene Sternehotels. Kein Plunder. Außer der gefälschten Armani-Joppe, so was kannst du bei der Caritas abgeben, hab ich ihm gesagt.«

»Hast du die Kamera noch?« Vielleicht war was Brauchbares darauf zu finden, falls er die zusammen mit dem da Vinci mitgehen hat lassen.

Filser winkt beidhändig ab. »Japaner – weißt es eh, was die aufnehmen. Sich selbst und alles, was glänzt. Schlimmer wie die Elstern.«

»Kam er allein?«

»Ja.«

»Aber er war gestern oder vorgestern nicht da?«

»Na.« Nachdenklich kratzt sich Filser am Kinn. »Wenn wer den Pauli abgestochen hat, könnt es doch sein, dass der an richtig großen Fisch am Haken gehabt hat? Wegen nix wird er ned sterben haben müssen.«

Ich zuck mit den Schultern. »Wer weiß das schon? Verrecken nicht haufenweise Leute wegen nix?«, sage ich. »Der Rosi, seiner

Witwe, hab ich versprochen, ich such die Drecksau mit dem Messer. Das ist alles.«

»Soso, das ist alles«, murmelt Filser und betrachtet das bayrische Wappen auf seinem Schocker. »Meinst ned, die Rosi könnt mehr wissen?«

»Dann hätte sie es gesagt, das kannst du mir glauben.«

Der Alte nickt. »Wenn du es sagst, Samson, glaub ich dir das.« Er stemmt sich hoch. »Also – trink ma noch einen, oder schaff ma den Burschen raus? Vielleicht bring ich ihn zum Hatschen, wenn ich ihm den Stock ins Arschloch schieb. Mit Froschschenkel soll das gehen. Was meinst?«

Das hätte ich gern gesehen, aber wir machen es auf die harte Tour. Wir legen uns jeder einen seiner Arme über die Schultern und schleifen Igor voran.

Niemand denkt sich etwas dabei. Die Passanten weichen uns großzügig aus. Kinder kichern und zeigen auf uns. Ihre Mütter kommen in Erklärungsnot. Dass jemand morgens voll ist wie ein Haubentaucher, kommt vor in der Stadt des Bieres. Nichts Besonderes. Da bist du tolerant, solange dir niemand auf den Kittel kotzt. Im Westend haben sie das Oktoberfest vor der Nase, das härtet ab, in jeder Beziehung.

Es ist ein elendes Stück Arbeit, bis Igor in seiner Karre liegt. Er ist orientierungslos und hat unterwegs seine Schuhe verloren. Ich schicke ihm eine Nachricht für später: »Bin zu Hause, schlaf gut, mein Igor.«

Wenn er wieder ganz da ist, kann er wenigstens sicher sein, dass er nichts verpasst hat.

Nach dem, was Filser erzählt hat, gibt es eine hohe Wahrscheinlichkeit, dass Pauli den da Vinci geklemmt hat. Ich hab allerdings keinen Schimmer, ob ein Komplize oder Mitwisser im Spiel gewesen ist, der ihn sich vom Hals geschafft hat.

Ich schau dem Alten nach, der sich kopfschüttelnd auf den Weg ins Bett macht. Das ist auch für mich eine Alternative. Wie ich den Chrysler anschmeiße, werde ich hundemüde. Mit schweren Augenlidern cruise ich gähnend zurück zum Piusplatz.

Ich schlepp mich gerade die Stufen zu meiner Wohnung hinauf, da ruft mich Stani an.

»Oleg hat mir erzählt, du hattest Besuch vom Oberförster?«

Respekt, Igor hat sich schneller erholt als gedacht. Zäher Bursche.

»Hat sich erledigt«, sag ich.

»Bist du sicher?«

»Ja.«

»Was hast du jetzt vor?«

»Vinzents Bruder«, sag ich.

»Mhm«, meint Stani und legt auf.

Aber erst muss ich mich von Filsers Schnaps erholen. Der Fusel hat mich niedergebügelt. Ich sollte mir beim Alten ein paar Flaschen bestellen. Nur noch Füße hochlegen und nichts mehr denken.

Hattler, über mir, hat seinen Elektropark angeworfen. Spülmaschine, Waschmaschine, Staubsauger. Bestimmt hat er beobachtet, wie ich ins Haus kam. Ich würde gern mit 'ner Kettensäge meinen Beitrag leisten. Es rappelt und scheppert, als stünde mein Sofa in der Fabrikhalle. Ich koche vor Wut, bis mir endlich die Augen zufallen.

ACHT

Irgendetwas hat mich geweckt. Eine Autohupe. Die Karre muss direkt vor dem Haus stehen. Ein Blick aus dem Fenster verschafft mir Gewissheit. Da steht ein 3er BMW. Ich erkenn die Mühle sofort am aufgeplusterten Tuning. Ja, Igor kennt Stil halt nur mit »e«. Aber er ist vorsichtiger geworden. Gut so. Ich schlapp ins Bad und klatsch mir kaltes Wasser ins Gesicht. Nur keine Eile.

Vor der Haustür zünde ich mir eine Kippe an und schlendere zum wartenden Major. Er sitzt stocksteif, die Lippen zusammengepresst, die Finger ums Lenkrad gekrallt. Wenigstens hat er die Hose gewechselt. Vom Spaß mit Filser wird er Stani nicht erzählt haben. Rot unterstrichen hat er das im Hirn, da bin ich gewiss. Igor ist mein persönliches Minenfeld. Ein falscher Schritt von mir und bumm, ab die Luzie!

Ich sag ihm, wo es hingehen soll, und schwing mich in meinen Schlitten. Gemächlich zockle ich los, Igor klebt an meiner Stoßstange wie ein Paparazzo. Im Rückspiegel kann ich seine Visage sehen. Von der werde ich noch träumen.

Vinzents Bruder Edgar ist 'ne bockharte Nummer. Falls er Informationen hat, geht er nicht damit hausieren. Dass wir damals von Vinzent den elektronischen Türschlossknacker hatten, hat der ihm bestimmt verklickert. Ob Pauli bei ihm aufgeschlagen ist, wer weiß? Es ist eine Möglichkeit. Schließlich muss ich für Stani tanzen. Er hat die Musik bestellt.

Edgar wohnt nicht weit von mir. Ruhiges Sträßchen in Berg am Laim. Sozialer Wohnungsbau. Als wir bei der Stadtteilbibliothek um die Ecke biegen, springt mir Paulis ominöse Nummer ins Hirn. Ich kann nur beten, dass etwas von dem, was ich ausgebrütet habe, Sinn gibt. Hoffentlich hat Edgar seine Finger nicht mit drin, sonst wird es böse. Sehr böse.

Wir sind da.

Ich hätte auch zehn Minuten laufen können. Das hätte bedeutet, zehn Minuten mit Igor an meiner Seite. Noch sind wir nicht verheiratet.

Der Major lässt mich allein ins Haus gehen. Als ich die Haustür aufschiebe, bleibt er stehen. Nach den Erfahrungen mit Filser scheint er auf der Hut zu sein.

»Wenn er was weiß, sagst du es mir«, knurrt er und reißt sich eine Paulaner-Dose auf.

Ich zögere. Warum will er nicht mit reinkommen? Vorsicht? Stani wusste von Vinzent und der Hotelmasche. Er könnte dessen Bruder »befragt« haben. Dann wäre das Vergnügen auf Igors Seite. Ob Stani der Meinung ist, ich komm bei dem Kerl besser weiter? Wir werden sehen.

Ich kämpf mich durch Bobbycars, Kinderwagen und sonstigen Krimskrams nach oben. Jemand hat eine versiffte, angekokelte Matratze an die Wand im Hausgang gelehnt, der Stoff sieht aus, als wäre auf ihm nicht nur Nachwuchs gezeugt, sondern geboren worden. Ich muss über eine Kiste mit leeren Weinflaschen und gebrauchten Windeln steigen, die mittig auf den Treppen platziert ist. Es scheint, als wären die Höhlen für ihre Besitzer zu winzig, sodass sie ihren Krempel im Treppenhaus lagern. Den passenden Soundtrack gibt's auch dazu: Hundegekläffe und Babygeschrei.

Mein Ziel ist das Dachgeschoss, letzte Tür im Gang.

Klingeln ist erfolglos. Klopfen nützt ebenso wenig. Die Wohnungstür ist angelehnt. Kein gutes Zeichen.

Ich hol Luft und drück sie sachte auf.

»Hallo! Edgar?«

Langsam bewege ich mich in den Flur. Es riecht nach altem Fett, wie in der Pommesbude. Ich bleib stehen und lausche auf Geräusche. Aus der Nachbarwohnung dröhnt der Fernseher. Eine Frau lacht sich scheckig. Hier bleibt alles still. Noch ein paar Schritte weiter. Was –?

Er kommt aus einem Zimmer gestürzt wie ein Stier auf Crystal. Ich hab null Chance. Einen Wimpernschlag später hab ich eine Gerade in der Gosche. Volltreffer. Es knallt mich gegen die Wand, und mir knicken die Beine ein. Ich rutsch nach unten wie frisch gespuckter Schleim.

Edgar steht mit dem Baseballschläger über mir.

»Edgar, ich bin es, Samson«, kann ich noch keuchen. Sein Tritt in meine Rippen ist die Hölle. Verdammt! Mir wird schwarz vor Augen.

»Kommt ihr schon wieder!«, hör ich ihn schreien, wie von weit her. Er tritt noch mal zu.

Ich will sprechen, schaff aber nur ein Blöken.

Wenn er mir den Schläger auf den Schädel zimmert, ist mein Hirn Apfelmus und ich brauch mir über Äpfel keine Gedanken mehr zu machen. Ich roll mich zusammen und reiß die Arme über den Kopf.

»Ich weiß nicht, wovon … Ach, Scheiße!«, stoß ich heraus.

Der nächste Kick in die Seite verpasst mir einen Stich, als hätte er ein Messer genommen. Der Schmerz zieht mir bis in den Nacken. Aus die Maus! Ich bin fertig zubereitet.

»Hör auf«, hör ich eine Frauenstimme quäken. »Mensch, du bist auf Bewährung. Nicht hier. Kriegt doch jeder mit im Haus. Mach ihn irgendwo draußen alle.«

First class! »Im Perlacher Forst erschlagen« klingt nicht besser. Immerhin ein Aufschub.

»Steh auf!«

Ich komm mühsam hoch. Es dauert. Meine Knie zittern. Blutgeschmack ist in meinem Mund. Der miese Sack hat mir die Rippen angeknackst, ich krieg kaum Luft und spucke Blut aufs mausgraue Linoleum.

Endlich stehe ich halbwegs und schau zu ihm hoch. Ich muss mich an die Wand lehnen. Mann, ist mir schlecht!

In Unterhose steht er vor mir und hält den Schläger wie ein Baseballprofi, der einen Wurf erwartet.

Der Kerl ist eine Wanderausstellung für Knast-Tattoos. Vom Totenschädel bis zu Tinkerbell samt Riesenbrüsten ist alles dabei. Das »Nur Gott kann mich richten«, quer über die Brust, darf nicht fehlen. Das »richten« ist vom Brustpelz überwuchert. Man könnte »riechen« lesen. Das kann nicht nur Gott, ich auch. Keine angenehme Sache.

Seine Blutergüsse wirken, als hätte den Körper ein verrückter Künstler in der Mache gehabt. Er sieht nicht besser aus, als ich mich fühle. Ein Auge zugeschwollen, die Nase platt.

Ich fahr mit der Zunge über die aufgeplatzte Lippe und taste nach meinen Rippen. Strecken kann ich mich nicht.

Edgar versteht sein Handwerk.

Stanis Truppe war aufgeschlagen, und Igor wusste Bescheid, die Ratte, und hat mich nicht gewarnt.

Edgars Freundin lehnt an der Wand und schnullt an einer Kippe. »Kiss me« prangt in strassverzierten Lettern auf ihrer schwarzen Samtjoggingjacke. Die passende Hose hat das Gör bestimmt in der C&A-Kinderabteilung geklaut. Sie streicht sich eine blondierte Strähne aus der Stirn und glotzt mich an, als wär ich 'ne vorwitzige Kakerlake. Ja, so fühl ich mich. Als wäre Edgar draufgetreten, auf Samson, den kleinen Krabbler.

»Also«, herrscht der mich an, »hat Stani was vergessen, oder warum kommst du Clown?«

»War er selbst da?«

»Frag nicht so dämlich, sonst gibt's weiter auf die Fresse.«

»Los, fahr mit ihm raus und schlag dem Spacko den Schädel ein«, hetzt seine Trulla.

»Wozu die Mühe?«, bring ich raus.

»Ach«, höhnt er, »das ist Vergnügen.«

»Denk mal 'ne Sekunde nach, Edgar. Ich bin keiner von Stanis …« Mir geht die Luft aus. Kein guter Spruch. Das Nachdenken und Edgar sind sich nie begegnet, die existieren in unterschiedlichen Galaxien.

»Und kommst hier zufällig vorbei? Hör auf, mich zu verarschen!«, grunzt er.

»Pauli ist abgestochen worden.«

»Ich weiß, na und?«

»Pauli war mein Kumpel. Ich will wissen, wer es war.«

»Geht mich nichts an. Frag Stani, vielleicht ist ihm Pauli in die Quere gekommen und musste abtreten.«

Der Baseballschläger sinkt einen Zentimeter tiefer. Am besten weiterreden.

»Der lügt doch«, sagt die Tussi.

Reich mir mal das Schlagholz rüber, Edgar. Ganz kurz. Dann wär Ruhe.

»Halt's Maul«, fährt er sie an. »Ich muss nachdenken.«

Geht doch. Versuch es, Edgar.

»Stani hat was verloren, und er glaubt, Pauli hat es geklaut«, stoß ich hervor.

»Was?«

Zeit, mich freizukaufen.

»Ein Bild. Zweihunderttausend wert.«

»Zweihunderttausend, sagst du?« Seine Stirn wirft Falten, sieht nach harter Arbeit aus.

Ich versuch zu nicken. Der Schmerz vermehrt sich. Besser nicht rühren.

»Was wollten Stanis Leute von dir wissen?«, frag ich.

»Ich hab ihnen nichts gesagt, wieso sollte ich dir was sagen?«, knurrt er.

»Was gäb es zu sagen?«

»Was hab ich davon?«

»Zwanzigtausend, wenn ich das Bild vor Stani finde und du mir hilfst.«

»Fünfzigtausend. Und wer sagt mir, dass du mich nicht ablinkst?«

»Fünfundzwanzig. Und wenn ich dich linke, müsste ich immer und ewig über meine Schulter schauen, stimmt's?«

»Stimmt genau, Samson. Ich schmeiß dir sogar den Grabstein um und setz 'nen fetten Haufen drauf.«

»Also?«

»Pauli war vor vier Wochen bei mir. Er wollte wissen, ob Vinzent ihm noch mal so ein Teil für die Hotelschlösser besorgen kann. Er musste mir sechshundert Ocken vorstrecken. Hat er anstandslos abgedrückt.«

»Und?«

»Ich und Jana haben mit Vinzent gequatscht. Er sitzt ja ein.

Er hat mir gesagt, wo und wie ich es beschaffen kann. Das war komplizierter Dreck. Zum Glück kennt sich Jana mit dem Darknet-Kram aus. Die kann so was. Das sind alles Freaks und Irre. Ich mach Deals lieber, wenn ich ’ne Fresse vor mir hab. Vorletzte Woche hat Pauli das Teil abgeholt. Das ist alles, was ich weiß. Er ist danach nicht wiedergekommen, und ich hab mit ihm kein Ding gedreht. Hotels sind doch jämmerlich. Wegen ’ner Uhr und ’nem billigen Ehering gibt’s bei mir kein Rambazamba, Alter. Hast du ’ne Ahnung, wo das Bild ist?«

Edgar macht in »schwerer Raub«, Geldautomaten und Inkasso. Das ist ihm in die Wiege gelegt worden. Sein Vater war Ziegelstein-Henry. Noch Fragen? Der hat mit einem Ziegelstein alles vollbracht, außer ihn für eine Mauer zu verwenden. Spezialität: Schaufenster und Schädel, Reihenfolge beliebig. Von der Sicherungsverwahrung ging die Fuhre direkt zum Westfriedhof.

»Zumindest bin ich todsicher, dass Pauli das Bild hatte«, erklär ich Henrys Sprössling. »Frage ist, wo er es versteckt hat.«

»Und wieso hat es nicht sein Killer mitgenommen?«

»Das glaub ich deshalb nicht, weil alle Welt auf der Suche ist. Stani auch. Und einer von denen hat Pauli geplättet.«

»Willst ’nen Kaffee?«, meint die Frau, die wahrscheinlich Jana ist. »Ich hab auch noch Hörnchen da.«

»Ein andermal«, sag ich und sehe zu, dass ich rauskomme.

Edgar wiegt den Schläger noch in der Pfote.

»Hey, vergiss das Geld nicht.« Er macht mir mit dem Zwei-Finger-Zeichen klar, dass er mich im Auge behält.

»Ich halt dich auf dem Laufenden und sag Bescheid, wenn ich dich brauche«, geb ich ihm mit, bevor ich meinen Kadaver die Treppen hinunterbugsiere. Edgar soll das gute Gefühl haben, wir hätten einen Deal.

Langsam verlier ich den Durchblick. Edgars Geschichte kann stimmen. Oder aber, er hat mit Pauli das Ding gedreht und ihn über die Klinge springen lassen, um nicht teilen zu müssen. Stani hatte einen guten Riecher. Wäre Edgar schlau genug, um sich so dumm zu stellen?

Du weißt nie. Auf den Prügelknaben muss ich aufpassen. Und ich kann nicht verhindern, dass er sich auf die Suche macht.

Ich schlepp mich zu meiner Karre und versuch mir nichts anmerken zu lassen. Während ich sachte ans Steuer rutsch – Hölle, tut das weh –, schlendert Igor auf mich zu. Er hat sich ein Grinsen in die Fresse gepappt. Ich widerstehe der Versuchung, ihn platt zu fahren wie einen Igel, und lass das Fenster herunter.

»Und?«, meint er.

»Ihr könnt nicht einmal ordentlich fragen«, sag ich und tupf mir das Blut aus den Mundwinkeln. »Er konnte noch stehen.«

»Aber du, ja?«

»Ja. Er hat gesagt, dass er damit nichts zu tun hat.«

»So schlau waren wir vorher auch.«

»Aber er lügt.«

»Woher willst du das wissen, hä?«

»Oh Mann, Igor, das merkt man doch gleich, wenn er den Mund aufmacht.«

Igors Augen werden zu Schlitzen.

»Schade, dass dir Edgar nicht das Maul mit deinen Klöten gestopft hat«, raunzt er mich an.

»Da hast du aber einen Brüller rausgehauen, Igor. Hätte er es mit deinen gemacht, müsst ich mir jetzt die Wanzen aus den Zähnen pulen«, geb ich zurück und lass den Motor an.

Er starrt mich an, schweigt aber. Seine Halsmuskeln zucken. Ich weiß, Igor wird mich zerfleischen, aber ich konnte nicht widerstehen. Noch muss er brav bei Fuß gehen.

»Ich fahr zu Paulis Frau«, geb ich ihm Bescheid.

»Wozu das denn? Die Schlampe weiß doch nichts.«

»Ich will wissen, ob sie Edgar kennt. Ob Pauli ihn erwähnt hat oder so. Mit mir redet sie. Vielleicht war Edgar dort. Und wenn ja, müsst ihr ihn noch mal befragen. Was, wenn er Paulis Komplize war und die Skizze hat? Da solltet ihr euch Mühe geben. Und einer von den Bullen, die Stani schmiert, sollte sich nützlich machen und nachforschen, wie es mit Edgar steht. Gibt es da was Auffälliges, ist er plötzlich reich geworden?«

Schließlich brauch ich einen Vorwand, um zu Rosi ins Haus zu gelangen. Igor kann da nicht mitkommen, weil sie ihn erkennen würden. Und ich brauch einen Masterplan, damit ich das verflixte Buch zu fassen kriege.

Die Rippen schmerzen bei jeder Bewegung. Das nehm ich Edgar nicht übel, aber …

Ich wähle Rosis Handynummer und kündige ihr meinen Besuch an. Sie soll Zierl und Daniela zu sich holen. Es muss einen Weg geben.

Im Rückspiegel seh ich Edgar aus dem Haus marschieren und in eine verbeulte Rostlaube steigen. Plötzlicher Reichtum schaut anders aus als ein klappriger VW Golf. Wenn er eine Ahnung hätte von Paulis Bild, würde er mir nicht nachtigern wollen. Es scheint, als würden wir von nun an im Konvoi reisen.

Ich überlege einen Moment, ob ich Stani nicht weismachen sollte, Edgar habe das Ding mit Pauli gedreht. Der wär gut beschäftigt, und seine Rippen möchte ich dann nicht ausleihen.

Wie bestellt kommt Stanis Anruf.

»Oleg meint, der fromme Bruder habe dir gebeichtet?«

Edgar als frommer Bruder? Amen, sag ich. Hätte er ihn »das Ding aus einer anderen Welt« genannt, wüsste ich auch, wer gemeint ist. Stani traut Smartphones nicht und quatscht oft daher wie ein Agentenfake – zumindest, solange er nicht aus der Haut fährt. Damit liegt er vielleicht nicht falsch. Was oder wem kannst du heutzutage trauen?

»Ja, er hat sich auf Paulus berufen. Ich muss Schwester Rosi besuchen.«

»Gut. Sag deinem Mitbruder Bescheid, wenn es Neues gibt. Wir treffen uns in drei Stunden vor dem Raja. Sei pünktlich.«

Er will, dass ich seine Geschäftspartner im Hotel treffe. Raja Palace – die lassen es sich gut gehen. Vielleicht komme ich ins Geschäft.

Ganz in Gedanken cruise ich nach Neuperlach. Ich brauch nicht nach hinten zu blicken, um zu wissen, dass Edgar und Igor an mir kleben. Wir sind ein Trio. Wie die Fun Lovin' Criminals, die ich gerade höre. Ich mag es, wie ihre Songs mir den Schädel umstülpen und ausleeren können. »Scooby Snacks« ist einfach Boom-Kaboom! Jedes andere Wort wär zu billig.

Zwei Kippen und vier ihrer Songs später hab ich genug Münchner Autoscooter gespielt und bin zurück in der Kafkastraße. Als ich den Chrysler die Straße entlangrollen lasse, fängt meine Pumpe an, heftiger zu klopfen. So schnell wirst du den Dreck nicht los, Samson. Ein neuer Spruch ist an die Mauer gesprüht worden: »Dieser Block will keine Cops!« Kann ich nachfühlen. Dieser Mann noch weniger.

Ein flaues Gefühl macht sich in meinem Magen breit, wie ich Paulis Hütte betrete. Ich erwarte, dass jeden Moment die Bullen hervorspringen. Aber der Hausgang ist ruhig und schläfrig wie die Katze nach dem Mausen. Aus einer Wohnung schickt Reed Dollaz seine Rhymes und Beats raus, und es riecht nach gebratenem Fisch. Dazwischen klopft jemand mit dem Hammer an die Wand, und eine Trulla kreischt sich den Hals wund, bis ihr Kind endlich zu flennen anfängt. Die ganz normale Ruhe eben, wie ich sie kenne.

Noch ein Trio. Sie erwarten mich. Gespannt sitzen Rosi, Daniela und Herr Zierl um den gedeckten Wohnzimmertisch. Es gibt Tee, Cognac und Muffins.

Igor parkt um die Ecke und schmollt. Edgar wird nicht weit sein.

Ich hol Rosis Schuhe aus der Tüte und überreich sie ihr. Sie prüft kurz, ob alles heil geblieben ist und jedes Riemchen an seinem Platz.

Ich will wissen, ob sie je von einem Edgar gehört hat, und beschreib ihn ihr. Sie schüttelt den Kopf. Das hab ich mir gedacht.

»Heißt der mit Nachnamen Filser?«, will sie wissen.

»Nein, wieso?«

»Weil Pauli vorgestern stockbesoffen nach Hause gekommen ist. Wobei er ja sonst gar nichts mehr getrunken hat.«

»Und?«

»Und wie ich mich darüber aufgeregt hab, ob er jetzt ganz spinnt, hat er gelallt: ›Der Filser und sein Schnaps halt.‹ Den habe er nicht vertragen.« Sie fängt an zu schluchzen.

Ich zuck mit den Schultern. Pauli auf Abstinenztrip, und hoch die Gläser. Das muss reingehauen haben. Von Filsers Klarem kann ich ein Lied zwitschern.

»Was gibt's Neues?«, will Zierl von mir wissen. Diesmal bin ich dran mit Kopfschütteln.

»Wenn man Sie erreichen könnte, hätte ich Ihnen sagen können, dass das Buch in der Kinder- und Jugendbibliothek steht«, sagt er.

»Rosi hat meine Nummer. Was bedeutet das?«

»Ein separater Eingang, Erdgeschoss.«

»Okay.«

»Einer von uns sollte das Buch morgen holen, wenn du –«, meint Daniela, wobei sie sich eine Kippe anzündet.

»Nein«, sag ich schnell und nehme mir eine aus ihrer Schachtel.

»Wenn du uns misstraust, wieso sollten wir dir trauen?«, will sie wissen und bläst mir den Rauch ihrer Zigarette ins Gesicht.

»Darum geht es nicht«, schwindel ich. »Bei mir ist alles safe. Ich weiß, wie ich mit solchen Typen umgehen muss. Ihr nicht. Ihr seid in fünf Minuten tot, mit viel Schwein in zehn.« Hauptsache, ich kann »solche Typen« wie Igor und Edgar samt einem unbekannten Killer morgen abschütteln.

In drei Stunden soll ich im Raja Palace sein. Verdammt.

»Und wenn es morgen früh ein Kind ausleiht?«, meint Herr Zierl. »Dann ist alles verloren.«

»Danke!«, plärr ich ihn an. »Das ist echt hilfreich.«

Es wär an der Zeit, ihm wieder eins auf die Nase zu geben. Morgen sollte Schule sein, für jede kleine Leseratte. Und wer schwänzt, leiht sich keinen Wälzer, oder? Zierl hat echt Nerven. Und wenn es doch ein Kind ausleiht? Niemand außer uns dreien weiß von der Bedeutung des Buchs – falls es überhaupt eine hat. Niemand, der den da Vinci sucht, kann diese Idee haben oder kennt diese Nummer. Mit Kindern und Büchern ist es wie mit Marmelade auf dem Käse. Es soll welche geben, die das mögen, auch wenn ich bisher keine getroffen habe.

Das ist es!

Ich spring auf. »Jetzt seid ihr auf dem Laufenden.«

Sie schauen mich verblüfft an.

»Das war alles?«, fragt Daniela. »Deswegen bist du gekommen?«

»Nimm noch 'nen Muffin mit«, meint Rosi, »die hab ich selbst gebacken. Die mochte Pauli am liebsten.« Sie greift zu den Taschentüchern. »Mit Blaubeeren«, schnieft sie.

»Und was sollen wir jetzt –«, setzt Zierl an.

»Ich kümmer mich«, versicher ich ihnen. »Morgen ist das Ding gelaufen. Versprochen. Ich bring euch das Buch mit, und wir schauen gemeinsam, ob was Gutes von Pauli drinsteckt.«

Draußen, vor Rosis Tür, atme ich durch und steig die Treppen hinauf bis zum obersten Stockwerk. Was für ein lausiger Plan, aber ich hab keinen besseren.

Ich verharre kurz, bevor ich mich auf zum Tatort mache. Es geistert ja die Story umher, dass es Mörder dorthin zurückziehen soll. Also gut, da wär ich. Frische Schrammen an der Wohnungstür fallen mir auf, bevor ich läute.

Der Junge öffnet und schaut mich fragend an.

»Hallo«, sag ich, »sind deine Eltern da?«

Ein »Nö« stößt er leise hervor.

»Kann ich mich mit dir unterhalten?«

Ihm scheint keiner verklickert zu haben, dass man Fremde nicht reinlässt, denn er macht die Tür frei und winkt mir. Ich schein für ihn kein Unbekannter mehr zu sein, oder er erhofft sich einen Zwanziger. Da liegt er nicht falsch.

Ich folge ihm durch den Flur in sein Zimmer.

»Was ist los?«, will er wissen, und ich lass mich auf seiner Bettcouch nieder. Mehr als einen weißen Hochglanzschrank, einen Schreibtisch mit Bildschirm und einen Stuhl hat die Bude nicht zu bieten. Ich seh kein Spielzeug rumliegen, vielleicht ist der Bengel ein Ordnungsfreak. An die Wand sind Kritzeleien gepinnt, wohl noch aus dem Kindergarten. Kopffüßler in Schwarz.

»Ich heiße Samson«, sag ich ihm und hoffe, dass er meinen Namen den Cops nicht aufs Brot schmiert.

»Kerim«, sagt er.

»Wie alt bist du, Kerim?«

»Ich werd bald zehn.«

Er setzt sich auf die Stuhlkante und mustert mich aufmerksam.

»Du hast den Mann abgeschossen«, stellt er fest. »Der ist im Flur gelegen. Das war krass.«

»Diese Ratte wollte uns erschießen«, sag ich. »Hast du seine fette Knarre gesehen?«

Kerim nickt schweigend.

»Die Polizei wollte bestimmt 'ne Menge wissen von dir.«

»Ich hab überhaupt nichts gesagt. Da haben die alle gelabert: Das ist ein Schock und blablabla. Aber meine Mutter so: Nein, lasst ihn in Ruhe, ihr Hurensöhne!«

Er erzählt mir, dass sie zweimal wiedergekommen sind, Polizeipsychologen, Kriminaler, Spurensicherer, das volle Programm. Und seiner Mutter hätten sie nicht abgenommen, dass der Tote ihr unbekannt war. Möglicherweise ein Kumpel vom Daddy? Na ja, er lag in ihrem Flur, und den Spuren nach war die Tür nicht aufgebrochen worden. Es sah für die Kripo aus, als ob der Bogenschütze versucht hätte, in die Wohnung zu kommen.

»Die reden Müll«, meint Kerim abschließend. »Keine Ahnung haben die.«

So sollte es bleiben.

Wir schweigen beide einen Moment.

»Also, ich hab einen Job für dich, Kerim«, beginn ich. »Hast du einen Büchereiausweis?«

Er zuckt mit den Schultern.

Dann überrascht er mich, indem er »Ja« sagt. »Der muss irgendwo sein. Mein Betreuer wollte, dass ich einen kriege.«

»Was für ein Betreuer?«

»Daniel, der war mein Schulbegleiter.«

»Aha. Konntest du nicht allein hingehen, oder was?«

»Doch. Der ist mitgekommen und hat geholfen, wenn es Ärger gibt und so.«

»Und jetzt hast du den nicht mehr?«

Er schüttelt den Kopf. »Andere Schule. In der alten waren die Lehrer echt scheiße. Die haben mich krass gemobbt. Immer.

Nur Sechser, weil die mich voll gehasst haben. Und für alles war immer ich schuld.«

»Verstehe. Ja, das kenn ich.«

Er steht auf und kramt in Schrankschubladen.

Als er ihn findet, gebe ich ihm einen Zettel mit Nummer und Titel des Buches.

»Das leihst du dir morgen aus, so bald wie möglich.«

»Ich hab Schule bis halb vier.«

»Okay, dann bin ich so um fünf, halb sechs bei dir. Schaffst du das?«

Er nickt. Ich sag ihm die Adresse und wie er hinkommt.

»Du zeigst es niemandem, nimmst nichts raus und wartest, bis ich es holen komme. Fünfzig Euro, wenn es klappt.«

»Fünfzig Euro?« Er macht große Augen.

»Hey, ich hab deinen Bogen mitgenommen.«

»Nicht so schlimm. Du hast ihn gekauft.«

»Und du hast die Klappe gehalten, bei der Polizei.«

»Den Bullenschweinen sag ich nie was. Die haben letztes Jahr meinen Vater mitgenommen, in der Nacht, und rumgebrüllt, und ihn haben sie auf den Boden geschmissen. Ich hab gesehen, dass es ihm wehgetan hat. Das war denen egal. Meine Mutter hat geheult. Das war krass. Hurensöhne.«

»Oh Mann. Also denk daran, du zeigst es niemandem …«

»… nehm nichts raus und warte auf dich«, ergänzt er. »Ich bin nicht bescheuert.«

»Ich weiß. Was macht deine Mutter? Ist sie nie da?«

»Die kommt erst spät. Da schlaf ich. Manchmal bin ich wach und zock auf der Playsi.«

»Was zockst du so, Kerim?«

»Fortnite und Grand Theft Auto vier. Das ist voll gut. Spielen alle, die ich kenne.«

»Mhm. Kenn ich. Kannst du deinen Vater besuchen?«

»Einmal im Monat sind wir ’ne Stunde dort. Meine Mutter will öfter. Ich will aber nicht mehr hin. Meine Mutter zwingt mich. Ist voll komisch.«

»Leben ist komisch«, sag ich, und er glotzt mich an, als wäre ich gaga. Kann sein. Hauptsache, du bist immer nur zu Besuch im Knast, Kerim.

Ich schärf ihm noch einmal ein, das Buch morgen gleich zu holen und mit niemandem darüber zu quatschen.

Seine Playstation führt er mir noch vor, bevor ich mich trolle. Ich trabe die Treppe hinunter und läute bei Daniela.

»Jetzt Lust, was zu rauchen?«, frag ich sie.

Sie nickt, tritt zur Seite und streckt den linken Arm Richtung Flur aus. Ich folge der Einladung. Als ich mich an ihr vorbeischiebe, kann ich die Frau riechen. Ein Hauch Vanille, frisch gemähtes Gras und Bier. Am liebsten würde ich an ihr schnüffeln, wie ein liebestoller Hund. Überall.

Dass sie nicht wissen will, wo ich so plötzlich herkomme, erleichtert die Sache. Für Ausreden ist mein Hirn zu leer.

Später lieg ich neben ihr auf ihrem Futon. In der Glotze läuft ein Film über Attila und seine Hunnen. Der Herrscher hat einen angeklebten Schnauzbart. Damit sieht er aus wie Nikolaus für Arme.

Ich hab Daniela einen Arm umgelegt und spiel mit ihrer linken Brustwarze. Es war gut, es war relaxt und wir waren hungrig. Mehr gibt's nicht zu sagen. Deswegen schweigen wir. Ab und an seufzt einer von uns beiden auf. Ich geb ihrem Drachen einen Zungenkuss.

»Ich möcht noch mal«, sagt sie dann.

»Gleich?«

»Mhm.«

Ihr Kopf taucht unter die Decke. Ich fass sie im Nacken. Sie kann ihn ganz in der Kehle verschwinden lassen. Keine große Kunst, hat sie mir vor einer Stunde verdeutlicht. Wer braucht schon große Kunst, wenn's ums Vergnügen geht?

»Uh, er ist wach«, sagt sie nach einer Weile und taucht auf. Ich dreh sie auf den Rücken und nehm sie. Langsam und fest, ohne viel Gehoppel, und wir schauen uns in die Augen. Lange geht das so, bis Attila stirbt, sie sich selbst reibt und wir zusammen abgehen.

Ich muss nach Luft schnappen. Meine verfluchten Rippen melden sich wieder an, als hätt sich der Schmerz bisher 'ne Auszeit gegönnt und zugeglotzt. Jetzt will er ordentlich mitmischen. Das ist wie bei 'ner derben Prügelei. Erst pusht es dich auf, du wirst zum Pitbull und spürst null, später schleppst du dich auf allen vieren durch die Botanik und leckst die Wunden.

Es dauert eine Weile, dann hab ich eine entspannte Lage gefunden und kann aufatmen.

So könnte ich liegen bleiben, an nichts denken außer Haut, und irgendwann einpennen. Da Vinci wird überschätzt. Es gibt Momente, die dich wunschlos machen. Momente, die du dir mit Kohle nicht kaufen kannst. Da gibt's nichts zu planen oder vorherzusehen. Zack – es haut dich um und leert dir das Hirn aus.

Wir rauchen Gras und trinken Bier. Später verwickeln wir uns noch mal ineinander, verknoten und verschlingen uns, fühlen dem Echo nach, das wir beim anderen erspüren, bis zum Finale.

»Du hast laut geschrien«, behauptet Daniela danach, aber ich kann mich nicht erinnern. Sie holt sich ein Bier, wegen des Nachgeschmacks, und ich habe Stani im Kopf, weil die Uhr tickt und ich gleich im Raja Palace sein soll.

»Hey, du hast voll den Sixpack«, reißt mich Daniela aus den Gedanken. Ihre Finger ziehen Linien über meinen Bauch.

»Das täuscht«, sag ich, »ich hab nichts auf den Rippen.«

»Weißt du, wie du aussiehst? Fast wie Axl Rose früher, als er noch lecker war. Guns n' Roses kennst du noch, oder?«

»›Welcome to the Jungle‹.«

Daniela dreht sich auf den Bauch und zündet zwei Kippen an. Eine reicht sie mir.

»Wärst du manchmal gern wer anders?«, will sie wissen.

»Zeig mir jemanden, der es leicht hat, den nehm ich.«

»Ich wollte immer Xenia sein.«

»Die Räubertochter?«

»Nee, das war Ronja. Xenia ist 'ne Amazone. Die kann richtig abgehen mit dem Schwert und so.«

»Mhm. Nenn dich doch einfach Xenia.«

»Daniela hört sich aber fast wie Delilah an«, meint sie.

»Bei beiden ist ein ›D‹ drin«, geb ich ihr recht.

»Die hat Samson die Haare geschoren.«

»Was zum Geier habt ihr alle mit meinen Haaren? Burke war ein Glatzkopf, sagt mein Onkel.«

»Wer ist Burke?«

»Der hat sich mit Schweizern angelegt.«

»Die gibt's aber noch.«

»Er hat ja auch durch K. o. verloren.«

Sie legt nachdenklich die Stirn in Falten.

»Willst du uns abzocken?«, fragt sie.

»Wie kommst du darauf?«

»Ich will, dass du mich nicht linkst«, sagt sie. »Dann haben wir beide alles.«

»Raffgierige Bitch.«

»Ja, na und? Pauli hat gemeint, er muss nie mehr arbeiten. Das muss viel Kohle sein – für zwei!«

Ich wälz mich vom Futon und schlüpf in meine Klamotten. Daniela bleibt liegen und schaut mir zu.

»Süße, noch haben wir zero«, sag ich, während ich meine Socken suche.

»Aber wenn es der Jackpot wäre …«

»… können wir die anderen immer noch loswerden«, ergänz ich den Satz beim Schuhebinden.

»Das wäre safe«, sinniert Daniela, und sie hört sich an, als habe sie sich ernsthaft mit dem Gedanken beschäftigt.

»Cool, Xenia. Gönn dir gleich den ganzen Haufen und murks uns alle ab. Am besten mit dem Schwert.«

»Ich könnte deinen Bogen nehmen«, meint sie und klimpert mit den Wimpern.

»Wo ist der?«

»Unter dem Bett.«

»Passt.«

Scheint der sicherste Platz zu sein, bis ich ihn wegschaffen und entsorgen kann. Niemand würde bei Daniela suchen.

Wir küssen uns lange, bevor ich zur Tür draußen bin. Hat sich nicht falsch angefühlt, im Gegenteil.

Wärst du gern wer anders, Samson? Bestimmt nicht Clyde Barrow. Und ich hab auch nicht vor, am Straßenrand von Nirgendwo zu verrecken. Wenn du am Ende des Tages mehr als einen Menschen aufzählen kannst, dem du bei der Aussicht auf fette Kohle vertraust, hast du entweder eine verschobene Optik oder lebst im Wald unter Viechern. Die Gefahr ist bei mir gering, seit ich aufgehört habe, mir selbst zu vertrauen. Dass niemand von uns vieren in Geld schwimmt, macht alles einfacher. Die Reichen gehen über Leichen, die sind das gewohnt.

NEUN

Ich brauch zwanzig Minuten und bin im Stadtteil Lehel bei Reich & Söhne. Du kannst darauf wetten, dass keine der Gestalten, die in den Gassen auf Shopping-Tour unterwegs sind, je auf einer Liege am Piusplatz flacken musste, um ihrem Body Bronzetönung zu verpassen. Eher in Dubai oder der Südsee. Jeder Laden ist ein Schlösschen. Küsschen, Gold und Tütütü inklusive. »Der Hut aus dem Brustflaum der arktischen Lachdrossel steht Ihnen superb, gnäd'ge Frau. Darauf ein Gläschen Hugo?«

Wachmänner satt, Kaugummi in den Backen, Daumen hinter der Koppel. Schnäppchen findest du anderswo.

Ich mag es, zu sehen, wie bevölkert die Designerbuden sind. Wenn du auf Fleisch stehst, freust du dich ja auch wie ein Schnitzel über den Anblick einer Rinderherde. Hier trifft sich das, was sich für die Welt hält. Aber wer für einen Designerfetzen dreißigtausend Ocken rausschmeißt, den solltest du entmündigen lassen. Der ist für die Welt entbehrlich wie ein Klonschaf oder Krätze.

Damals in Thailand trug ich maßgeschneiderte Klamotten. Der alte Anuwat oder seine Urenkel haben die genäht, für ein paar Kröten, und wir beide waren happy damit.

Ich war in Fünf-Sterne-Hotels, rein beruflich. Als Gast nie. Das Raja Palace gibt's an den besten Plätzen. Singapur, London, Bangkok and so on. Such es dir aus.

Das Gebäude haben sie mit weißen Steinquadern hochgezogen, gebaut für die Ewigkeit. Es sieht aus, als könntest du in einer Kathedrale ein Zimmer mieten. So hab ich mir das vorgestellt. Vor dem Eingangsportal fährt einer dieser Cadillac-Panzer vor, meine Mühle hab ich in einer Seitengasse abgestellt. Der wäre vor Neid der Kühler geplatzt.

Ein Pärchen schält sich aus den Sitzen, wie du es in den Heftchen beim Friseur findest. Er ein braun gebrannter Ochsenfrosch mit Föntolle, sie ein abgemagerter Windhund mit blondem Fell. Einen widerspenstigen Mops zerrt die Frau hinter sich her. Vom Preis seines Halsbandes könnte eine Großfamilie ein halbes Jahr fett leben. Mir stellt sich die Frage, ob Hundekidnapping ein Geschäftsmodell wäre. Ich schließ mich dem Paar wie selbstverständlich an und schlupf in die Hotelhalle.

Stani wartet in der Lobby auf mich. Ganz Businessman in schwarzem Anzug und gewichsten Ledertretern. Ton in Ton mit dem Ledersessel, in dem eine Familie Platz gefunden hätte. Er blättert im Men's Health, das heißt, er hält die Zeitschrift richtig herum in den Pranken.

Alles ist üppig, fett und glitzert, als wäre man darauf vorbereitet, die Könige der Riesen zu beherbergen. Von der Decke der Eingangshalle baumeln goldene Leuchter, mit deren Gewicht könntest du locker eine Elefantenherde erschlagen. In blauer Hotelkluft wieseln Dutzende Mädels umher, Ballett ist angesagt. Zwei Schränke von Wachleuten haben sich breitbeinig vor einer Marmorsäule aufgebaut und begaffen mich auffällig unauffällig. Mit den Visagen könnten die bei Smith & Wesson als Models anheuern.

Ich passe zur Einrichtung wie eine hungrige Wanderratte in den Küchenschrank. Wenn dir gleich das Personal einen Besen überzieht, wunder dich nicht, Samson. Doch die Bodybuilder in ihren Phantasieuniformen wissen, dass der Eindruck täuschen kann. Sie warten ab. Ich könnte ein Millionär sein, der im Shabby-Look auftanzt. Mit viel Schwein bin ich bald genau das.

Als Stani mich sieht, steht er schweigend auf und nickt mir zu. Ich folge ihm zum Aufzug. Der Liftboy will hoch hinaus mit uns. Ich ahne, wohin es geht. Dorthin, wo unsereins höchstens zum Kloschrubben vorbeikommen darf. Noch immer macht Stani keinen Pieps, deswegen halt ich auch die Klappe und betrachte meine Visage an der verspiegelten Wand. Der gute Edgar hat Spuren hinterlassen. Ich schau verbeult aus und hab Augenringe, als hätte mir wer Veilchen verpasst. Die fetten Kratzer am Hals sind von Danielas Nägeln. Rasieren wär auch angesagt. Gesundes

Leben geht anders. Aber alles besser, als zum Aschehäufchen zu mutieren, mit einem Kranz vom Big Boss drum rum.

Vom Lift geht es den Gang entlang, bis Stani vor einer der schweren Türen stehen bleibt. Er klopft, und wir werden eingelassen.

Eine ordentliche Suite bekommst du im Raja Palace nicht unter dreitausend Ocken die Nacht. Diese hier ist mehr als vernünftig. Läge sie im Erdgeschoss, könnte ich mit dem Chrysler durch die Zimmer brettern, ohne anzuecken. Das nenn ich geräumig, Baby! Ich schätze, es ist die Präsidentensuite. Die buchst du nicht fix über ein Onlineportal, da macht dein Fußabstreifer oder Butler oder Haremswächter einen »Call« und handelt die Bedingungen aus.

Ich hab ein komisches Gefühl. Das passt nicht. Als wir zusammen die Hotelnummer abgezogen haben, waren Fünf-Zimmer-Suiten tabu. Zu gefährlich. Du weißt nie, wer dort residiert und ob Leibwächter oder Zivilbullen umherstreunen. Ruckzuck stanzt dir ein Rambo vom SEK ein Loch in den Schädel, zwecks nationaler Sicherheit. Warum sollte Pauli es hier versucht haben? Er war ja nicht lebensmüde. Und wie konnte er wissen, dass ihn niemand stört?

Durch den Vorraum betreten wir das Arbeitszimmer. Es riecht nach Zimt und Lebkuchen wie in der Weihnachtsbäckerei. Was rauchen die Typen bloß? Jedenfalls sehen sie aus, wie ich es mir ausgemalt habe. Maßgeschneiderte schwarze Anzüge, gestylte Vollbärte, getönte Ray-Bans auf der Nase. Wenn's nicht um fünfzehn Mios ginge, würde ich mich wegschmeißen. Macht euch locker, Jungs! Es sind fünf, und sie stehen aufgereiht im Raum wie Präriehunde und schütteln uns die Pfoten. Ein Händedruck Marke Schweinsleber, er wirkt ungeübt.

Ich hab Mühe, die Gestalten zu unterscheiden. Aus ihrer Haltung erkenne ich, dass drei davon Handlanger sind, einer der Übersetzer und einer der Häuptling sein muss. Der scheint der Älteste zu sein.

Sie quatschen arabisch, bei der Gegend muss ich passen.

Als ich ins Hotel gelatscht bin, war ich mir sicher, es entweder mit Russen oder Saudis zu tun zu haben. Stani weiß, wo die große Kohle verstreut wird.

Der Übersetzer erkundigt sich, ob wir eine Cola wollen. Wir schütteln die Köpfe. Ich würde mir lieber was Hartes aus der Minibar reinpfeifen.

»Ich hab Mister X gesagt, dass du der beste Mann dafür bist und auf der Spur seist«, wendet sich Stani an mich. Ich nicke eifrig, weil mir dazu nichts Schlaues einfällt.

Der Boss tuschelt mit seinem Dolmetscher.

»Was sagt er?«, will ich wissen.

»Dass Ihre Haare unordentlich sind.«

»Ich hab dir gesagt, lass dir die Zotteln abschneiden«, knurrt Stani und lächelt den Boss schulterzuckend an.

»Ich hab nicht gewusst, dass das 'ne Modenschau wird«, zisch ich zurück und wink ab, als der Dolmetscher übersetzen will.

Sie erklären mir, wie das Ganze abgelaufen ist. Besser gesagt, sie haben keine Erklärung. Der Boss war mit Dolmetscher und Bodyguard am Morgen nach dem Frühstück in der Suite im Fitness-Room, und sie haben im Dampfbad geschwitzt.

Wenn ich daheim von Wüste umgeben bin, wäre Sauna keine Option, denk ich mir. Aber das gilt fürs niedere Volk. Die Jungs, die ich vor mir habe, kennen wohl keinen heißen Sand, bloß Marmorböden und Aircondition.

Während sich der Boss mit zwei anderen vergnügt hat, hätten die übrigen beiden in der Suite sein müssen. Sie haben nichts gecheckt. Waren die beim Pinkeln oder im Nebenzimmer? Die Tür hatte keinerlei Aufbruchspuren, ihr Gepäck, die Schubladen und Schränke waren durchwühlt, der Tresor stand offen, das Bild – es wurde in einer Aktentasche mit Zahlenschloss aufbewahrt – war verschwunden.

Die Tasche lag im Arbeitszimmer auf dem Schreibtisch. Die Jungs gehen schludrig um mit fünfzehn Millionen, so wie unsereins den Geldbeutel auf dem Tresen liegen lässt.

Eines der Zimmermädchen habe ihnen später erzählt, da sei

ein Mann auf dem Flur gewesen, sie dachte, er sei aus der Suite gekommen. Schwarzer Vollbart, Anzug, getönte Brille. Es war keiner von ihnen, da waren sich die Typen einig. Einen Diebstahl haben sie natürlich nicht gemeldet. Der da Vinci würde Scherereien bedeuten. Mit Sicherheit klebt an den gesammelten Skizzen Blut. Na ja, der heilige Sebastian war ein Märtyrer, so passt es. Dass er bei Scheichs abhängen soll, find ich lustig.

Pauli konnte weder hexen noch wird er die Leibgarde bespaßt haben. Die beiden Zurückgebliebenen verschweigen etwas.

Alles sieht nach Pauli aus. Ob allein oder nicht. Vor allem das spurlose Öffnen von Türen und Schlössern war sein Ding. Frischlinge fahren eher auf rohe Gewalt ab und Action.

Ich sag Stani, dass es Paulis Handschrift ist.

»Denkst du, er hat es geschafft?«, will er halblaut wissen.

»Der Tresor, die Aktentasche, keine Spuren, die auf Hektik deuten – der konnte in aller Seelenruhe arbeiten. Das Bild ist futsch und er abgekratzt. Wenn du das ›geschafft‹ nennen willst …«

»Ich mein ja nur. Erkennst du, ob die Tasche aufgebrochen worden ist?«

»Mann, das ist ein verkacktes Zahlenschloss! Lächerlich. Das macht Pauli mit 'nem Fliegenbein auf, spurlos. Was ist los mit dir?«

Stani schüttelt den Kopf. Er wendet sich an den Dolmetscher. »Wir wissen jetzt, wer es war. Einer der geschicktesten Mistkerle in der Stadt. Er schafft es immer, ungesehen zu bleiben. Wir – ich werde das Bild bekommen.«

Cheffe nickt und murmelt in seinen Bart.

»Und lass dem fucking Hurensohn die Eier abschneiden«, übersetzt der Dolmetscher ungerührt.

»Ich bring sie dir«, sagt Stani, und mich beschleicht ein komisches Gefühl, als ich mir überlege, wo Stani einen Satz gebrauchter Murmeln auftreiben könnte.

Der Obermacker nimmt die Brille ab und schaut mir in die Augen.

Fast hätte ich ihm zugezwinkert. Ich lass es bei einem Kopfnicken. Hinter Stani gehe ich, von zwei Bodyguards begleitet, zum Aufzug.

»Sag schon, wie hat Pauli das mit den beiden Schwachmaten gedreht?«, will Stani im Aufzug wissen.

»Da gab es nichts zu drehen. Pauli ist kein Zauberer. Meinst du, er hatte 'ne Tarnkappe auf? Wenn wir ausschließen, dass er mit einem der Typen gemeinsame Sache gemacht hat, bleiben da kaum Möglichkeiten. Wie lange waren der Boss und die anderen Figuren weg? Zwei Stunden?«

»Was meinst du?«

»Angenommen, die Typen haben Pornofilme rauf und runter geglotzt und sich um nichts gekümmert, wäre Pauli so abgezockt gewesen, um dabei die Suite leer zu räumen? Offenkundig waren sie nicht da. Jetzt geht ihnen die Muffe, das zuzugeben. Ihr Boss würde ihnen die Haut abziehen und den Rest einsalzen. Stress haben sie auch so dicke.«

»Das wär okay, würde ich genauso machen«, sagt Stani.

»Lass in den Bumsschuppen aus der näheren Umgebung nachfragen«, sage ich. »Die dachten, im Hotel wär alles klar und safe. Mag sein, sie waren shoppen oder den Willi ausführen am Morgen. Wer weiß, ob die sonst zum Schuss kommen. Ich wette mit dir um 'nen Hunni.« Ich warte ab, bis der Hotelpage, der uns die Tür öffnet, außer Hörweite ist.

»Und pass auf«, füg ich an, »die müssen das die Tage vorher auch durchgezogen haben. Pauli hat bestimmt ausgecheckt, ob es eine Gewohnheit, einen Rhythmus gibt. Der war öfter im Raja. Der hat beobachtet. Du verlässt dich nicht auf Zufall bei einer abgefahrenen Fünf-Zimmer-Suite.«

Ich bleib stehen und schau Stani ins Gesicht.

»Und was sagt uns das, hä? Er hat gewusst, was es da zu holen gibt. Er hat es geplant – kein Zufallstreffer. Hey, und wer immer ihn auf den da Vinci heißgemacht hat, könnte ihn und deine zwei Jungs geext haben. Und jetzt sucht der Kerl die Skizze. So seh ich das.«

Stani nickt schweigend. Ich kann sehen, wie es in seinem Hirn rattert.

»Ich lass rumhorchen, wo ihre Fressen gesehen worden sind«, meint er. »Wäre nicht schlecht, die beiden in der Hand zu haben. Man weiß nie, wie der Hase läuft.«

»Dachte ich mir. Deswegen hab ich sie vor ihrem Boss nicht auflaufen lassen.«

»Mhm«, grunzt Stani und legt mir seine fette Pfote auf die Schulter. »Und jetzt schaff mir Informationen ran, bevor ich ihm deine Billardkugeln schicke, samt Queue zum Einlochen«, sagt er, als ich mich ins Auto setze. »Oleg würde das bestimmt gern eigenhändig erledigen.«

Ich schau mich um und entdecke Edgar, in eine Zeitung vertieft, an der Ecke stehen. Er ist es unverkennbar, seine Glatze lugt oben hervor. Alles gut. Ich widerstehe der Versuchung, ihm mitzuteilen, dass ich nach Hause fahre. Genug für heute, Edgar, entspann dich, schärf deine Zähne an einem Ziegelstein.

ZEHN

Auf das Aufwachen am Montagmorgen freuen sich die wenigsten. Du wirst wieder fünf Tage lang in den Schraubstock gespannt, geschliffen und rund gefeilt. Kann ich mir nicht vorstellen. Bei Onkel Seba liegen seine Burschen unter irgendeiner Rostlaube und lassen sich den Blaumann mit Öl vollsabbern.

Mit einer Tasse Kaffee in der Hand versuch ich, die Nacht abzuschütteln. Dreckige Träume. Die Visage von Edgar war dabei und Pauli, der mir etwas anvertrauen wollte, und ich hab's einfach nicht verstanden. Hätte ich einen Hang zu übersinnlichem Kram, könnte ich mir ausmalen, Pauli wäre mir nächtens erschienen. Ich denke, mein Hirn hat gebrodelt und ist übergekocht wie vergessenes Nudelwasser.

Jedenfalls versucht mein Schädel, den Rippen Konkurrenz zu machen. Der ganze Scheißsamson fühlt sich an wie von einem Truck überfahren. Beste Voraussetzungen. Mein Rest an Muskeln gibt sich alle Mühe, um das Fleisch senkrecht zu kriegen. Ich probier's mit einer musikalischen Infusion, geb mir was Verhaltenes, Lockeres von Milky Chance und lass es in meine Ohren träufeln. Ist ein Anfang – zumindest fürs Hirn, im Takt zucken lass ich besser bleiben.

Möglichst bewegungslos bring ich das Duschen hinter mich und gönne mir danach ein kleines Pfeifchen. Anziehen ist kompliziert, vor allem die Socken – harte Nummer. Zum Frühstück werfe ich mir zwei Ibuprofen ein. Vom Gejammer wird der Tag nicht schicker. Vor dem Badspiegel bau ich mich auf und nicke dem verquollenen Gesicht zu, das ich kaum erkenne – heute brauch ich Schwein. Verdammt viel Schwein, um genau zu sein.

Als ich aus dem Haus gehe, überfällt mich das Miststück von Sonne und bohrt mir ihre Strahlen durch die Augen direkt ins Hirn. Eine durchgeknallte Amsel hockt auf einem Strauch neben meiner Karre und keift mir die Ohren voll.

Schwester, ich bin ganz bei dir. Der Morgen ist die überflüssigste Tageszeit ever.

Ich klemm mich hinters Lenkrad und mach mich auf den Weg zu meinem Onkel. Das letzte Mal hab ich Verkleidung abgelegt, dieses Mal brauch ich eine.

Es ist Zeit, Thyla aufzusuchen. Seit unseren gemeinsamen Tagen in Phuket hab ich die Frau höchstens zwei- oder dreimal gesehen. Tatsächlich ist sie zu meinem Onkel gekommen, und die beiden haben irgendeinen Deal vereinbart. Weiß der Himmel. Nach Lage der Dinge ist sie die Einzige, die mir nützen kann.

Sich von Thyla helfen zu lassen, ist wie als Fliege die gefräßigste Spinne zu bitten, sie vor den anderen Spinnen zu bewahren. Ich muss ihr genügend Futter mitbringen, um sie friedlich zu stimmen. Wenn alles hinhaut, wird da Vincis Skizze später von Kerim abgeholt, und ich muss zum nächsten Schritt kommen. Es gilt, Igor und Edgar loszuwerden. Vielleicht fängt der frühe Vogel Samson doch 'nen fetten Wurm, die Vehikel der beiden Schwachmaten kann ich nirgends ausmachen. Aber die könnten aus jedem Loch der Hölle kriechen. Heute hab ich einen Plan, um sicherzugehen. Soll mir halt Stani die Ohren vollheulen, weil ich vergessen hab, mit seiner Bulldogge Gassi zu gehen. Ich geb mir WellBad, um ordentlich ins Rollen zu kommen, und drück mitgrölend aufs Gas. *»Hey! Hey! Judgement Day!«*

Einen Moment glaube ich, beim Blick in den Rückspiegel Hauptkommissar Bruckners Schnauze samt seinem Waschbären in einem Lieferwagen erkannt zu haben. Mich wundert nichts mehr, auch keine Buletten an den Hacken. Hat sich halb München auf den Weg gemacht, mir nachzufolgen? Führe uns zu fünfzehn Millionen, oh Herr. Beim nächsten Blick kann ich den Lieferwagen nirgends erspähen. Ich beschließe, weniger Gras zu rauchen, halluzinieren ist ungesund.

Mein Onkel ist nicht da. Auf dem Hof hantieren Dimitri und Josep und laden Reifen von einem Pritschenwagen. Die Jungs haben dieses Laurel-und-Hardy-Flair. Josep ist hager, hoch aufgeschossen, mit Fünf-Millimeter-Schnitt und einem Nagetiergebiss, Dimitri eher hochschwanger mit Halbglatze. Im Gegensatz zu den beiden verblichenen Spaßvögeln sind sie ernsthaft bei der Sache. Wenn sie nicht schrauben, teilen sie sich das gleiche Hobby: Sportwetten. Du kannst sie nachts um drei wecken und nach dem Tabellenführer der Volleyballliga in Aserbaidschan fragen. Kein Problem.

Was sie gerade nicht wissen, ist, wo Seba sich rumtreibt, aber natürlich sei es geschäftlich. Da bin ich mir nicht so sicher.

Er lässt manchmal eine Bemerkung über eine »unglaubliche« Frau fallen. Er trifft sich mit ihr fast jede Woche im Hotel Admira. Wenn ihr Mann auf Geschäftsreise ist, auch öfter. Seba bleibt der Autobranche treu, seine Wonderwoman ist mit einem hohen Tier von BMW verheiratet.

Als ich Josep nach einem Blaumann frage, macht er sich gleich auf die Suche, schließlich bin ich der Lieblings- weil einzige Neffe vom Chef. Ich darf mich sogar im Trailer, Sebas Heiligtum, umziehen.

Auf dem Schädel eine Worker-Kappe, schlüpf ich in den Blaumann. Ich kann froh sein, dass mein Onkel befriedigend beschäftigt ist, sonst hätte ich eine Diskussion an der Backe.

Die beiden haben zwischenzeitlich die Karre entladen, und ich erzähl ihnen die Geschichte vom Pferd. Dass ich mit Seba ausgemacht hätte, er würde mir den Pritschenwagen leihen für den Umzug vom Bruder einer Freundin and so on.

Mit der Hand streif ich wie zufällig über einen Reifen, um mir den Schmodder ins Gesicht zu reiben.

Der Schlüssel steckt, und fünf Minuten später reite ich vom Hof. Die Scheiben sind dreckig und verschmiert – wenn alles klappt, bin ich Igor, Edgar und wer auch immer an meinem Hintern klebt, für ’ne Zeit los.

Igors Karre ist nirgends zu entdecken, vielleicht ist er noch gar nicht aufgestanden. Aber sicher ist sicher. Und wenn es wirklich Bruckner war, dessen Van ich hinter mir gesehen habe, schadet die Maskerade nichts.

Im Pritschenwagen gibt's nur Radio, sonst hätte ich die Stones eingelegt, als Erinnerung und als Mahnung, mit wem ich es gleich zu tun haben werde. Ich mag Thyla, ich hab sie richtig gern, so wie man ein gefährliches Raubtier eben gernhaben kann. Komm ihm nicht zu nahe, wenn es hungrig ist. Stani ist gegen sie ein frisch geworfener Mopswelpe samt Stupsnäschen.

Nachdem ich damals vor dem Aufschlagen gerade noch rechtzeitig die Reißleine gezogen und mich nach Thailand verdrückt hatte, hat sie mich aufgegriffen. Nachts bin ich durch die Clubs von Phuket gezogen, um naiven Touristen das Fell über die Ohren zu ziehen. Mein Erfolg war mäßig. Einer ihrer Boys hat mich angesprochen, als ich blank und abgerissen am Strand rumhing.

Thyla konnte einen Deutschen brauchen, der seine Landsleute für ihre Girls und Clubs begeistern konnte. Als Anreißer war ich für sie ideal. Ich bekam ein schickes Outfit und machte meinen Job. Nebenbei brachte ich ihr Deutsch bei. Sie war gerade am Anfang ihres Geschäftsimperiums – Drogen, Bordelle, Tanzbars und was immer du brauchst. Aber schon damals hat sie gewusst, dass ihr Phuket zu klein werden würde.

Thyla schwamm immer oben. Wie sie wirklich hieß, wusste niemand. Sie hatte sich ihren Namen von einer Animefigur geliehen, so wie sie alles selbst bestimmt hatte. Ihr altes Leben abgelegt und sich ein neues geschaffen. Und wer auf ihrer Seite war, den behandelte sie gut.

Und jetzt? Ich weiß, dass sie zwischen Bangkok und München pendelt, viele Connections hat und Exportgeschäfte betreibt. Dass sie Reisnudeln verschippert, ist unwahrscheinlich. So wie ich informiert bin, hat sich die Lady ein Imperium aufgebaut – wer in München Schnee vertickt, der kennt auch ihren Namen. »Sprich ihn nicht laut aus!« Und so weiter.

Kann sein, dass ich sie damals auf die Idee mit München gebracht habe, aber wer weiß, wie und warum sie ihre Entscheidungen trifft. Kohle hat sie mehr als genug, um von Zeit zu Zeit in einer Villa in Grünwald zu residieren. Mir reicht, dass ich immer im Hinterkopf habe: Thyla hat viele Talente.

Ich erinnere mich, wie wir am helllichten Tag mit ihrem Mercedes-Bus durch Phuket gegondelt sind. Irgendwann bremst der Fahrer, die Tür wird aufgerissen, und ein junger Typ wird uns von ihren Jungs vor die Füße geworfen. Alles springt in den Bus, und schon fahren wir. Sie haben ihm die Hände auf den Rücken geschnürt, und er heult und winselt, was das Zeug hält.

»I want him to die. You like to do that for me, Sugar?«, fragt Thyla im Plauderton, und ich denke, sie macht einen Scherz.

»No, ladies first.«

Der Junge tickt völlig aus, da hat er bereits eine Schnur um den Hals, und Thyla zieht sie zusammen. Im Duett mit Mick Jagger grölt sie: *»It's only Rock 'n' Roll, but I like it.«*

Während ich meine Stirn an die getönte Scheibe lehne und nach draußen starre, in die vorbeiziehenden Gesichter der Fußgänger und Fahrradfahrer, zappelt und röchelt der Kerl direkt vor meinen Füßen sein Leben aus. Sein Schädel ist zwischen Thylas Beinen, eines davon hat sie um seinen Oberkörper gewunden. Wir sitzen Schulter an Schulter, und ich kann spüren, wie sie sich mit dem Rücken gegen die Lehne stemmt. Dazu spielen die Stones in voller Lautstärke. Oh Mann, selbst für mein dauervernebeltes Hirn war das zu abartig.

Sie brauchte vier oder fünf Songs lang, und ich war fix und alle. Das lief so nebensächlich ab, als würden wir eine Runde Pok Daeng spielen.

Ihre Boys beglotzten die Show mit offenen Mündern und hatten ihren Spaß bis zum Ende. »Look, look!«

Drei Joints und eine Prise Neuschnee später ging es zu einer abgelegenen Müllhalde, wo der arme Kerl abgeladen wurde. Was er denn gemacht habe, wollte ich wissen.

»Oh, someone said, he was talking bad about me.«

Vor Kurzem hab ich sie im Bayerischen Fernsehen gesehen. Ich war auf dem Sofa eingepennt, und wie ich die Augen wieder aufmachte, sah ich ihr leicht verschämtes Lächeln in Großaufnahme. Es gab irgendwelche Preise oder Orden beim Empfang vom Ministerpräsidenten. Es ging um wirtschaftliches Engagement, Thailand und weiß der Geier. Der thailändische Botschafter war dabei. Das Kleid war nicht mehr so megakurz, wie sie es damals liebte, aber sie sah immer noch first class aus. »Look, look!«

Wenn du durch Grünwald zuckelst, glaubst du dich so weit weg vom Leben am Piusplatz, als wärst du auf einen fremden Planeten gebeamt worden. Auf einen, der von fleißigen Straßenkehrern und Gärtnern wimmelt.

Ich roll die Münchner Straße entlang bis ins Zentrum.

Beim Gemüseladen fährt ein Ferrari Portofino vor, mehr als eine Gurke und zwei Tomaten bekommst du bei dem nicht in den Kofferraum. Für das klapprige weibliche Wesen, das ihm entsteigt, wäre das eine üppige Wochenration. Im Pulk der Radler, die vor der Eisdiele haltgemacht haben, trägt jeder brav seinen Helm. Safety first. Die Uhren ticken hier nicht anders, aber sie sind besser geölt und poliert. Alles Hochglanz. Falls dir keiner in den Pool pinkelt, dein Roadster geklaut wird oder Ludmilla, die Nanny, kränkelt. Aber lass uns nicht von Katastrophen reden, das banale Leben kann auch hart sein. Fühlt sich nicht erstrebenswert an, immer Schiss zu haben, dass jemand wie Samson daherkommen könnte, um sich die angehäuften Kostbarkeiten unter den Nagel zu reißen.

Da fällt mir der da Vinci ein. Ich hab die Skizze noch nicht in den Pfoten, da spür ich schon einen trockenen Hals. Wenn du einen Schatz hast, verwandelst du dich vom Jäger in die Beute, das geht ratzfatz. Man sieht es dir an.

An einem Kiosk halt ich, hol mir einen Pappbecher Kaffee und ein paar Tageszeitungen. Ich lese mir in Ruhe die Neuigkeiten zum Mordfall in Neuperlach durch. So wie sie schreiben, haben sie keine Ahnung. Aber das täuscht. Wer weiß, was die Bullen an Informationen herausgerückt haben. Auf jeden Fall »fieberhafte Ermittlungen«, »Bandenkriminalität«, »Milieu« and so on. Das liest sich, als wäre ich in einem anderen Film gewesen, anderes Kino, andere Stadt. Ich lass mir Zeit, blätter den Haufen durch, geb mir die Sportseiten. Zu früh sollte ich nicht bei Thyla auftauchen. Sie hat bestimmt hart bis spät in die Nacht gearbeitet. Kennt man.

Später lenke ich den VW in eine Seitenstraße Richtung Isarufer. Zuvorkommend halte ich am Zebrastreifen für eine Hippe im grauen Hosenanzug samt zweier Chihuahuas. Alle drei verschwenden keinen Blick an mich. Warum auch? Ich gönn mir eine kleine Phantasie: Vor mir seh ich die Scheibenwischer des Pritschenwagens, die sich um die Reste der Chihuahuas kümmern, die nach dem Aufschlag an der Windschutzscheibe kleben wie Mücken. Und der Hosenanzug steht starr dabei, glotzt auf die Leine in der Hand und bringt keinen Ton raus. Dabei mag ich Hunde – wenn sie wie Hunde aussehen und sich so benehmen.

Ich lächle dem Trio hinterher und geb Gas.

Hinter hohen, weiß gestrichenen Mauern verstecken sich die Villen und Anwesen. Ich lass den Pritschenwagen bis zu Thylas Bungalow rollen. Zumindest bis zum Eisentor, das die Einfahrt versperrt, sehen kann ich die Hütte von außen nicht. Ich stell meine Karre ab, lächle ins Fisheye und drück auf die Klingel. Namensschild gibt es keines. Wozu auch? Wer hier anklopft, weiß, zu wem er will.

»Hello, Sugar.«

Thyla empfängt mich in ihrem, wie nennt man das – Salon?

Es steht kaum Schnickschnack herum, alles ist weiß. Tisch, Sessel, Schränkchen, selbst das Gemälde an der Wand besteht aus einer weißen Fläche mit schwarzem Rand. Der Schinken ist bestimmt von einem angesagten Pinsler, für dessen Weiß man zehntausend pro Quadratzentimeter hinblättern muss.

Ich hab zwar den Blaumann im Wagen gelassen, ein erfolgreicher Businessman schaut trotzdem anders aus.

Die Frau kommt auf mich zu und legt mir die Hand auf die Schulter.

Ich beug mich tief nach unten, weil sie gerade mal eins fünfzig und dazu barfuß ist. Mit ihren Lippen berührt sie meine Wange. Sie riecht gut und teuer, die Frau.

»Du solltest öfter kommen, Sugar.«

»Ja, ich nehm's mir vor, Thyla, aber …«

»Viel zu tun, ja? Business, I know.«

»Hab dich im Fernsehen gesehen, sahst gut aus.«

»Oh boy.« Sie winkt ab.

Wir setzen uns. Eine ältere Thai erscheint und gießt Wasser ein.

»Einen Drink?« Thyla ordert zwei Tom-Yam-Siam-Cocktails. Sie weiß, dass ich auf die abfahre.

Die Alte verschwindet mit einer Verbeugung.

»Wie geht's deiner Mutter?«, frag ich.

»Oh yeah, sie hat jetzt ein Business in Garmisch. Ich mag die Stadt. Hab ihr ein Haus besorgt. Sie verkauft Kerzen. Business is good. Die Leute lieben Kerzen und meine Mutter. Und dein Onkel?«

»Wie immer. Ich warte auf den Moment, an dem ein Kunde ihn mit einer seiner Schrottkarren überfährt oder die Cops vor der Tür stehen – aber das tun sie nie.«

»Er ist schlau, dein Onkel.«

»Kann man so sagen.«

Sie lehnt sich zurück und betrachtet ihre Fingernägel.

»Ist es, weil du Sehnsucht hattest, Sugar, oder brauchst du etwas von mir?«, will sie wissen.

»Wenn du mich so fragst: Thyla, ich will sterben.«

»Kannst du es nicht mehr erwarten, the Paradies?«, antwortet sie ungerührt.

»Und dann will ich wiederauferstehen. In Bangkok.«

Ihr Gesicht bleibt ohne Bewegung.

Die Drinks werden gebracht. Sie hebt ihr Glas, betrachtet seinen milchigen Inhalt und lächelt mir zu.

»Sterben ist nicht einfach, Auferstehen yes.«

Ich zupf Bambushalme aus dem Glas, und wir stoßen an.

»Auf gute Zeiten«, sagt sie.

»Und noch bessere, die kommen«, geb ich dazu, und sie legt den Kopf schief.

»Angenommen, ich hätte viel Geld, wie würdest du mich sterben lassen?«

»In Thailand? Verbrennen in car oder ertrinken.«

»Ich will keine Spur nach Thailand legen. Das weckt Zweifel.«

Sie zuckt mit den Schultern und nippt vom Cocktail.

»Deutschland ist not easy. Ertrinken. Die Leiche wird nie gefunden.«

Ich spür ein Grummeln in der Magengegend. Auf die Toilette muss ich nicht rennen. Ertränken stand in Phuket hoch im Kurs, um lästige Konkurrenten loszuwerden. Die Opfer haben das zuvor mit anderen lästigen Konkurrenten ähnlich gemacht. Alles hing davon ab, welchen Platz du in der Nahrungskette hattest. Ein Fass mit Meerwasser im Keller, und Kopf voraus, ab dafür. Die Toten wurden im Meer entsorgt, und niemand hat genauere Untersuchungen anstellen wollen. Ich war nie dabei, aber das musste ich nicht, um es zu wissen. Wenn die Cops dir aus der Hand fressen, gibt's eh kein Problem.

Ich muss mich räuspern vor der nächsten Frage.

»Kannst du mir helfen zu ertrinken?«

»Das kommt drauf an, Sugar.«

»Worauf?«

»Ich will die ganze Geschichte. The whole story. Ich will mein risk kennen, wenn ich dir helfe.«

»Gestern hab ich 'nem Mann einen Pfeil durchs Auge geschossen, und mit viel Schwein hab ich morgen 'ne halbe Million. Ich muss dringend verschwinden. Das ist die Story.«

Jetzt hab ich ihre ganze Aufmerksamkeit. Ihre Augen suchen meine.

»Uuh, you nasty boy! Darüber hab ich gehört im TV. Sie sagen, brutaler Mord in Neuperlach. War er gleich tot?«

»Keine Ahnung.«

»Du hast ihn nicht angeschaut?« Sie kneift ungläubig die Augen zusammen.

»Müssen wir unbedingt darüber quatschen?«

Sie beugt sich zu mir, bis sie mit den Lippen mein Ohr berührt. »Our souls are bloody black holes, and I love that«, flüstert sie. »Ich kenne alle deine secrets.«

Und ich die deinen zu gut. Mit dem Unterschied, dass ihr niemand an die Karre fahren wird – nicht in dieser Welt. Bei mir schaut es anders aus. Meine Sorgen stechen zu wie Mücken am Patong-Strand. Das bringt mich zu meinen dunklen Zeiten in Phuket. Immer wenn ich mich mit Thyla beschäftige, taucht das eine oder andere auf. Ungefragt und plötzlich. Da war zum Beispiel die Sache mit dem Schwachkopf, der sie bei der Polizei verpfeifen wollte. Der Polizeichef persönlich hat ihn nachts bei uns abgeliefert. Und Thyla und ihre Boys haben ihm die Scheiße aus dem Leib geprügelt, während das fette Schwein von Polizeichef von einem der Girls verwöhnt wurde und grinsend glotzte. Und ja, klar hab ich mitgemacht. Nicht mit einem Stemmeisen wie Thyla, aber ich hab alles reingelegt. Bloody black souls, jawoll.

Niemand hat der Frau widersprochen, und wenn, nur einmal. Was sie verlangte, wurde ausgeführt. Egal, was es war. Thyla war der Boss. Wir waren ihre handzahmen Kreaturen, angefüttert mit Schnee, Weed, Crystal und Dollars. Immer zugedröhnt, bin ich geschippert mit der Seelenfängerin. Und so jemand wie dieser miese kleine Verräter, der dafür sorgen wollte, dass wir alle im Gefängnis Bang Kwang vermodern, hätte sich seine Chancen ausrechnen können. Shit happens. Das Finale hab ich nicht mitbekommen, weil ich mein Red Curry mit Chicken auskotzen musste. Später durfte ich mit anpacken, die Leiche loszuwerden. »Throw the flesh out and clean the floor, Boys!«

»Ja, ich weiß«, sag ich. Ich muss kurz die Augen schließen und mich konzentrieren. Lohnt nicht, sich mit der Vergangenheit abzugeben. Nichts wird besser dadurch, sauber und rein kriegst du dich nie wieder.

»Was ist, Sugar?«, will sie wissen und schenkt mir einen Augenaufschlag.

»Nichts«, murmel ich und schau auf ihre schmalen Hände. Der Spuk ist vorbei. Thyla fängt mich nicht mehr ein.

Ich zieh eine Kippe hervor, und wie durch Zauberhand materialisiert sich die Alte, stellt einen steinernen Aschenbecher auf und gibt mir Feuer.

»Und die halbe Million?«, wechselt Thyla das Thema. »Woher willst du die bekommen, oder hast du sie?«

Um Zeit zum Nachdenken zu gewinnen, seh ich dem Rauchfaden dabei zu, wie er sich zur Decke windet. Ich lächle sie an. Die schwarze Wolke ist vorbeigezogen. So weit reicht mein Vertrauen in die Lady nicht.

»Ich weiß, wo etwas versteckt ist, hinter dem eine Menge Leute her sind. Großes Kunstwerk. Und ich muss es schnell loswerden und eben sterben.«

»Nehmen wir an, ich würde dich für das Wissen bezahlen. How much?«

Ich deute auf meine Stirn. »Das bleibt hier drin, Baby.«

Jetzt lächelt sie auch und wackelt leicht mit dem Kopf.

»Der, den du umgebracht hast, das war ein Boy von Stani, oder? Willst du wegen ihm sterben?«

Sie ist nicht zu unterschätzen. Sie weiß Bescheid über vieles. Wie eine Spinne hat sie über München ein Netz gespannt. Es gibt jede Menge Augen und Ohren. Die Frau weiß, wie man Macht und Einfluss buchstabiert. Sie ist dafür geboren.

»Damit käme ich ihm zuvor, ja.«

»Manchmal verschwinden Leute spurlos und tauchen nie wieder auf. Ist möglich«, sagt sie.

»Danke für den Tipp. Aber Stani ist eine Hausnummer. Und selbst wenn ich ihn eintüten könnte, gibt's da ein Dutzend anderer, die ich noch gar nicht kenne.«

»Ach, Samson.« Sie nimmt meine Hand, dreht sie um und betrachtet die Handfläche. »Du könntest für mich arbeiten und hättest deine Ruhe. Everything is good.«

»Liest du das in meiner Hand? Das hatte ich schon. War nicht gut fürs Herz, die ganze Aufregung.«

»Die Girls liebten dich. Aber heute ist nichts wie früher. Früher ist weg. Vergiss alles.« Sie bläst in ihre hohle Hand und sieht zur Decke.

»Ich weiß. Import-Export. Den Politikern Küsschen geben und es schneien lassen. Das große Rad drehen. Davon versteh ich nicht die Bohne.«

Sie klopft sich auf die Schenkel vor Vergnügen. »Nein, Samson, mein Gärtner ist plötzlich gestorben. Stroke. Und ich brauche einen neuen. Die Boys können eine Orchidee nicht von einem Rettich unterscheiden.«

Klar, ich geb bei ihr den Gärtner und erzähl nebenbei, wie sie an den da Vinci kommt. Und schwups – packt mich auch ein stroke. Nice try.

»Dank dir für das Angebot, vom Rasenmähen krieg ich Heuschnupfen.«

Sie trinkt ihr Glas leer und legt den Kopf schief.

»Geh ins Green Bambus und gib dort der Frau an der Theke zwei Fotos für Passport. Nur ihr. Sie heißt Tidaporn. Sag mir Bescheid, wenn du so weit bist. Just call me, und wir werden dich sterben lassen. Make you a good price, my friend.«

Der abgelutschte Spruch ringt mir ein Lächeln ab.

Die Frau beugt sich zu mir und legt ihre Hand auf mein Knie. »Ich kenne ein beautiful girl in Bangkok, die macht Auferstehung sweet. Sie ist wie eine Schwester für mich. She will blow your mind and – everything. Alles. Like Paradies.«

Logisch – ihre »Schwester« legt sich ins Zeug, bis sie weiß, wo ich die Kohle gebunkert hab, die Gute. Thyla will mich nicht aus ihren rot lackierten Klauen lassen. Ich kenne das Spiel.

»Klingt nett. Aber ich steh mehr auf die Hölle.«

Sie lacht auf und nimmt die Hand weg. »Let's meet in hell, baby. Bis dahin sollten wir fun haben. Brauchst du protection? Boys, die dir helfen? Ich know somebody von the Münchner Polizeipräsidium, der mir einen Gefallen schuldet. Er kann sagen, was vorgeht, und wenn es sein muss, wird er auch mehr für mich tun müssen, you know? Alle in der Stadt wissen, dass ich sie respektiere, ich mich nie einmische in Business, aber ...«

»Nein. Das ist okay so.«

Von Thyla bekommt man nichts gratis, außer einem Ticket ins Jenseits. Wenn ich mich von ihr beschützen lasse, bekommt sie die Kontrolle. Sie ist schließlich Thyla, sie ist eine verdammte Gottesanbeterin. Wenn der Hunger sie packt, frisst sie mich beim Vögeln lebendig auf. Und mit fünfzehn Millionen in der Tasche möchte ich sicher sein, dass ich nicht ersaufe, nachdem ich gestorben bin oder als arme Sau wiederauferstehe. Und das wird hart genug. Mit meinem Verschwinden bin ich bei ihr an der richtigen Stelle. Es gibt keine andere. Wenn's perfekt werden soll, nimm eine Fachfrau und geh nicht in den Baumarkt.

Wir trinken noch einen Cocktail, rauchen First-Class-Weed, das die Alte uns serviert, dann mach ich mich auf die Socken. Besser, als in Erinnerungen an alte Zeiten zu stecken. Die sind gestorben und begraben.

»Chok dee ka, sexy man.«

»See you, Lady Black Soul.«

Ich komm bis in den Garten, um gerade noch zu sehen, wie Igor von zwei Boys um die Ecke geführt wird. Einer der beiden ist ein geschminkter Ladyboy mit ordentlich Oberweite und bauchfreiem Ringelshirt. Er drückt Igor in graziler Haltung den Lauf einer schweineteuren Ruger-Kleinkaliber ins Genick, während der mit grimmiger Miene vor ihm herstapft. Mit solchem Werkzeug arbeitest du ohne Getöse, und die Sauerei ist überschaubar, da flutscht das Durchlöchern. Vorausschauend gedacht.

Oh Scheiße, Igor. Was machst du für Sachen?

Meine Ohren beginnen zu glühen. Ich muss mich zwingen, in Bewegung zu kommen. Am liebsten würde ich mich verdrücken. Aber ich dreh mich um und folge dem Trio über die Terrasse ins Haus. Ein hilfreicher Gedanke wäre nicht schlecht, doch mein Hirn ist schockgefroren. Da tut sich nichts. Ich seh das große Loch vor mir, in das Igor mich stoßen wird.

»Wer ist das, und was macht er auf meinem Grundstück?«, will Thyla von mir wissen, kaum stehen wir im Salon. Sie sieht nicht böse aus, eher amüsiert.

»Das ist nur Igor. Kein Problem, ich nehm ihn mit.«

»Ich heiße Oleg«, sagt er.

Thyla nickt dem Ladyboy zu. Der schiebt sich die Knarre in den Hosenbund und baut sich lächelnd vor Igor auf. Mit einem »Uuh!« schlägt er ihm in den Magen. Als Zugabe gibt's noch die Faust zwischen die Beine gratis. Er greift nach Igors Hinterkopf, um ihm das Knie ins Gesicht zu rammen, aber Thyla hebt die Hand.

Ringelshirt blickt enttäuscht, lässt aber los und macht gehorsam einen Schritt zurück. Er zieht sich die Pistole aufreizend langsam aus der Hose und schaut zu mir.

»Du redest, wenn ich dich frage, asshole«, sagt Thyla.

Igor ist auf den Knien gelandet und hält sich seine Weichteile. Er japst vor Schmerz, schaut aber eher verblüfft denn ängstlich drein. Das wird sich ändern, schätze ich.

Die Alte räumt in aller Seelenruhe die Gläser weg. Ringelshirt schenkt mir einen koketten Augenaufschlag und streicht mit der Hand über den flachen Bauch.

»Was – machst – du – hier, fucking Bastard?«, fragt Thyla.

»Stani schickt mich«, presst Igor hervor. »Ich bin sein Major.« Er wendet sich an mich. »Hast du gedacht, du kannst mich abhängen, hä?« Da ist Triumph in seiner Stimme.

Ja, beantworte ich seine Frage im Stillen, und das wäre für uns alle gesünder gewesen, Igor.

Thyla wirkt nicht beeindruckt. Stanis Major! Geschwätziger Wichtigtuer! Er schätzt die Macht seines Bosses völlig falsch ein. Das wird sich die Frau nicht entgehen lassen. Er hat das Erste Gesetz gebrochen. Es bedeutet Höchststrafe, wenn sich einer deiner Lakaien bei der Konkurrenz umschaut. Besonders, wenn deine Rivalin Thyla heißt. Ist wohl ein Fall von Wirtschaftsspionage. Stani wüsste das, der ist ja nicht blöd. Hätte Igor ihn angerufen, wäre er sicher davon abgehalten worden, Schatten hin oder her. Aber nein, Igor wollte einen auf Schweinchen Schlau machen. Dafür wird das Ferkelchen todsicher am Spieß gebraten.

Der Schwachkopf hätte besser erzählt, er wolle sich für die Gärtnerstelle bewerben oder den Rasenmäher klauen.

»Und was hast du gehört, was hast du gemacht hier, Major Oleg? Was sollst du deinem Stani berichten?«, will Thyla wissen.

Er und ich schütteln stumm den Kopf. Er weiß noch gar nicht, was er alles sagen wird. Und vor allem wird er Thyla sagen, dass es um eine Skizze von da Vinci geht, ob er will oder nicht. Er wird sogar Dinge sagen, von denen er gar nicht wusste, dass er sie weiß. Was für ein totaler Dreck! Das wird den Preis für meinen vorgetäuschten Tod in die Höhe treiben. Und mein Risiko.

Fünfzehn Millionen sind selbst für Thyla eine leckere Vorspeise. Und sie bekommt alles serviert, was Stani und ich ausgehandelt haben.

»Thyla, ich geh jetzt und nehm Igor gleich mit, ja? Ich liefere ihn bei Stani ab und sorg dafür, dass er dich nie wieder belästigt. Der ist harmlos. Ehrlich. Und dumm wie Knäckebrot.«

Scheiße, Scheiße, Scheiße.

»See you, Sugar«, sagt sie und winkt mir lässig.

Igor hat noch nicht begriffen, wie der Hase läuft. Viel Zeit zum Begreifen wird ihm nicht mehr bleiben.

»Komm, Igor«, sag ich, »lass uns losziehen.«

Thyla runzelt die Stirn. »No way. Er bleibt mein Gast. Ich muss mich mit ihm unterhalten. Oleg ist meine kleine source of wisdom, you know. Aber du – du gehst besser. Wir haben alles besprochen. Everything, Sugar.« Mit lächelndem Mund wendet sie sich Igor zu.

Ihr Ladyboy wirft mit Blicken und spitzt die Lippen. Ein andermal.

Ich zucke mit den Schultern und zieh meiner Wege.

Mehr kann ich nicht tun. Ich hab's versucht. Stani wird sich einen neuen Major suchen müssen. Gemeinsam mit einem von Thylas Boys verlass ich das Haus. Während ich wegfahre, kann ich beobachten, wie er Igors BMW in die Garage steuert.

Ich atme tief durch. Er war ein Vollidiot, aber so langsam hatte ich mich an ihn gewöhnt.

ELF

Auf dem Weg zurück zum Piusplatz halt ich an der Dönerbude meines Vertrauens. Ich brauch etwas, das mich zurück auf die Erde bringt, einfach den Magen füllen und gut. Nicht nachdenken, nur kauen und schlucken.

Du findest in München Hunderte dieser Futterstellen, sie unterscheiden sich kaum – äußerlich. Theke, grobe Holztische, Stühle dazu, das war's. Aber am Schluss suchst du dir die eine aus, die genau zu dir passt, wie dein Wohnzimmer. Die Gäste, das Falafel, der Geruch – frag nicht, warum. Du fühlst dich aufgehoben. Das ist wie mit Whiskysorten. Eine passt. Meine Bude ist mitten im Herzen von Berg am Laim, wo sich mindestens zwanzig davon zwischen die Billigdiscounter, Kioske, Handyshops und Muckibuden quetschen.

»Du ziehst 'ne Fresse, Samson, als hätte wer deine Alte mit einem Truck platt gefahren«, meint Omar, der den Laden schmeißt, und hört auf, vom Spieß die Kalbfleischfetzen abzuschnippeln. Seit das irgendeinem Bekannten in Kairo passiert ist, quetscht er die Story bei jeder Gelegenheit raus. Er wartet schier drauf. Frauen erzählt er gern, ihm sei das widerfahren. Bisher habe niemand ihn aus diesem Leid erlösen können. Und schon ist der Ehrgeiz geweckt.

»Bisher hat es niemand geschafft« ist ein guter Anfang, wenn du Leute dazu bringen willst, sich auf Schwachsinn einzulassen. Wirkt todsicher und hat 'ne Menge umgebracht. In Omars Fall ist es undramatisch, es geht ja darum, eine gepflegte Nummer zu schieben.

Omar ist ein sanfter, gutmütiger Kerl. Hundertzwanzig Kilo gute Laune – und sein Bruder Faruk war der Erste, von dem ich Weed gekauft habe, als ich aus Thailand zurückkam. Der allerdings ist ein verlogener Wicht und wollte mich abziehen. Zurzeit ist er abgetaucht oder jemandem ins Messer gelaufen. Mich kümmert beides nicht.

Ich bestell mir einen Falafelteller mit Sesamsoße, hol mir eine Coke aus der Getränkebox und schau der vorbeirauschenden Straßenbahn nach.

»Nicht überfahren«, sag ich, »aufgefressen, mit einem Happs, von einer Gottesanbeterin.«

»Hey, Bro, das klingt oberscheiße. Ich geb ein Bier aus.«

Ich lehne ab. Zwei Cocktails sind genug. Ich brauch einen klaren Kopf, wenn ich ihn behalten will.

»Dein Falafel, ey, das baut mich doch immer auf«, sag ich und lass ihn damit strahlen. Die Erkenntnis fällt mich an, dass es mein Abschiedsbesuch sein könnte. Ich esse schweigend. Das dürfte mein letztes Falafel bei Omar sein. Keine Geschichten mehr. Bevor ich verschwinde, packe ich den Kerl bei den Schultern und drück ihn. Er wird steif wie ein Stock und reißt die Augen auf.

»Mach's gut, Omar«, sag ich, »und hau rein, alter Mann.«

»Bis bald, Bro«, meint er fröhlich und klopft mich mit seinen haarigen Pranken ab.

»Übermorgen ist mein Geburtstag«, trällert er mir hinterher, »schau vorbei, Samson! All you can eat für lau.«

Falls es Samson übermorgen noch gibt.

Die Traurigkeit zieht mir die Kehle zu, als ich vom Parkplatz auf die Straße rolle. Weit soll es nicht gehen. Im Franzosenviertel beim Ostbahnhof such ich eine billige Fotoklitsche auf, um meine Larve biometrisch ablichten zu lassen. Auf die Automaten ist kein Verlass.

Mein Fotograf nennt sich Rainer, trägt Stretchjeans unter dem Bäuchlein, und seine Halbglatze hat einen zarten Rosaton. Er kommt aus einem Kaff in der Uckermark und hat vor Kurzem in Thailand geurlaubt. Die Story schüttet er über mir aus, während er mein Schnäuzchen abknipst. Er quasselt Highspeed, damit sein Text in die fünf Minuten passt, die wir brauchen. Aber ich geb ihm fünf Sternchen, weil er von Lagunen, Dschungel und einem Ritt auf Elefanten schwärmt und nicht vom billigen Saufen, Ficki-ficki und Glückspillenekstase. Dass ich irgendwann auch mal einen Asientrip machen werde, verkünde ich ihm, als ich meine Bilder in Empfang nehme.

»Das sollten Sie unbedingt«, wirft er mir nach, »ein Erlebnis!«

Mit den Bildchen geht's gleich weiter zu meiner nächsten Station. Im Green Bambus war ich noch nie essen. Es gibt weder Falafel noch Pizza. Durch einen roten Samtvorhang kämpf ich mich in den Gastraum. Auf langen Tischen sind All-you-can-eat-Fressalien ausgebreitet. Jasmin-Duftreis und diverses Gemüse in blau-weißen Porzellanschüsseln, dazu frittiertes Allerlei vom Schwein, Pangasius und was sonst noch Glubscher hat. Vier, fünf Gäste laden sich die Teller voll, der Garküchengeruch ist vertraut. Ich geh stracks zur Theke und frag ein junges Ding in weißer Rüschenbluse nach einer Frau namens Tidaporn.

»Das bin ich«, meint sie strahlend oder tut so.

»Gruß von Thyla – ist eilig«, sag ich und geb ihr das Heftchen mit meinen Fotos. Sie nimmt es entgegen und reicht mir Zettel und Stift. »Passport, ja? Name aufschreiben, bitte, und Geburtstag.«

»Wozu Name?«, will ich wissen.

Ihr Blick ist eine Mischung aus Nachsicht und »du Trottel«.

Ihr Lächeln ist aufgenäht. »Neue Name und Nationalität.«

»Ach so.« Ich kann es mir aussuchen! Bessere Zeiten. Früher wurden Papiere in mühevoller Handarbeit gefälscht. Das war traditionelle Kunst. Heutzutage bekommst du Originale geliefert, aus jedem Winkel der Welt. Hängt nur davon ab, wie viel du investieren kannst. Außer aus Kanada – don't ask me why. Ohne nachzudenken, schreib ich drauflos: Leo König, Deutschland.

Sie steckt den Zettel ins Fotoheftchen und legt beides in eine Schublade, die sie sorgfältig verschließt.

»Eilig? In drei Tagen vorbeikommen«, meint sie lapidar. Die Transaktion ist beendet, der Schalter geschlossen. »Wollen Sie essen? Büfett ist sehr gut.«

»Danke, hab ich leider gerade.«

Zehn Sekunden später bin ich auf der Straße. Bei den Wartezeiten könnte sich das Bürgerbüro eine Scheibe abschneiden – sonst geht man eben zur Konkurrenz.

Zu Hause wartet eine Überraschung.

Wenn deine Wohnungstür offen steht, warst du entweder dicht, geistig abwesend oder hattest schlösserknackenden Besuch. Bei mir gab's Nummer drei von der Menükarte. Süßsauer. Die Wut schießt mir als heiße Welle in den Kopf, als ich vor meiner Bude stehe und das Schlamassel registriere. Was für ein Dreck! Diese Schweine! Ich trete gegen die halb offene Tür. Sie rumst gegen die Wand.

Drinnen hat sich jemand gründlich umgesehen.

»Wenn Sie noch mal so einen Lärm machen, ruf ich die Polizei!«, kräht Hattler über mir von der Treppe. Er muss auf mich gelauert haben.

»Heil Hattler!«, plärr ich zurück, und seine Tür fliegt ins Schloss.

Bei meiner wird das schwierig. Das Schloss hat sich verabschiedet, da war ein Profi am Werk. Mal aufzählen, wer in Frage käme. Stani, Edgar, Bruckner, Thylas Boys oder ein dämlicher Allerweltseinbrecher. Der Revolver ist futsch, meine »stillen Reserven« sind unangetastet. Das Weed und ein Piece sind in einer herumflackenden schmutzigen Socke verstaut. Wenig originell, hat sich aber bewährt. Nur bei aufgeräumtem Zustand wäre das auffällig. Zeig mir den Hund, der da seine Schnauze freiwillig reinsteckt.

Ansonsten ist mein Reich ein Haufen Kleinholz. Okay, die Mauern stehen noch. Sogar die Spaghetti liegen auf dem Boden verstreut und sind zertrampelt, mein Nutella-Glas ist zerdeppert. Hätte ich da den da Vinci reinstopfen sollen, oder was? Wer hat in meiner Bude gewütet, Rumpelstilzchen? Und warum hat der dumme Hattler nicht die Bullen gerufen? Hundertpro, er hat sich gefreut wie ein Schnitzel über die Zerstörungswut und es sich hinterher angesehen. Ich hätte Lust, bei ihm vorbeizuschauen und seine Wohnung zu zerlegen. Und wenn ich nicht gerade andere Sorgen hätte, wäre er reif. Jemand muss reif sein!

Am Revolver sind meine Fingerabdrücke. Igor plaudert bei Thyla, und Edgar macht auf siamesischen Zwilling. Spätestens in einer halben Stunde wird Stani sich nach dem Verbleib seines Majors erkundigen.

Ich rauch mein Trostpfeifchen und geh unter die Dusche. Die ist zum Glück heil geblieben, und mein Shampoo haben die Einbrecher übersehen. Zweimal am Tag grenzt an Waschzwang, aber ich fühl mich dreckig.

»Wie schaut's denn hier aus?«

Das war Danielas Stimme.

Ich reiß den Duschvorhang zurück. Da steht sie.

»Wie kommst du hierher?«

»Wie wohl? Mit der U5.«

»Woher weißt du, wo ich wohne?«

»Ich hab Rosi gefragt. Die kannte die Firma deines Onkels. Da war ein Typ am Telefon, Dimitri, der hat es mir gesagt.«

Na toll. Seit wann ist Dimitri eine Plaudertasche? Wenn der generell so quatscht … Kein Wunder, dass es hier zugeht wie am Stachus.

»Ich kann sehr überzeugend klingen. Ich hab gesagt, ich wäre deine verschwundene Mutter. Rosi hat mir ja erzählt, die wäre spurlos weg. Der war so was von aus dem Häuschen. Kannst du dir nicht vorstellen. Hat sich nicht mehr eingekriegt. Der hat voll geheult, ehrlich.«

»Meine Mutter?«, bring ich bloß raus. »Das haben die geglaubt?« Wo zum Teufel ist Seba, wenn man ihn braucht?

»Ja, das macht meine tiefe Stimme. Da kling ich älter. Soll ich dich trocken rubbeln?«

Ich steig aus der Dusche, schnapp mir ein Handtuch und schieb sie vor mir her in mein Zimmer.

»Was willst du hier?«, frag ich, während ich mich abtrockne.

»Du hast noch meinen BH, und wir brauchen doch einen Plan B.«

»Was für einen Plan B?«

»Wie wir abhauen können, wenn wir die Kohle haben. Wie wir die Mitwisser ausschalten.«

»Ausschalten?« Bei mir schaltet sich gerade das Licht aus.

»Ich hab mir überlegt –«

»Warte. Ganz langsam.«

Ich wickle mir das Handtuch um und wisch Scherben vom Sofa.

»Ich meine, wie wir uns um die anderen kümmern«, fährt Daniela fort.

»Kümmern?«

»Irgendwie loswerden halt.«

Ich zieh mir meine Jeans an und schnapp nach Luft.

»Könntest die Hose noch auslassen. Auf eine Viertelstunde kommt's nicht an.«

»Loswerden?«, vergewissere ich mich. »Endgültig?«

Daniela nickt und streichelt mir über die Brust.

Ich schieb ihre Hand weg. »Oh Frau, was sollten die beiden groß tun?«

»Na ja.«

»Und wir machen sie platt, so wie man einen Kuchen in den Ofen schiebt oder Kaffee kocht, oder was?«

Daniela schiebt mit dem Fuß Reste eines Schemels beiseite und hockt sich auf den Boden. Sie schaut feixend hoch.

»War Spaß, ich soll dich grüßen von der alten Bitch.« Danielas Grinsen hat sich sofort wieder davongemacht. Ihr Blick nagelt mich fest. »Ich möcht halt einfach, dass wir das zusammen durchziehen. Du und ich. Und ich hab Schiss, Samson, dass du dich einfach verdrückst, wenn du niemanden mehr brauchst, wenn du hast, was du willst. Und –«

»Ich weiß echt nicht, was in deinem Oberstübchen abgeht. Kippst du da deinen Biomüll rein?«, knurr ich sie an. Ich lass mich auf das Sofa fallen, schließ die Augen und greif mir an die Stirn. Über wen regst du dich gerade mehr auf, Samson? Über dich, die Frau oder diese fiesen Klumpen Wahrheit in ihrer Vorahnung? Ich will nicht gezwungen werden, mir über alles 'nen Kopf zu machen. Ich steck nun mal in meiner lumpigen Haut. Ich kann mir keine andere leisten, zum Überziehen für schickere Tage.

»Ich wollte nur testen«, meint sie leise.

»Testen?«

»Na ja, ob das dein Plan B ist. Aber wäre blöd, oder?«

»Da kannst du todsicher sein.« Ich richte mich auf, zieh das Handtuch weg und schau Daniela in die Augen.

»Also – tu, was immer du nicht lassen kannst, da bin ich tolerant. Aber die Cops auf der Matte braucht kein Mensch. Halt einfach still und warte ab. Und jetzt lass mich in diese verdammte Bücherei fahren, ja, Mama?«

»Okay«, sagt sie einfach.

»Pass auf, Xenia«, sag ich. »Schleif dein Schwert und halt die Augen offen, bis es so weit ist.«

Damit bring ich sie zum Lächeln.

»Später komm ich bei dir vorbei«, versprech ich ihr.

»Mega! Mit unserer Beute? Was, glaubst du, hat Pauli eingesackt?«

»Abwarten.«

Sie wischt sich eine Strähne aus dem Gesicht.

»Woher kommt eigentlich dein Name?«, fragt sie unvermittelt. »Simek – ist das tschechisch?«

»Barbarischer Adel, das sieht man doch.«

Ich begleite sie bis zum Innsbrucker Ring, schau zu, wie sie in die U-Bahn steigt, und hoffe, dass sie Rosi und Zierl vom Hals bleibt.

Natürlich fahr ich nicht zur Bibliothek im Gasteig. Ich hab keine Ahnung, wer aktuell an meinen Hacken hängt, und hab andere Pläne. Meine Hoffnungen ruhen auf Kerim, meinem tapferen jungen Gefährten, wie es in Storys so schön heißt. Das, was ich Daniela geraten habe, gilt auch für mich: Füße still halten.

ZWÖLF

Abschiedstournee zweiter Teil. Ich will einen Abstecher zu Anna-Christin, meiner Schneekönigin, machen. Es gibt nichts Schlimmeres, als von meinesgleichen Weed zu kaufen. Entweder du wirst von einer Ameise gelinkt, weil sie dringend Kohle braucht, so wie es mir mit Faruk, dem Bruder meines Falafeldealers, passiert ist. Es kann auch sein, dass der Typ gestorben wird, oder es heißt »Busted!«, und dein Name steht auf der Liste, die er den Cops diktiert, damit er Rabatt bekommt. Natürlich könnte ich mir alles liefern lassen, säckeweise. Das wird schneller gebracht, als eine Margherita gebacken wird.

Nenn mich oldschool oder ängstlich, aber ich steh mehr auf den Stil von Anna-Christin. Sie triffst du nicht in 'nem düsteren Rattenloch hinterm Bahnhof, sondern in ihrem Apartment in Bogenhausen. Es gibt Latte macchiato, und sie erzählt dir von ihrer nächsten BWL-Prüfung. Das Übrige ist professionell. Ihre Weed-Sorten sind wie für mich geerntet. Was den Schnee angeht, greif ich nicht voll rein. Der macht dich leichtsinnig wie 'ne Wespe vor dem Bierkrug und kann dir die Scheiße aus dem Leib prügeln. Oh ja! Du kannst nicht ewig mit Snowballs werfen, als würdest du Frau Holle vögeln. Manche, die ich kannte, sind verrottet wie schimmelnde Gurken auf dem Kompost. Schrumpelig und matschig und das Hirn zerfressen. Jetzt hab ich eine Regel, die ich durchzieh: Es kommt nur Gemüse auf den Tisch, und schneien soll's an Samsons persönlichen Festtagen.

Ganz abgesehen von dem Yaba-Scheiß, den sie in Phuket an die Kids verticken, als bunte Pillen mit Fruchtgeschmack. An Thylas Personal, besonders den Girls, hab ich erlebt, wie dir das Resthirn zuwinkt und sich vom Acker macht, die zahnlose Pickelfresse gibt's gratis dazu. Hey, dafür häng ich zu sehr an mir.

Anna-Christin sieht das nicht so eng. Neben Gemüse hat sie alles im Angebot, was Sorgen oder den Affen vertreibt. Selbst auf der K2-Welle surft sie mit. Das ist Betriebswirtschaft, Baby!

Letzten Herbst hab ich ihr eine Knarre besorgen sollen. Unbedingt eine Walther PPK, wegen James Bond. Sie hat gemeint, dass sich die Zeiten ändern würden. Ich hab sie ihr zum Freundschaftspreis überlassen. Onkel Seba kennt einen besessenen Frickler namens Lothar, der an allem, was böse ist und Krach macht, herumwerkelt. Der hatte eine aufgemöbelte Walther in seiner Werkstatt. Falls es Anna-Christin zu dreckig wird, besitzt sie das Richtige, um die Bude sauber zu kriegen.

Nach Igors Auftritt bei Thyla bin ich mir nicht sicher, ob Sebas Transporter mir meine Verfolger vom Leib hält. Natürlich hat es sein Gutes, wenn du weißt, wer hinter dir her ist. Bruckner und Edgar können sich kaum Personal mieten. Ihre Fressen sind nicht zu verwechseln.

Im Kellerraum meiner Mietsbaracke schau ich mir die Fahrräder an. Ich entscheide mich für einen der alten Klepper, welcher halbwegs aufgepumpte Reifen und kein Schloss hat. In einer Stunde werde ich das Teil zurückstellen, nehm ich mir vor.

Vor dem Haus schwing ich mich auf den Sattel und jage durch die Grünanlage. Ich dreh pfeifend ein paar Runden durch die Wohnblocks, bis ich sicher bin, dass mir niemand auf den Fersen ist. Ich radle zur U-Bahn-Haltestelle, stell das Fahrrad ab und hetze die Treppen hinunter. Hinter einer der Säulen werfe ich einen Blick umher. Die üblichen gelangweilten Jugendlichen, Kinder, Mütter mit Kinderwagen, das war's. Als die U5 anrauscht, spring ich mit einem Trupp kreischender Schüler hinein und fahr gemütlich nach Haidhausen und von dort weiter in den Stadtteil mit den fettesten Wohnungen. Ja, anno dazumal konntest du in Bogenhausen noch einen Palast bauen, selbstredend auf dem Buckel der armen Hunde, die sich in deinen Fabriken totgerackert haben. Na ja, nimm's als Naturgesetz: Jeder, der richtig Kohle absahnt, tritt anderen dabei ins Kreuz. Ob das Stani ist, ein Aktionär, ein Firmenboss oder 'ne Puffmutter in Phuket.

Anna-Christins Apartment gehört zu einer Wohnanlage in der Prinzregentenstraße. Pompöser Altbau, aufgemöbelte weiße

Fassade, das Grün drum rum sieht aus, als würde der Gärtner ausgepeitscht, falls ein Grashalm versehentlich quer läge.

Man darf nicht bei Anna-Christin, sondern muss bei der Wohnung von »Mumm« läuten und sein Gesicht in die Kameralinse halten. Wer sich hinter dem Namen Mumm verbirgt? Mäuschen oder Wrestler? Könnte alles sein. Wenn Mumm auf den Türöffner drückt, darfst du hochsteigen zu Anna-Christin, und sie lässt dich ein. Einfaches, aber sicheres System.

Die Schneekönigin ist nicht zu Hause, doch ihre kleine Schwester öffnet mir die Tür. Wir kennen uns. Sie sieht aus wie Anna-Christins jüngere Ausgabe, gestreifte Bluse, Businesslook, blonde Mähne samt schrägem Pony. Soweit ich weiß, steht sie vor dem Abi. Wir machen uns am Küchentisch breit.

Das Mädel wirkt überdreht und quatscht mich mit Trance- und Acid-Mucke voll. Ich krieg mit, dass wir gerade ihren Lieblingstrack »Cosmos Inside You« von Audiostorm hören. Nichts gegen zu sagen. Aber weil ich nicht angemessen verzückt reagiere, wechselt das Mädchen abrupt den Style. Bukahara bekommen wir nun aus der Bluetooth-Box auf die Lauscher. Sie hätte es schlimmer treffen können, die Jungs sind eher meine Liga. Sicher hat sich die Gute das Näschen gepudert oder Weckies eingeworfen. Meinen Jahrgang will sie wissen, wegen des chinesischen Horoskops. Als Pferd soll ich gut mit Geld umgehen können, und am besten passt zu mir eine Ziege. Na schön, beides scheint in Arbeit zu sein.

Ich nehm meine übliche Samson-Ration in Empfang, sag Nein zu Chai und Bong und blätter die Kohle auf den Tisch. Sie lässt die Scheine liegen, bis ich aufgestanden und durch die Tür bin.

»Bis zum nächsten Mal, Samson«, meint sie, und wir schütteln uns die Hände.

»Sag Anna-Christin 'nen lieben Gruß.«

Ich bin weg.

Es wird kein nächstes Mal bei Anna-Christin geben. Bald auch keine Kuschelsessions mit Daniela mehr, keinen Plausch mit Seba, keinen Hattler, keinen Stani, kein Garnichts. Ich werde für sie gestorben sein und hoffentlich als besserer, ich meine, reicherer

Mensch wiederauferstehen. Falls Thyla sich an Teil zwei der Abmachung hält. Das Sterben sollte ich im Griff haben.

Das Rad ist noch da, wo ich es abgestellt habe. Alles dran, und niemand ist darauf herumgetrampelt. Wir sprechen von München, wenn dir das widerfährt, solltest du einen Lottoschein lösen. Ich lass mich nicht lumpen und park es ordentlich im Keller.

Als ich zu meiner Wohnung hinaufgestiegen bin, spüre ich, dass ich einen Gast habe.

Es ist kein Geräusch, es ist … die vollkommene Stille. Ich behaupte nicht, ich hätte einen sechsten Sinn, aber wenn du oft in die Scheiße tauchst, lernst du, sie vorher zu erschnuppern. Mein Herz pocht bis zum Hals, und die Härchen auf meinen Unterarmen richten sich auf.

Nichts überstürzen! Ganz langsam, Samson.

Okay, wer immer auch meint, bei mir wär noch etwas zu holen, ist schiefgewickelt.

Ich zieh meinen Gürtel aus der Hose und wickle mir ein Ende um die Finger. Mit einem Schrei trete ich die Tür auf und peitsche wild in den Raum. Die einzig heile Glühbirne an der Decke muss dran glauben. Ich bekomme einen Splitterregen ins Haar. Tolle Show.

»Thyla will dich sehen.« Einer ihrer Boys hockt unbeeindruckt von meinem Gekasper im Schneidersitz vor mir auf dem Boden.

Ich stoß die Luft aus und fummle meinen Gürtel zurück an seinen Platz. Ein Blick auf meinen Wecker sagt mir, dass es früher Nachmittag ist. Thyla hat keine Zeit vergeudet, sich mit Igor zu beschäftigen. Fragt sich, mit welchem Ergebnis. Falls sie mich lange in ihrer Höhle festhält, hab ich ein sattes Problem. Bald hat Kerim hoffentlich das Buch eingesackt, und ich will bestimmt nicht bei ihm aufschlagen, wenn seine Mutter heimkommt.

»Hat es nicht Zeit bis heut Abend, ich muss noch was erledigen«, murmle ich. Was mach ich hier bloß?

»Sie sagte: jetzt«, betont der Boy und erhebt sich langsam. Möbelpackerkreuz + Wespentaille = typischer Thai-Boxer. Sein Unterton ist eindeutig. Lady Black Soul lässt man nicht warten.

»Wenn ich darüber nachdenke, ›jetzt‹ passt mir gut.«

Der Boy verzieht keine Miene. Sein Gesicht kommt mir bekannt vor, mit Sicherheit aus Phuket.

»Ich fahre selbst«, sag ich, als er draußen auf den Cayenne deutet.

Mag sein, weil ich mich sicherer fühle, wenn bei Thyla mein Wagen vor der Villa steht. Die Besuchergarage ist voll. Ich hab vor, die Villa auf eigenen Beinen, besser gesagt Rädern, zu verlassen.

Als wir ankommen, führt mich die Alte den Gang entlang, über eine Treppe hinunter in den Keller. Ich habe ein Déjà-vu und hoffe nicht, dass Igor hier abhängt.

Hinter der Alten betrete ich ein Schwimmbad.

Im Becken zieht Thyla ihre Bahnen. Sie trägt nichts als ihre Haut. Kaum hat sie mich bemerkt, schwimmt sie zum Beckenrand.

Ich betrachte einen Moment ihren kleinen knackigen Hintern, der sich im Wasser abzeichnet.

Sie legt die Arme auf den Rand, und ich setz mich zu ihr.

»Wo hast du Igor gelassen?«, will ich wissen.

»Der hielt sich für the toughest boy in town. Ich hab ihn gefragt, und er ist stumm wie ein Fisch, you know? Ich hab ihm gezeigt, dass ich nicht zufrieden bin.«

Mein T-Shirt klebt an mir, Feuchtigkeit überzieht meine Arme. Es ist warm und stickig am Pool.

»Ich hab ihn wieder gefragt, versprochen, dass ihm nichts passiert, und er ist plötzlich wie ein Baby und redet about everything. Wow.«

»Wie viel hat er bei der Geburt gewogen?«

»Fünfzehn Millionen.«

Wir lächeln uns an. So viel dazu. Neues Spiel, neues Glück. Es geht ums Ganze.

»Interessant sind die Informationen, die er gegeben hat, an diesen Cop Bruckner«, sagt sie.

»Er war ein Polizeispitzel? V-Mann?« Jetzt steht mir die Klappe offen. Das darf nicht wahr sein!

»No, don't worry. Er hat Bruckner Informationen gegeben. Diesem einen Cop.«

»Warum? Für Geld?«

»Bruckner hat gewusst von old story. Oleg hat ein Girl schlecht behandelt, last year. Treated her badly. Sie ist gestorben. Bruckner hat es gewusst und Beweise für sich behalten. Er hat auf eigene Rechnung gehandelt.«

»Die Drecksau! Hast du Igor gefragt, ob er Stani erzählt hat, dass ich bei dir war und er hier rumschnüffelt?«

»Für wen hältst du mich? Sure. He did not. Er ist nicht mehr dazu gekommen. Sonst hätte ich Stani seinen Kopf geschickt.«

»Da hättest du meinen gleich mitschicken können.«

Die Alte erscheint mit kühlen Drinks und stellt sie am Beckenrand ab.

»Was ist aus Igor geworden?«

Sie nippt vom Drink.

»Poor Major Oleg. Don't worry about him.«

»Ich mach mir längst keine Sorgen mehr um ihn, sondern um mich. Wenn Stani mitkriegt, dass er verschwunden ist, nagelt der mich an die Wand.«

Thyla schüttelt den Kopf. »Der Bruder des girls, das Oleg getötet hat, hat erfahren, who killed her. Und er weiß, dass Oleg ein Mann von Stani ist. Er ist sehr, sehr wütend, oh boy. Stani wird Schwierigkeiten haben. Und Olegs Verschwinden wird er damit verbinden, you know, Sugar? Everything is alright.«

»Wie hast du diesen Bruder aufgetrieben?«

»Oleg war very helpful. Das Mädchen hieß Eva und ihr Bruder Jurek. Jablonski. Hey, Sugar, das ist Germany. Er steht im Telefonbuch.«

»Und der brave Jurek latscht nicht sofort zu den Bullen?«

»No – er hat gesehen, dass police nicht hilfreich ist.«

Sie stemmt sich hoch und steigt aus dem Wasser. Ihr Körper

ist immer noch zart und kindlich, als hätte sie eine Zeitmaschine. Sie müsste auf die vierzig zugehen.

Die Alte reicht ihr ein Handtuch. Sie wickelt es sich um die Schultern und schaut mich nachdenklich an. Es ist der Blick einer Katze, die mit der Maus spielen will. Was kommt noch?

»Sugar, hast du gewusst, dass Eddy eine Tochter hat? Sie wohnt in Erding bei einer Pflegefamily. Jennifer. Sweet little girl, sechs Jahre.«

Thyla muss gesehen haben, dass ich blass geworden bin. Auf jeden Fall beobachtet sie lächelnd meine Reaktion.

»Edgar?«, stoß ich hervor. Meine Pumpe pocht ungesund schnell. Ich bin restlos bedient. Thyla ist eine verdammte Krake, ihre Arme schlingen sich um die Stadt und pressen zu. Einer ihrer Boys war mir auf den Fersen, ich hätte es ahnen müssen.

»Wie ...«, kann ich bloß stammeln.

»Ach, Sugar«, meint sie, »du willst sterben? Er wird dich töten.«

»Mit dem Baseballschläger? Cool.« Der Versuch, tief Luft zu holen, scheitert am Schmerz.

»Eddy hat dich verfolgt. Ich war neugierig, warum. Du hättest mir erzählen sollen von ihm und dass du einen Deal hast. Wir hatten einen talk, Eddy und ich, und er war sehr kooperativ. Er ist wirklich ein lieber boy, you know, und versteht schnell.«

Ein lieber Junge? Edgar? Der zum zweiten Geburtstag wahrscheinlich seinen ersten Ziegelstein bekommen hat?

»Eddy tut alles, was ich verlange. Ice in the sun, weißt du, such a sweety, seine Jennifer. Er liebt sie sehr. Das ist, was du wissen sollst.«

In mir brennen sämtliche Warnlämpchen, und Sirenen jaulen dazu. Ich brauch einen Moment der – wie sagen die buddhistischen Mönche so schön? – Kontemplation, bevor ich ein Wort finde, das ich rauswürgen kann.

»Wie?«

»Ich plane es gut. Du kennst mich. Eddy wird dich treffen. Stani wird es sehen und der Cop. What was his name? Bruckner? Und Eddy wird dich umbringen. Der Cop wird ihn nicht verhaften, don't worry.«

»Edgars Schicksal geht mir am Arsch vorbei.« Das dürfte Großes für ihn bereithalten, immerhin hat er es auf Thylas Gehaltsliste geschafft. Talent setzt sich durch. Wer den castet, weiß, was er kriegt. Und er ist ein ideales Werkzeug für Thyla, weil niemand ihre Verbindung ahnt.

»Oh Sugar, don't worry, keine Sorge.« Sie lächelt. »Du machst dir zu viele Gedanken. Wir werden arrange that perfekt, wenn du das Bild hast. Ich werde es für dich verkaufen. I will care about everything. Du hast keinen Ärger.«

»Aha, okay.« Nicht, wenn ich es vorher verkauft habe, Süße. Ich hasse endgültige Tode. Und wenn ich kein Pfand mehr in der Hand hätte, könnte es eng werden, um den Hals. Thyla kann mich nicht einspinnen in ihr Netz.

»Wie viel verlangst du?«, will ich wissen.

»Die Hälfte ist fair. Und Geld für Passport und Vorbereitung und everything. Du wirst mir sofort sagen, wenn du es hast, ja, Sugar?«

»Natürlich, Thyla.«

Die Frau legt das Handtuch beiseite, reckt sich kurz und springt ins Becken.

»Komm rein, Sugar, das entspannt«, ruft sie mir fröhlich zu.

»Ich hab meine Badehose vergessen.«

Ich hätte Igor, meinem Schatten, mehr Glück gewünscht. Und Bruckner? Der kommt ganz oben auf meine To-do-Liste.

Thyla winkt mir zu und schwimmt davon. Die Audienz ist beendet.

Ich steh auf, als Stani anruft.

»Komm her«, raunzt er mich an.

»Na gut.«

»Wo ist Oleg, der Hurensohn? Ich erreich ihn seit gestern nicht.«

»Keine Ahnung. Er war einfach weg.«

»Weg? Das kann ich mir vorstellen.«

Das Gespräch ist beendet. Etwas an Stanis Tonfall lässt mich glauben, dass Thylas Plan mit dem Bruder der getöteten Eva aufgegangen ist. Lady Black Soul kennt sich aus auf dem Spielfeld. Besser als wir alle.

Als ich, begleitet von der Alten, die Treppe hochstapfe, sehe ich den Ladyboy mit zwei anderen im Salon zusammenstehen. Er hat sich einen Sarong lässig um die Hüften gewickelt, dazu trägt er eine durchsichtige Bluse, so rücken die prallen Silikontitten ins rechte Licht.

Die Boys starren gebannt auf einen Handybildschirm.

»Nein, bitte nicht! Nicht!«, hör ich Igors Stimme flehen. Es raschelt. Stille. Es knallt dreimal.

Ich bin stehen geblieben und beobachte das Grüppchen.

Gänsehaut überzieht meine Arme. Es prickelt bis in den Nacken. Gleichzeitig bricht mir der Schweiß aus, und meine Schädeldecke pocht. Scheiße, das ist die pure Angst. Sollte Thyla den Gedanken haben, ich könnte ihr gefährlich werden oder ziehe sie über den Tisch, gäbe es für sie kein Zögern. Natürlich würde sie sich mit Wehmut an Samson erinnern.

Der Ladyboy lässt das Smartphone sinken.

»Last he saw were my tittibittis«, sagt er in meine Richtung und zeigt mir sein strahlendes Gebiss.

Mit einem Kloß im Hals nicke ich ihm zu.

Um mich herum bricht Heiterkeit aus. Mir schießt durch den Kopf, dass so ein Horrorfilm in den richtigen Händen, meinen zum Beispiel, die Machtverhältnisse verschieben könnte. Mit oder ohne Tittibittis. Mir fällt allerdings kein Weg ein, das Ding zu bekommen, ohne ein Date mit der durchgeknallten Killertranse. Obwohl …

Allerhöchste Zeit, die gastliche Stätte zu verlassen.

»See you«, sag ich und meine das Gegenteil.

»Yeah – see you!«, schallt es mir vielstimmig hinterher.

T-Shirt und Jeans sind feucht wie eine gebrauchte Babywindel. Erst im Sitz des Chryslers werde ich ruhiger.

Ein Boy, der Laub zusammenkehrt, winkt mir freundlich. Ich muss das Gefühl abschütteln, wieder für Thyla zu arbeiten. Ich bin mein eigener Herr, das wird sie noch spüren. Fünfzehn Millionen. Genug, die Zähne zu fletschen und zu kämpfen. Als meine Finger schmerzen, merk ich, wie fest ich das Lenkrad gepackt habe.

Langsam roll ich los. Ich schau mich nach den nächstliegenden Cafés und Bars um. Die Boys haben sicher mal Ausgang oder genehmigen sich eine Cola.

Thyla hat immer Handlanger am Start, die praktisch und zu allem bereit sind, aber keiner von denen ist eine helle Kerze. Ich glaube nicht, dass Lady Black Soul weiß, dass sie sich bei ihren Heldentaten filmen. Noch nicht.

DREIZEHN

Ich gönne mir einen Abstecher in die Kafkastraße, bevor ich mir Stanis Gefluche anhören muss. Ein schicker Gedanke, den Boss noch zappeln zu lassen, anstatt gleich Männchen zu machen und mit dem Schwanz zu wedeln, wenn er pfeift. Wegen Igors Verschwinden scheine ich auf der sicheren Seite zu sein.

Heute geh ich entspannt in Rosis Haus. Wer mich bemerkt, könnte feststellen, wie wandelnde Vorfreude aussieht. Paulis Witwe ist nicht mein Ziel. Wenn das Pech sich ein Päuschen gönnt, alles so läuft wie geplant und ich richtigliege, bekomme ich entweder die Skizze oder einen Hinweis darauf, wo sie stecken könnte. Ein Wenn zu viel, aber warum sollte nicht mal Samson auf die Sonnenseite rutschen? Da ist genügend Platz. Gerade finde ich meine Idee mit Kerim genial. Meisterhaft in ihrer Einfachheit, oder so ähnlich.

Zuerst schau ich auf einen Sprung bei Daniela vorbei.

Als sie die Tür aufmacht, wedle ich mit ihrem BH.

»Gut, dass du den mitbringst«, sagt sie, »da kann ich ja nachher einen anziehen.«

»Wegen mir nicht zwingend.«

Sie mustert mich. »Du siehst echt megafertig aus.«

»Optische Täuschung. Ich bin –«

Mehr kann ich nicht sagen. Sie fällt mir um den Hals und presst ihre Lippen auf meine. Ich greif nach ihren Hüften und zieh sie eng an mich heran. Fühlt sich nicht schlecht an. Könnte zur Gewohnheit werden.

Es dauert ein paar Minuten, bis wir uns voneinander lösen und in ihr Wohnzimmer stolpern.

Auf der Couch stopft Daniela sich ein Pfeifchen. Ich werf mich neben sie auf die Polster.

»Und?«, meint sie.

»Was?«

»Du kommst doch nicht wegen meines aufregenden Bodys.«

»Wäre ein sauguter Grund«, sag ich und schnüffle an ihrem BH.

»Sag schon«, wiederholt sie und boxt mir in die Seite.

»Ah!« Der Schmerz zieht bis in die Haarwurzeln. Merde! Das war Edgars Lieblingsstelle.

Sie erschrickt.

Ich streck mich durch und versuche Luft zu holen.

Stirnrunzelnd zieht Daniela am Pfeifchen und beobachtet mich.

»Hast du endlich das komische Buch?«, fragt sie.

Ich schüttle den Kopf. »Ich arbeite dran. Musste erst noch was anderes erledigen. Jemand hat mich verfolgt.«

»Jemand?« Sie pustet mir den Rauch ins Gesicht. »Du hast ihn fertiggemacht, oder? Erzähl mir, wie!«

Ich nehm ihr schweigend Pfeife und Feuerzeug aus der Hand, zünde die Glut an und geb mir ein paar tiefe Züge. Zurückgelehnt seufze ich auf.

»Ein andermal. Hast du mal was geklaut?«, will ich von ihr wissen.

»Na klar. Parfüm, Modeschmuck oder manchmal ein Höschen. Die kann man locker anziehen, wenn man das Etikett rausreißt. Im Schwimmbad hab ich vor drei Wochen eine Jacke gefunden, in der –«

»Okay, okay. Das langt dicke. Ich brauch ein Smartphone, Xenia. Und das wird nicht easy.«

»Du willst ein Smartphone klauen? Gerade jetzt? Oh Mann.«

»Besser gesagt, ich brauch einen Film von einem bestimmten Smartphone. Es gehört einer Transe, die für ihren Boss gern Leute abmurkst.«

»Klingt interessant.« Die Frau rutscht an die Sofakante und schaut mich gespannt an. Fast etwas zu tatendurstig.

»Abwarten.«

Ich beschreib Daniela zwei, drei Shops und Cafés in Grünwald und wie der Typ aussieht. Mit Körbchengröße D sollte er in Grünwald ein Exot sein. Wobei, wer kann wissen, was sich hinter den Mauern der Villen versteckt? Wenn du als Kerl alles hast, könnten eigene Brüste dein Glück vollkommen machen. Egotrip at its best.

»Treib dich da rum, und wenn du den Macker siehst, musst du improvisieren«, sag ich zu Daniela. »Steig aber weder in sein Auto ein, noch gehst du ins Haus, in dem er wohnt. Das ist wichtig. Denk dran, sonst bist du tot. Verstanden?«

»Improvisieren. Wie weit soll ich gehen?« Sie zwinkert mir zu und nimmt mir das Pfeifchen aus der Hand.

»Nein, ohne Schwert. Das soll nicht ›Kill Bill vier‹ werden. Ansonsten mach, was du willst. Wir brauchen unbedingt seine Movies auf dem Smartphone.«

»Sag mir, warum, und ich tu's.«

»Na ja, weil die Transe für einen Gangsterboss arbeitet und der uns durch das, was auf dem Handy ist, aus der Hand frisst. Falls ich die Beute von Paulis Coup abgreife, pinkelt uns keiner mehr ans Bein, verstehst du? Das gibt uns Ruhe und Schutz. Und weil wir böse in der Klemme sitzen könnten, wenn ich den Film nicht bekomme. Reicht das?«

»Was ist da drauf?«

»Mindestens ein Mord und wahrscheinlich andere Schweinereien.«

»Wow! Ich mach's. Meinst du, er steht auf Mädels?«

»Musst du rausfinden. Wenn es nicht klappt, verschwindest du von da, hörst du? Ruckzuck. Kein Risiko!«

Sie nickt artig. »Bleibst du noch?«

»Würde ich gern, geht aber nicht. Ruf mich an, wenn du in Grünwald bist. Kann auch sein, dass er nicht auftaucht. Treib dich einfach bis nachts rum und probier es morgen früh noch mal. Okay?«

»Ich krieg das hin. Safe.«

»Deswegen hab ich dich gefragt, Xenia.«

»Cool! Und du meldest dich, wenn du das Buch hast, ja?«

Im Hausgang warte ich einen Moment, ob sich irgendwo eine Tür öffnet. Zierl oder Rosi kann ich jetzt nicht gebrauchen. Leise geh ich die Treppen nach oben. Ich atme kurz durch, wisch mir

Schweißtropfen von der Stirn und läute bei meinem kleinen Komplizen.

»Ja?«, fragt Kerim, ohne die Tür zu öffnen. Kluges Kind.

»Ich bin's«, sag ich. Meine Handflächen sind feucht. Bekomme ich jetzt die Skizze zu fassen? Die Tür geht auf, und ich greif mir an den Kopf. Ich hab mir noch keine Gedanken gemacht, wo ich das Ding aufbewahren will.

»Hallo, Kerim, warst du in der Bücherei?«

Er nickt schweigend, und ich folge ihm in sein Zimmer.

»Wo ist deine Mutter?«

»Nicht da.«

»Sonst wer?«

»Nö.«

»Zeig mir das Buch.«

Ich folge ihm in sein Zimmer. Er zieht es unter dem Kopfkissen hervor und reicht es mir.

»Hast du was rausgenommen?«

»Nö.« Er streckt mir seine leeren Handflächen entgegen.

Ich blätter es durch. Erst hastig, dann Seite für Seite, ein drittes und ein viertes Mal. Ich pack es am Deckel und beutel es kräftig durch.

Nichts. Nada. Mịmī xarị.

Also gut, dann Seite für Seite. Keine unterstrichenen oder eingekreisten Zeilen, keine Notiz. Nirgends ein Knick oder Eselsohr. Nicht mal ein Fettfingerabdruck. Unsichtbare Tinte? Mach dich nicht lächerlich, Bond.

»Ist was rausgefallen?« Ich schau mich in seinem Zimmer um.

Der Junge presst die Lippen zusammen.

Mein Blick wird hart, wie der von Seba einst, wenn ich etwas ausgefressen hatte. Ich konnte vor dem nicht cool bleiben. Der Kleine mustert mich ungerührt. Unschuldig oder abgebrüht?

»Dir ist schon klar, falls du was rausgenommen hättest, wär das ein Riesenscheißproblem. Deines ganz allein. Du könntest nirgends damit hingehen, ohne dass ich es erfahren würde. Nicht mal zu deinen Kumpels. Nirgendwohin.«

Er zuckt mit den Schultern und schüttelt den Kopf. Dann sinkt die Gestalt zusammen. »Hab ich bestimmt nicht«, murmelt er. Ich hab pure Enttäuschung vor mir sitzen. Darüber, dass ich ihm nicht vertraue und er den Job nicht gut erledigt hat. Oh Mann! Warum auch immer, ich glaub ihm. Ich bin sicher, er hat genau das getan, was ich ihm aufgetragen habe. Er hat mich nicht verarscht. Linke Vögel kann ich wittern oder erkenn sie am gefärbten Gefieder – meistens.

Das darf nicht wahr sein! Ich war mir so sicher. Verdammt! Mir gehen die klaren Gedanken aus. Hatten wir die falsche Idee? Hat Pauli alles seinem Mörder verraten? Könnten Zierl oder Rosi mich gelinkt haben? Wer ist noch im Topf?

»Hab ich es verbockt?«, will Kerim wissen und reißt mich in die Wirklichkeit. Ich muss das Buch angestarrt haben wie eine kranke Kuh.

Ich stoß einen Seufzer aus. »Nein, Kleiner, du nicht.«

Aus der Hosentasche zupf ich den Fünfziger und reich ihn dem Knirps.

»Eine Bedingung.«

»Was?«

»Du kaufst dir keinen Pfeil und Bogen.«

»Eine Softair ist viel krasser, oder?«

»Scheiße, kauf dir ein Buch oder Lego.«

»Lego?« Er schaut mich zweifelnd an. »Und wenn noch mal ein Böser kommt?«

»Zu dir kommt nie wieder ein Böser. Ich schwör's dir.«

»Okay – vielleicht Star-Wars-Lego.«

»Das ist gut. Ich mag Darth Vader.«

»Wer ist das?«

Genau. Bestimmt hat Darth Vader das Bild für den Imperator geklaut. Am besten wär's, den ganzen Scheiß zu vergessen. Am besten für wen? So leicht kriegt man mich nicht los. Wer hatte das elende Buch in den Griffeln?

Ich wende mich dem Jungen zu.

»Der war erst böse, hat es sich überlegt und wurde gut. Er hat den bösen Obermacker gekillt.«

»Was ist mit ihm passiert?«

»Na ja, er war auf dem Todesstern. Bumm! Aber er war megagut mit dem Laserschwert.«

»Soll ich mir ein Laserschwert kaufen?«

Ich fahr ihm über den Kopf. »Mach's gut, Kleiner, und hey – lern was für die Schule oder so.«

Der Kurze nickt.

Ich weiß nicht, was los ist mit mir, aber Kerim macht es mir nicht leicht.

Ich verschwinde fix aus der Wohnung, sonst käme mir das Heulen, vor Wut und überhaupt.

Rosi scheint nicht zu Hause zu sein. Per Smartphone erreiche ich sie auch nicht. Dafür hab ich eine Nachricht von Stani: »Du kommst ins Miez. Jetzt.«

Leck mich! Ich muss nach Zierl schauen. Ich könnte schwören, ich hab ein Geräusch hinter der Tür gehört, als ich geläutet habe.

»Zierl, mach auf!«, plärr ich und hau mit der Faust gegen die Tür.

»Ruhe!«, schreit es von unten. Türen öffnen sich, aber Zierls ist nicht dabei. Zum Glück scheint auch Daniela nichts gehört zu haben. Aber verdammt noch mal …

»Ich komm wieder«, knurr ich und trete gegen das Holz. Aah! Der Schmerz zieht mir bis zu den Haarwurzeln. Wenn ich mir eine verdammte Zehe gebrochen hab, mach ich Zierl rund. Ich werde ihm beide Beine brechen.

»Hey!«, schreit es. »Geht's noch?«

Krawall wäre jetzt nicht falsch. Ich muss mich abreagieren. Ich humple die Treppe nach unten ins Erdgeschoss. Im Rahmen seiner Wohnungstür steht ein altes, unrasiertes Hutzelmännchen im Unterhemd und mit Kippe im Mundwinkel.

»Wer bist'n du, hä?«, will es wissen.

»Kümmer dich um deinen Scheiß!«, geb ich zurück. »Willst du deine Kippe fressen, willst du?«

Seine Tür knallt hinter dem Alten zu. Er hat die Lage gecheckt. Neugier kann ins Auge gehen.

Dann steh ich vor dem Haus. Mit nichts als mieser Laune. Stani wird mir die nicht aufhellen. Meine geballten Fäuste sind nutzlos. Alles vom Winde verweht. Keine Idee, leeres Hirn. Aber so einfach mach ich es der Bagage nicht, morgen kommt ein neuer Tag.

VIERZEHN

Aufs Autofahren kann ich mich kaum konzentrieren. An jeder Ampel werde ich von einem ungeduldigen Blödmann angehupt, weil es ihm nicht schnell genug geht. Warum glaubt in dieser Stadt jeder, er muss den anderen immer und überall überholen? Ist das ein Zwang, bis zum Finale? »Friss Scheiße, du Loser, ich bin vor dir gestorben.«

Was mich zu Pauli bringt. Ich glaube nicht, dass sein Mörder etwas aus diesem Buch aus der Bibliothek genommen hat. Es sei denn, er hat ihn verfolgt und beobachtet, wie Pauli die Zeichnung versteckt hat. Aber so blöd wäre Pauli kaum gewesen. Sonst ergibt es null Sinn. Stell dir das vor: Der Killer fuchtelt vor Pauli mit dem Messer herum. Pauli hat genug Schiss, um ihm das Versteck zu verraten. Schön und gut. Und dann metzelt er Pauli einfach ab? So dämlich ist keiner. Er konnte ja nicht sicher sein, ob Pauli ihm die Wahrheit erzählt oder Zeit gewinnen will. Da passt nichts zusammen. Bleiben Zierl, Rosi und Daniela. Oder hab ich jemanden vergessen? Wer, wer, wer?

Ich versuch, mein Hirn auszulüften, bevor ich bei Stani aufschlage. Aloe Blacc hilft mir. Sein »I Need A Dollar« gröl ich mit, bis mir die Kehle schmerzt.

Showtime. Ich war lange nicht mehr im Miez.

Der Laden liegt in Spuckweite von Stanis Hauptquartier und behauptet, eine Table-Dance-Bar zu sein, letzten Endes ist er ein zweitklassiger Fummelbunker. Die Girls hängen so uninspiriert an der Stange wie ein Fettkloß beim Turnunterricht. Warum Stani an dem Laden festhält, kann bloß mit seiner sentimentalen Erinnerung zusammenhängen. Es war eines der ersten Etablissements in seinem Portfolio.

Die beiden Typen vor dem Eingang ziehen Grimassen, als wär ich ein notgeiler Freak, der nackt ins Frauenkloster einbrechen will. Mit kurzem Nicken geben sie die Tür frei, Stani hat sie instruiert.

Auch drinnen scheint die Stimmung getrübt. Selbst an »Kaugummitagen« sollten mehr Gäste vorhanden sein, ich sehe niemanden. Keine Mädels weit und breit, und auch kein Tom Jones ist zu hören, der seine »Sex Bomb« hochjagt. Ruhetag? Kann ich mir kaum vorstellen. Es ist zwar noch früh am Abend, aber die Bude müsste bumsvoll sein. Stoßzeit sozusagen. Es gibt keine miese Tageszeit, wenn du nackte Haut verscherbelst.

Die Luft ist trotz der Leere zum Schneiden. Voll von dieser Mischung, die du in allen Bumsläden dieser Erde erschnupperst, süßliches Parfüm, verschütteter Sekt, schweißiger Sex, Haarspray und Zitrusputzmittel.

Ich entdecke Stani auf einer der roten Plüschpolsterbänke im hinteren Teil. Dort, wo sonst aus dem Leim gegangene Mittfünfziger eine anschmiegsame Olga oder Cynthia umkraken, kauert er, als müsse er sich verstecken.

Einer der großen Wandspiegel ist zersplittert.

Der Boss winkt mich zu sich.

Als ich auf ihn zugehe, sehe ich, dass sein rechter Hemdsärmel zerrissen und blutig ist. Seine Unterlippe sieht malträtiert aus. Tja, die meisten Unfälle passieren im Haushalt. Obacht geben, länger leben.

Schweigend setz ich mich.

»Ich schau mir manchmal Tierfilme an«, sagt Stani, wie zu sich selbst. »Da kannst du viel über Menschen lernen. Wir sind ja verwandt.«

Ich sitz in einem verlotterten Pornoschuppen auf Polstern mit Spermaflecken und lass mir von einem Gangsterboss die Evolution erklären. Wenn Darwin nicht gewesen wäre, Stani wäre von allein drauf gekommen.

»Ich hab gehört, wir haben viel gemeinsam mit Schweinen. Die DNA oder so«, sag ich, um irgendwas zu sagen. Ich hab andere Sorgen.

»Mit Schweinen? Du tickst nicht richtig, Samson, unsere Vorfahren waren Affen.«

»Affen oder Schweine – passt beides perfekt, wen interessiert's?«

»Ich meine, wie die Viecher alle in Rudeln leben und Leittier, Revier und so, das ist bei uns genauso. Alles hat seine Ordnung.«

Ich nicke einfach.

»Aber wenn so ein Löwe sich 'nen Hirsch reißt, kommen sie alle angeschissen, die Hurensöhne von Hyänen, die verfickten Geier, und lassen ihn nicht in Ruhe fressen. Hast du das mal gesehen?«

»Vielleicht reicht es ja auch für alle.«

»Wir kennen uns eine Ewigkeit, und du bist schlauer, als du aussiehst. Ich hab mir immer gedacht, der Samson, warum hängt der Hurensohn ständig in den Seilen und kriegt nichts auf die Kette? Das frag ich mich nicht bei vielen, das kannst du mir glauben. Und jetzt gerade frage ich mich, ob du auch ein Aasfresser bist, Samson.«

»Willst du darauf eine Antwort? Mit Fabeln hab ich es nicht so, Stani. Da kommt am Schluss immer Moral vor. Was ist hier los gewesen?«

Der König der Löwen lehnt sich zurück und nippt von einem Drink.

»Die Janine ruft mich an«, beginnt er leise. »Da wär ein durchgeknallter Typ in ihrem Laden. Der fuchtelt mit einer Knarre rum und ruft nach Oleg. Ich frag dich, wofür bezahl ich die Jungs, die hier aufpassen?«

»Fürs Erschießenlassen musst du noch was drauflegen.«

»Da kannst du recht haben, was soll's. Jedenfalls – ich will ein paar Jungs rüberschicken, da reißt er Janine das Telefon weg. Ich hab ihn selbst an der Strippe. Der Freak lässt sich nicht beruhigen. Ich frag, was er für ein verficktes Problem hat, und er meint: ›Komm vorbei, du allein, und ich sag's dir.‹ Schöne Scheiße. Er bedroht Janine und meine Mädchen, und wenn ich das nicht kläre, spricht es sich schnell rum, dass Stani sich nicht um seine Leute kümmert – der hat's nicht mehr drauf, der alte Sack. Und die Hyänen kriechen aus den Löchern und pissen mich an. Ich komm also in den Laden. Eh ich schauen kann, haut mir die Schweinebacke mit der Knarre in die Schnauze. Ich kann nichts unternehmen, weil er immer noch Janine in der Mache hat. Er erzählt mir irgendein Märchen von Oleg, dass der seine Schwester gekillt hätte. Ich kenn die Ische nicht. Was weiß ich, was Oleg abgezogen hat? Der Typ dreht ab wie auf Speed – der Spiegel kostet mich zweitausend Ocken –, und bevor er sich verzupft, meint er noch, wenn ich Oleg nicht für ihn ranschaffe, macht er meine Läden platt und mich dazu. Meine Jungs sind auf der Suche, und wenn sie ihn auftreiben, lass ich ihn frittieren und mit Ketchup servieren, ich schwör's dir – aber hey, Mann, was soll das? Und Oleg? Hat sich dünngemacht, das undankbare Schwein.«

Ich halte die Klappe. Was soll ich auch sagen? Dass Thyla seinem Major gerade das Hirn aufbricht und es ausschlürft wie eine Auster und Stani schon mal 'nen Kranz besorgen kann? »Meinem lieben Igor«. Ich werd 'nen Zehner dazulegen.

Er grapscht sich ein Smartphone vom Tisch und hält mir das Display vor die Nase.

»Schau! Das Bild hat Janine machen können, als der Hund auf mich losging. Kennst du die Fresse?«

Das ist also Jablonski. Ein Auto würde ich von ihm nicht kaufen, aber bei einem Boxkampf auf ihn wetten. Er sieht nach der richtigen Portion Scheißegal aus.

Ich schüttle den Kopf.

»Nie gesehen – shit happens«, sag ich langsam. Wie wahr!

»Hast recht.«

Janine erscheint und bringt mir 'nen Planter's Punch. Stani zieht sich eine Line und breitet die Arme aus. Die Verlockung ist groß, aber ich lehne ab. Kein Schnee für mich. Mit einem herausgestoßenen »Aaah« lehnt Stani sich zurück und rubbelt sich die Nase.

»Ich frag dich das nur einmal, Samson. Wie wär's, wenn du bei mir einsteigst? Du könntest Geschäftsführer von 'nem Club werden, wenn der Mist mit dem Bild vorbei ist. Hier im Miez, hä? Janine macht die Fliege, weißt du? Die hat sich 'nen Typen geangelt, seriös, CSU-Stadtrat, war Stammgast hier. Er will sie heiraten. Ich brauche jemanden, der den Laden –«

»Danke fürs Angebot. Ich geb hier gerade deinen Knecht«,

erinner ich ihn, »und hab dafür von Edgar ordentlich aufs Maul bekommen. Ich häng an meiner Gesundheit, und mit Befehlen hab ich's nicht so. Freier Mitarbeiter von Zeit zu Zeit ist okay.«

Er zuckt mit den Schultern. »Mir haben sie zwei Leute gekillt, und Oleg ist weg. Und ich hab niemanden, der Grips hat und zwei und zwei zusammenzählen kann.«

Weil du keinen in deiner Umgebung duldest, der was draufhat, denn das könnte gefährlich werden, denk ich mir.

Igor und Grips? Der hatte weniger als ein Gurkensalat.

»Hast du dich gefragt, ob es sich lohnt?«, frag ich ihn.

»Was soll die Scheißfrage?«

»Die Skizze. Drei Leichen.« Fast hätte ich »vier« gesagt.

»Das wird durchgezogen.«

»War bloß eine Frage. Ich meine, du hast doch 'ne Menge beiseitegeschafft und so.«

»Immer brav für die Rente eingezahlt.« Er lacht auf und starrt mich an. »Ich kann nicht einfach sagen, das war's. Stani ist Stani. Klar wär's geil, irgendwo am Strand zu liegen, mit 'ner Puppe im Arm, und ich brauch nur das Moos verballern. Aber wenn ich nicht mehr oben schwimm, kommen die ganzen Loser aus den Löchern, die sich vorher nicht gemuckst haben. Was meinst du, wie lange ich leben würde?« Er winkt ab, und sein Blick wandert durchs Lokal. »Meine Ma hatte ein Aquarium. Da war ein blauer Fisch drin, der war der Boss. Immer im Kampfmodus. Immer Vollgas. Wo der hinwollte, hat er die anderen vertrieben. Eines Tages schau ich rein, und der Blaue liegt auf der Seite, war wohl am Abkacken, der Loser. Und was passiert? Die anderen machen sich an ihn ran und fangen an, ihn lebendig aufzufressen. Sie beißen Stückchen aus ihm raus, als wär er schwimmendes Sushi. Wir haben ihn rausgeholt, und meine Ma hat ihn im Klo runtergespült. Verstehst du? Ach, wieso sag ich dir das überhaupt?«

Ja, wieso? Wahrscheinlich, weil er nicht oft aufs Maul kriegt. Ich schau ihn schweigend an. Diese Seite vom Big Boss ist mir neu. Er wird noch zur Plaudertasche. Hoffentlich bereut er nicht, dass er mir den Weichen gemacht hat. Hoffentlich bereue ich es nicht. Aber that's life. Du zertrittst einen Wurm, doch irgendwann knabbern seine Kollegen an dir.

Stani trinkt sein Glas leer, knallt es auf das Plastiktischchen und richtet sich auf.

»Das wird durchgezogen, und fertig. Ich hab mir vorhin die beiden Jungs aus dem Hotel vorgenommen. Ihnen erzählt, dass ich weiß, wie der Hase läuft. Und weißt du, was sie mir auftischen? Das ist komplizierter Scheiß.«

»Ich bin ganz Ohr.«

»Der eine ist der jüngste Bruder vom Obermacker. Klar, sie waren am Morgen in 'nem Bumsladen. Weißt du, wo? Hier im Miez. Janine konnte sich an die beiden Schwachköpfe erinnern. Und du hast recht gehabt. Sie waren jeden verschissenen Morgen da und haben sich nackte Haut reingezogen. Aber wie sie diesmal ins Hotel zurückkommen, checken sie, dass die Suite ausgeräumt worden ist. Alles durchwühlt, klassischer Bruch, aber der da Vinci ist noch da. Den hat Pauli wohl nicht gefunden. Der kleine Bruder schiebt ihn ein. Er will nicht immer nach der Pfeife vom Obermacker tanzen. Jetzt hat er die Gelegenheit, seinen Bruder abzufieseln und selbst Kohle abzuzweigen. So, und jetzt muss er das Bild billig an mich verticken. Er hat gar keine Wahl, sonst rede ich mit dem Obermacker Klartext, oder ich mach den Wichtel höchstpersönlich fertig. Da hätte es sich ausgebrudert. Wir treffen uns übermorgen Abend. Du kommst mit.«

Mir reicht's, genug ist genug. Für Lügengeschichten bin ich nicht in Stimmung.

»Du laberst Bullshit, Stani! Warum sollte jemand Pauli die Lichter ausgeblasen haben, wenn er nichts hatte? Auf Verdacht? Und wer hat gewusst, dass Pauli gerade in dieser Suite geklaut hat, wo ein da Vinci herumliegt? Zufall? Da lach ich doch in den Wald! Komm mit der Wahrheit rüber oder erzähl mir gar nichts. So ein Scheiß. Such dir jemand anderen, der mitgeht – ohne mich. Oder willst du mich auch frittieren? Ich kenn nicht mal mein Risiko, solange der Killer rumläuft. Du steckst die Skizze und die Ocken ein, und in mir steckt ein Messer, oder was?«

Stani massiert sich die Nasenwurzel. Schweißperlen erscheinen auf seiner Stirn. Er beugt sich nach vorn, starrt mich an und seufzt.

»Na gut. Du willst es wissen, ja?«

Er nippt von seinem Drink, bevor er weiterredet. Sein Gesicht verzieht sich, als müsse er gerade einen Ziegelstein scheißen. Ja, die Wahrheit kann wehtun, Baby.

»Ich hab Pauli beauftragt, das Ding zu klauen. Nein, falsch, ich hab ihn beauftragt, das Ding zu ersetzen, gegen eine Fälschung. Alles klar?«

Ich hol so tief Luft, wie es meine Rippen erlauben.

»Und warum schickst du mich los, mit diesem Schwachsinn?«, brause ich auf.

Stani legt mir seine Pranke auf die Schulter und räuspert sich.

»Pauli hat sich hinterher nicht gemeldet. Ich weiß nicht mal, ob er es geschafft hat oder mit der Fälschung abgehauen ist. Ich musste den Kerl finden, dazu warst du nützlich. Und ich wollte wissen, mit wem er zu tun hatte. Wem hatte er es erzählt? Gab es 'nen zweiten Mann? Das hättest auch du sein können. Vielleicht wollte er sich mit dem Original davonmachen. Und schließlich ist er abgekratzt, und ich habe den Fetzen nicht. Also wo soll der sein?«

»Warum sollte ich mit ins Hotel zu den Typen? Du wusstest doch, dass Pauli dort war.«

»Mann, aber vielleicht hättest du irgendwie sehen können, ob Pauli es geschafft hat. So wüsste ich wenigstens, ob der Bruder des Obermackers bloß die Fälschung anschleppt. Ich war platt, als es hieß, das Bild ist weg. So war das nicht geplant. Warum sollte Pauli das Original und die Fälschung mitnehmen? Der war doch nicht dämlich.«

»Sag mir das vorher, und ich hätte drauf geachtet.« Mehr als Kopfschütteln fällt mir nicht ein.

Warum sollte Pauli eine Fälschung versteckt haben? Hat er überhaupt was versteckt? War das Buch von Anfang an 'ne falsche Fährte?

»Wer wusste davon?«, frag ich.

»Niemand.«

»Und Igor?«

»Oleg wusste nur, dass Pauli den Auftrag hatte, das Bild zu besorgen. Mehr nicht.«

Das konnte er Bruckner erzählt haben. Thyla hat es erst nach dem Mord an Pauli von Igor erfahren.

»Und woher willst du wissen, ob dir die Schwachköpfe übermorgen Abend nicht die Fälschung andrehen?«, frag ich den Boss.

»Ja, woher?«, sinniert er. »Das ist eine erstklassige Kopie. Ich hab sie demselben Typen abgeluchst, der auch das Original hatte. Erst wollte er mich damit übers Ohr hauen, die Ratte. Weißt du, was seine Masche war? Er zeigt dir das Original, der Käufer lässt es begutachten, aber bei der Übergabe tauscht er es geschickt gegen die Fälschung aus. Aber doch nicht mit Stani. Er war mir mehr als dankbar, mit heilen Knochen und der Kohle vom Scheich davonzukommen, das kann ich dir flüstern.«

»Den Gutachter vom Scheich können wir uns wohl kaum ausleihen. Ich wüsste jemanden.«

»Du? Den du mitbringen könntest?«

»Wir haben noch nicht über den Preis gesprochen, Stani.«

Er nickt und schaut mir ins Gesicht. Was will er da entdecken? »Drei Millionen nach dem Verkauf – wenn es echt ist. Du hast ausgesorgt, Baby.«

Stani hat heute seinen großzügigen Tag. Ich bin mir aber sicher, dass Pauli erfolgreich war und die beiden Hirnis die Fälschung abgegriffen haben. Er hätte seiner Rosi bestimmt nicht die Nummer als Merkhilfe gegeben, wenn er den Austausch der Skizzen nicht hingekriegt hätte. Und ich kenne meinen Pauli, der war Profi. Was hätte schieflaufen können? Niemand war in der Suite, und im Hotel wurde er auch nicht geschnappt. Bingo. Was heißt das für das Treffen morgen Abend? Der Ärger wird fetter als die Kohle.

»Nö, Stani, so läuft das nicht«, sag ich. »Ich versuch, einen Spezialisten aufzutreiben, und geb deinen Bodyguard. Also, was ist dir das wert?«

»Viertausend. So oder so. Den Rest, wenn das Bild der Scheichs echt ist. Aber das glauben wir beide nicht recht, oder?« Er lacht auf.

»Nein. Das tun wir nicht«, bestätige ich. »Fünftausend, und ich bin dabei.«

»Du bist sowieso dabei. Oder hast du mich fragen hören?«

»Versteh schon. Vorschuss?«

Aus seiner Hosentasche zieht er ein Geldbündel. Diesmal zupft er einen Schein von ganz hinten von der Klammer. Den lilafarbenen.

Ich greif zu und schieb ihn mir lässig ein.

»So, pass auf, da gibt's nämlich ein Scheißproblem«, meint Stani, während er sein Bündel verstaut.

»Klar gibt es das«, bestätige ich. »Wenn wir feststellen, dass die Skizze falsch ist, denkt der Typ, du hast seinem Bruder 'ne Fälschung vertickt oder willst ihn ablinken.«

Stani nickt. »Haargenau. Wir behaupten also auf jeden Fall: Das Geschmier ist echt, Brüder. Da muss ich aber auch mehr abdrücken dafür.«

»Die Kohle holst du dir mit Zinsen vom Obermacker wieder, wenn du es an ihn zurückverkaufst.«

»Red keinen Müll. Wenn es die Fälschung ist, krieg ich von ihm keinen Cent. Er lässt es natürlich prüfen. Dem kann ich das gar nicht anbieten, sonst lässt er mich von seinem größten Kamel rammeln. Kenn ich seine Kontakte?«

Wir schauen uns ratlos an.

»Wenn das Ding falsch ist, leg ich die beiden einfach um. Basta«, sagt Stani und haut mit der Faust auf den Tisch.

»Auf den ersten Blick seh ich daran keinen Haken«, geb ich ihm zur Antwort, »außer zwei Leichen für nichts. Und einer davon ist der kleine Bruder von Ajatollah Machdichtot. Da kommen Fragen auf.«

»Für nichts, sagst du? Ist es deine Kohle? Auf jeden Fall muss ich wissen, ob die beiden Möchtegerns das Original haben. Wenn nicht, muss Pauli es irgendwo gebunkert haben. Nur wo?«

Ja, Stani, gute Frage. Nur glaube ich zu wissen, dass das Original nicht mehr dort ist, wo Pauli es versteckt hat. Wer auch immer jetzt von fünfzehn Mios träumen darf, die beiden Scheichs werden das sicher nicht sein.

Wir schweigen einen Moment. Stani betrachtet versonnen Janine, besser gesagt ihren verlängerten Rücken, während sie Scherben zusammenkehrt.

»Jetzt weiß ich es«, sagt er, »es wird eine Überraschung geben. Mach dir keinen Kopf, alles safe.«

Das Grinsen kenne ich. In diesem Aquarium ist er der Hai, und ich bin Fischfutter. Was immer das für eine Überraschung ist, Stani plant grundsätzlich so, dass Stani gut rauskommt. Das Einfachste wäre, sich von der ganzen Geschichte fernzuhalten. Aber dafür ist es zu spät. Und Stani lässt mich nicht mehr aus den Klauen. Ich muss also mitspielen und am besten herausfinden, wo zum Teufel gerade das Original ist und wer Pauli abgestochen hat.

Daniela ruft an. Ich steh auf und schlendere durch die Bar. Sie meldet Fehlanzeige. Bis jetzt hat sich in Grünwald niemand blicken lassen, der auf meine Beschreibung passt. Aber sie will es morgen früh wieder versuchen.

»Was machst du?«, will sie wissen.

»Ich sitz mit 'nem Drink in 'ner Table-Dance-Bar.«

»Du Mistkerl schaust dir billige Schnepfen an? Na dann, gönn dir! Weißt du, tanzen kann ich auch.«

»Glaub ich erst, wenn ich es gesehen hab.«

»Meinst du, das kriegt jeder? Du hast vielleicht eine Chance drauf, es zu sehen. Vielleicht, Süßer.«

»Pass gut auf dich auf, Xenia.«

Sie beendet das Gespräch.

»Du hast 'ne verträumte Schnute gezogen, als hätte deine Perle angerufen«, meint Stani.

Meine Perle? Und wenn es so wäre? Ich zucke mit den Schultern.

»Das war mein Schneemann«, sag ich. »Mit dem bin ich verheiratet.«

Stani lächelt, aber er weiß genau, dass ich am Handy nicht über Koks reden würde. Er muss nicht alles wissen.

Sein iPhone spielt das »Lied vom Tod«. Billige Nummer. Er greift es sich vom Tisch und lauscht schweigend.

»Ich will wissen, was Oleg da abgezogen hat – und zwar schnell«, sagt er schließlich und schiebt sein iPhone ein. Mit zusammengezogenen Brauen stiert er mich an. »Oleg ist tot. Sie haben ihn gerade aus der Isar gefischt. Du solltest dich verdrücken. Die Oberförster werden gleich aufmarschieren und auf dicke Hose machen.«

So kenn ich Thyla gar nicht. Hat sie schlampig gearbeitet? Nein, sie wollte, dass man Igor findet. Warum bloß?

»Erzählst du den Buletten von dem Kaputtnix hier?«, frag ich Stani.

»Mann, schalt dein Hirn ein. Erst muss ich wissen, was Oleg da für 'ne Scheiße gebaut hat, sonst ziehen mich die Bullen womöglich noch in den Mord an der Ische rein. Ein Gutes hat es allerdings.« Seine Lippen verziehen sich zum Grinsen. »Der Durchgeknallte hat Oleg erwischt. Wenigstens hab ich jetzt wieder meine Ruhe.«

Da wäre ich mir nicht so sicher.

Über Stanis Gesicht breitet sich ein Lächeln aus. Tiefe Trauer sieht anders aus.

»Der hat's auch nicht begriffen«, murmelt er, »andere Zeiten. Musste mal passieren.«

Ich mache, dass ich aus dem Miez komme. Vor der Tür lungern drei schwedische Prachtwikinger herum und beratschlagen offensichtlich, ob sie sich in die verspiegelte Höhle stürzen sollten. Von drinnen dringt Tina Turners »Private Dancer« zu uns durch. Show must go on. Ein paar Euro will Janine aus der Restnacht rausquetschen, um Stani zu besänftigen. Dem DJ hätte der Pole eine verpassen sollen – einfach mal so.

Das blonde Hünen-Trio verschwindet schnatternd durch den Eingang. Habt Spaß, Jungs!

Ich schlendere weiter. Um die Ecke hol ich mir an einer Straßentheke einen Falafelburger. Mit dem Futter postier ich mich schräg gegenüber der Straße, sodass ich das Miez im Auge behalten kann.

Zwei Minuten später rauschen die Cops an. Alte Bekannte. Aus einem blauen Transporter steigen Bruckner, sein Schatten Weinhauser und zwei Uniformierte. Bruckner sieht entschlossen aus, die Schnauze gereckt wie ein Jagdhund auf der Fährte, Weinhauser wirkt gelangweilt, gähnt und reibt sich die Augen. Es ist nicht das erste Mal, dass sie mit Stani zu tun haben. Wenn der eins beherrscht, dann den Umgang mit der Bullerei. Er hat die richtigen Leute in der Tasche, um sich keine Sorgen machen zu müssen – für gewöhnlich. Mit Igors Tod sieht es anders aus. Aber davon ahnt der Big Boss nichts. Bruckners Augen und Ohren sind abgesoffen. Ob er das so hinnimmt? Ich hab ihn immer für 'ne miese Ratte gehalten, aber da hab ich mich getäuscht. Das wär für jede Ratte 'ne Beleidigung.

Klar, er und Weinhauser sehen eine Badewanne voller Scheine, in der sie liegen werden und herumplanschen, das pralle Leben, die Babes und den ganzen Spaß. Nie mehr die Füße platt latschen oder im Büro abstinken. Das ist sicher nicht das erste Mal, bei dem das dreckige Paar die korrupten Ärsche schwingt, um was abzugreifen – scheißegal, wie.

Und eins ist sonnenklar: Wenn Bruckner und der dicke Waschbär an den da Vinci wollen, müssen sie sich Informationen holen. Igor wird ihnen gesteckt haben, dass Pauli die Skizze aus dem Hotel klauen wird. Mehr konnte der nicht ausplaudern. Von der Kopie hatte er keinen Schimmer. Und dann hat Thyla ihn abgeräumt, das Treffen übermorgen ist also safe, weder sie noch die Bullen ahnen was davon. So weit, so gut. Und da komm garantiert ich ins Spiel. Die Jungs haben mich auf dem Zettel. Mir sollte etwas einfallen, damit ich nicht zum Kauknochen der beiden werde.

Den blauen Transporter habe ich wiedererkannt. Das war neulich keine Täuschung. Bruckner hatte mich verfolgt. Du wirst noch an mich denken, Herr Hauptkommissar!

Der Abend macht schon der Nacht Platz, aber ich habe noch eine Mission. Jablonski wohnt in der Goethestraße. Ich kenn die Adresse, im Erdgeschoss ist eine der Geldwechselbuden, von denen du nie weißt oder wissen willst, was darin passiert, wenn sie die Tür abschließen.

Der Irre lässt sich tatsächlich googeln, er steht fett im digitalen Telefonbuch. Sobald Stani den Namen hat, ist der Mann Geschichte. Besser, ich beeile mich.

Hauptsache, er kapiert, wer sein Freund ist oder wer ein Interesse daran hat, dass er noch weiter atmet.

Vom Miez aus kann man zu Fuß hinlatschen. Kapuze auf dem Kopf, Hände in den Taschen, marschiere ich los. Ich muss dem einen oder anderen Männerrudel ausweichen, welches mich abschätzend beäugt. Dass ich mich nicht zum Spielen eigne, können die Jungs erkennen. Ich entdecke Ufuk mitten in einem Haufen Möchtegerns, ihn scheint ein akuter Laberflash gepackt zu haben, und ich nicke ihm zu, bevor ich weitergehe. Ruhig, nicht zu hastig, aber auch nicht zögerlich. Du darfst nicht ausschauen, als hättest du dich in den finster-bösen Wald verirrt wie Hänsel, sonst kommt ein Crystal-Schwachmat auf blöde Ideen und zappt sich ins Actionprogramm, mit dir als Opfer.

Als ich endlich vor dem Haus bin, schnaufe ich durch. Sammeln ist angesagt. Wer weiß, was mich erwartet. Jablonski ist im Rachemodus, da hilft Gelaber nicht. Wenn du rotsiehst, machst du keine Gefangenen, egal, wer deinen Weg kreuzt.

Ich geh durch einen nach Pisse stinkenden Hinterhof, stoß die Haustür auf und steig die Steintreppen nach oben bis unters Dach.

Dort leg ich mein Ohr an die Tür. Laute Stimmen, Musik, irgendein schnulziges Trallala in fremder, harter Sprache. Immerhin ist der Mann musikalisch.

Ein Kerl, der aussieht wie Charlie Chaplin mit Hosenträgern und Feinrippshirt, macht auf mein Läuten hin auf. Sein Bärtchen und Hut sind original. Es ist nicht der Typ auf Stanis Foto.

Ich frag nach Jurek und kriege verdeutlicht, dass er nicht da ist. Seinem Gesichtsausdruck nach hieß das »verpiss dich« auf Polnisch. Ich lass nicht locker. Ob ich ihm eine Nachricht dalassen könne, will ich wissen.

Ein zweiter Typ erscheint, eingedrückte Nase, Muskelshirt. Hände wie Bratpfannen.

»Ich bin sein Cousin«, verklickert er mir. »Du kannst es mir sagen.«

»Richte ihm aus, es gibt einen Bullen, der dafür gesorgt hat, dass der Mörder seiner Schwester frei rumlaufen konnte. Er hat sich sicher gefragt, warum niemand verhaftet worden ist. Der Mann heißt Bruckner, und der Mörder war sein Informant.«

»Warum willst du, dass er das weiß, und woher weißt du das? Kommst du im Auftrag seines Bosses, dieses Stani?«

»Nein. Ich hab Oleg, den Mörder, gut gekannt. Jetzt hat er ja seine Strafe bekommen. Und ich hasse korrupte Bullen.«

»Du verschwindest besser. Freunde des Mörders sind hier nicht gern gesehen.«

»Bruckner«, sag ich. »Hauptkommissar Bruckner. Merk dir den Namen.«

Ich dreh mich um und will los. Mehr kann ich nicht tun.

»Warte!«, werde ich angeraunzt. »Komm rein.«

Offenbar hat der Typ es sich anders überlegt. Ob es eine gute Idee ist, ihm zu gehorchen, weiß ich nicht, aber er hat sechs Argumente. Sie stecken im Magazin des Revolvers, den er auf mich richtet. Das Ding scheint aus einem Western zu stammen und stanzt dir garantiert Löcher groß wie Euromünzen ins Fell. Oh, là, là, Bruder!

Ich hoffe auf Vernunft. Wenn du nicht voll mit Dope bist, kannst du nicht cool bleiben, wenn du in eine Mündung schaust. Probier es aus.

Solang sein Zeigefinger nicht zittert, ist alles im grünen Bereich.

Der Typ wird mich nicht ohne Schalldämpfer in der Wohnung umblasen wollen. Da wackeln die Wände. Andererseits, bei dieser Nachbarschaft könnte er mich stundenlang zu Tode foltern, das würde niemanden jucken. Gehört zum Gewerbe wie das Geräusch der Säge zum Schreiner.

Ich spüre Schweißtropfen an meiner Schläfe nach unten rinnen, als ich die Wohnung betrete. Der Lauf des Revolvers folgt meinen Bewegungen. Tolle Idee, Samson! Mit etwas Pech liegst du gleich mit einem Loch im Kopf auf dem verpissten Boden im abgefuckten Hinterhof von Nirgendwo, die Ratten schnuppern an dir und Jablonski macht eine Kerbe in seinen Colt.

Ich werde von Chaplin abgeklopft. Er schaut sich meine Brieftasche an und zupft meinen Pass daraus. Den studiert er, als wär's ein Bild von da Vinci.

Von den beiden Typen werde ich den Flur entlanggeschoben bis zum nächstliegenden Raum.

Der gute Jurek sitzt, von zwei weiteren Männern eingerahmt, die auf ihn einreden, in der Küche auf einer Bank. Er zieht an seiner Selbstgedrehten, als er mich sieht, sagt aber nichts. Es riecht nach Gebratenem, Männerschweiß und Kippen. Verdreckte Teller stehen auf dem Tisch, dazu ein paar Gläser und eine halb volle Flasche Wodka. 'nen ordentlichen Schluck könnte ich jetzt vertragen.

»Der ist ein Freund von Oleg«, werde ich vorgestellt.

»Was willst du hier?«, knurrt Jurek. Er trägt Schnurrbart und Igelschnitt, dabei ist er ähnlich ausstaffiert wie Stani. Als wäre er mit dem zum Tanzkränzchen verabredet, seltsamer Anblick. Den Tanz hat er eröffnet, seine Braut gewählt.

»Weißt du, wo das Schwein ist?«, herrscht er mich an und drückt die Kippe im Aschenbecher aus. Nein, er zerquetscht und zermalmt sie zwischen den Pranken. Er tötet. Besser kann er mir seinen Zustand nicht demonstrieren. Das Schicksal der Kippe könnte auch meines werden, da fehlen Millimeter oder ein falscher Satz.

»Hör zu, wenn ich dich finden kann, kann es jeder«, erwidere ich ruhiger, als ich mich fühle. »Und dein Oleg ist tot, weg, Geschichte.«

»Woher willst du das wissen?«, fragt Jablonski und schaut mich mit schief gelegtem Kopf an, als wär ich ein Kadaver und er der Geier.

»Du kannst es morgen in allen Zeitungen lesen. Er hat ein Bad in der Isar genommen.«

Aus den Augenwinkeln sehe ich, dass die Knarre in einen Hosenbund geschoben wird – wichtiges Detail.

»Und wer hat ihn getötet?«, will Jablonski wissen und dreht

sich die nächste Kippe. Seine Hände zittern nicht. Die Fingerknöchel sind zerschunden, er muss sich den Spiegel im Miez mit bloßen Fäusten vorgenommen haben. Respekt.

»Sein Boss Stani glaubt, du warst es«, mach ich ihm klar.

»Und du glaubst das nicht? Hast du ihn selbst gekillt?«

»Nein – ich weiß nicht, wer es war.«

»Also was willst du von mir?«

»Das hab ich deinem Cousin schon gesagt.«

Sie unterhalten sich kurz auf Polnisch, wobei ich den Namen »Bruckner« heraushören kann.

»Hat dir Oleg das erzählt?«, fragt Jurek.

»Ja, das hat er.«

»Und wieso sollte ich das glauben? Vielleicht hast du was gegen diesen Bullen, und ich soll dir die Arbeit abnehmen.«

»Warum wurde nie ein Täter ermittelt? Hast du dich das gefragt?«

»Ja.«

»Jetzt hast du die Antwort.«

»Sie hätte nicht dort sein sollen«, mischt sich eine grauhaarige Frau ein. Sie hat wohl vom Flur aus zugehört. Jetzt watschelt sie in die Küche, plumpst auf die Eckbank und schlägt die Hände vors Gesicht. Das goldene Kruzifix, das an einer Kette um ihren faltigen Hals baumelt, kommt in Bewegung. Sie atmet schwer. Einen Moment lang schweigen alle und blicken auf sie. Ihre Schultern beben.

»Sei still, Mutter!«, blökt Jurek endlich und schlägt mit der Faust auf den Tisch. Nein, reizen sollte man ihn nicht.

Die Frau ruckt hoch. »Warum ist Eva gegangen mit diesen Männern? Warum sie hat gearbeitet in so einem Loch?«, stößt sie hervor.

»Ich hab gesagt, du sollst still sein!«

»Sie war erst achtzehn Jahre alt.«

»Das geht den Bastard nichts an.«

»Achtzehn!«, wendet sie sich an mich. »Sie war doch mein Kind.« Ihr Gesicht ist tränennass. Chaplin reicht ihr ein Stofftuch. Sie schnäuzt sich ausgiebig.

Ich sage nichts.

Falls Igor das Mädchen auf dem Gewissen hat, scheint es eine Art von Gerechtigkeit zu geben – für die, welche auf Auge um Auge stehen. Ich glaub nicht an solchen Kram, weil ich kein Opfer kenn, das danach wiederauferstanden ist. Aber das muss ja nichts heißen.

»Wo hat sie gearbeitet?«, frage ich Jurek.

Er springt auf. »Los, verschwinde, oder –«

»Du solltest dich auch schleunigst unsichtbar machen«, sage ich.

»Sie hat gesagt, es ist ein Tanzlokal. Spicy Legs, ha, aber welches Lokal heißt so?«, schreit die Mutter heraus. »Du hättest es wissen müssen, Jurek! Warum hast du das zugelassen? Sie hat ihren Körper verkauft. Sie haben sie gezwungen!«

Die Alte sackt auf der Bank zusammen. Zwei der Männer setzen sich zu ihr, nehmen sie in den Arm, Jurek holt ihr ein Glas Leitungswasser.

Alle reden wild auf Polnisch durcheinander.

Weil mich zufällig gerade niemand bedroht, mach ich, dass ich aus dem Haus komme.

Draußen läute ich bei Stani an.

»Das Mädchen hieß Eva und hat im Spicy Legs angeschafft.«

»Nachname? Woher?«

»Keine Ahnung, sie scheint aus Polen zu sein.«

»Wieso das Spicy Legs? Das ist 'ne verschissene Rammelbude von Rahman. Was hatte Oleg mit dem zu schaffen? Und warum verwüstet der Bastard dem nicht den Laden oder legt ihn um? Das wäre ein Dienst an der Menschheit.«

Seine Smartphone-Phobie hält Stani nicht davon ab, sich in Rage zu quatschen.

»Weil Igor dein Major war und nicht Rahmans? Ist ein Grund, oder? Freu dich, dass das mit Eva nicht in einem deiner Läden passiert ist. Es gibt keine Verbindung zu dir. Der Rest ist schnuppe.«

»Kann sein, Samson. Wie hast du … Ich meine, du weißt nicht

zufällig, wo sich der Schweinepriester rumtreibt, der Oleg ausgeknipst hat? Du weißt, ich hab noch was offen mit dem.«

»Nein, Stani, sonst würde ich es dir ja sagen.«

»Würdest du das, ja?«

Ich lege auf. Stani wird eine Weile brauchen, um mehr herauszufinden. Rahman und er sind keine Freunde. Keiner der beiden hat Freunde. Wahrscheinlich haben beide mehrmals versucht, dem anderen die Pest an den Hals zu hexen. Sie sind zäh, sie sind oben und leben noch. Das wären die Gemeinsamkeiten.

Ich hoffe, Jurek vertschüsst sich aus der Wohnung, bevor ihn wer entschärft, und er kümmert sich um Bruckner. Dessen Kumpan Weinhauser kann er als Kollateralschaden mit erledigen. Viel Spaß, Bulle, ich habe einen Jurek, und ich werde ihn benutzen.

Zu Hause fall ich auf meine Bettcouch wie mit der Axt gefällt. Es ist Mitternacht. Nicht einmal einen Stuhl hab ich noch an die Tür gestellt. Wer mag, darf gern vorbeischauen, solange er mich nicht weckt. Bei mir gibt es nichts zu finden – nicht mal in meinem Schädel.

FÜNFZEHN

»Rams!« Ich schlag die Augen auf und brauch einen Moment, um mich zu orientieren. Das Geräusch kam von der Wohnung über mir. Vielleicht ist mein Nachbar Hattler umgekippt. Schlaganfall oder ausgerutscht. Einen Moment lang habe ich vor Augen, wie der Alte noch Tage wie eine hilflose Schildkröte auf dem Rücken in seiner Bude liegen wird und vergammelt. Kurz vor dem Verdursten käme ich vorbei und stellte ein Schälchen Wasser in seiner Nähe auf den Boden. Nette kleine Phantasie. Realistischer ist, dass er beim Power-Boxen den Sandsack aus der Halterung gedroschen hat.

Es ist jedenfalls Morgen. Draußen schilpt und zwitschert es, als würden die beknackten Vögel für DSDS üben, und zwei Kleinkinder heulen stereo direkt unter meinem Fenster. Mir fehlen Schokoriegel auf der Fensterbank, die könnte ich bei solchen Gelegenheiten rauswerfen. Bei fremden Kindern gilt die Regel: Besser dick als laut.

Ich muss geschlafen haben wie ein Toter. Traumlos. Noch vor dem Kaffee grapsch ich mir mein Handy. Kurz vor neun – Daniela is not available. Scheiße, das kann alles bedeuten. Muss ich mir Sorgen machen?

Ich fühl mich verbeult an, als hätte Jurek nicht Stani, sondern mir die Fresse poliert. Mich schmerzen verborgene Stellen am Körper, von denen ich nie geahnt hatte, dass sie wehtun können. Im Spiegel seh ich, dass sich über meinen Rippen die Haut hübsch bunt gefärbt hat. Ich hab einen persönlichen Regenbogen. Danke dafür, Edgar, du bist ein wahrer Künstler. Was ich an Schmerztabletten auftreiben kann, werf ich ein.

Unter der Dusche fällt mir ein, dass es an der Zeit ist, meine Karre zu wechseln. Im Pritschenwagen kann ich meine Songs nicht spielen, und er ist auf Dauer auffälliger als mein alter LeBaron. Versifft wie der ist, passt er sich grauem Asphalt an wie ein Chamäleon.

Ich bin zu schlapp, um mir wegen Verfolgern Gedanken zu machen. Soll jeder heute sein Süppchen kochen, wie er mag. Im Radio läuft Abba, als ich nach Kaffee, Banane und kleinem Tütchen zu meinem Onkel cruise. »The Winner Takes It All«. Na gut, das geht wenigstens als Tagesmotto durch.

»Hab schon auf dich gewartet«, meint Seba, kaum bin ich auf den Hof getuckert und aus dem Auto gestiegen.

Er baut sich vor mir auf und mustert mich.

»Ist deine Bluse in der Wäsche?«, will er wissen.

»Wenn du wüsstest, wie ich mich innerlich fühle …«

Dabei hab ich einen frisch gewaschenen Adidas-Hoodie an, und die Levi's ist beinahe neu. Das hat Gründe. Wenn ich in abgerissenen Klamotten zu ihm komme, seh ich immer eine gewisse Befriedigung in seinen Augen, frei nach dem Motto: Siehst du, würdest du bei mir schrauben …

Jetzt zieht er seine Brauen zusammen, schaut nach Gewitter aus. Darauf war ich gefasst.

»Über die Aktion mit dem Pritschenwagen reden wir ein anderes Mal. Das war riesengroße Scheiße, aber –«

»Nicht größer als mein Stress«, unterbrech ich ihn.

Seba verstummt, nickt und legt mir seine Hand auf die Schulter. Plötzlich grinst er und hält mir mit der anderen Hand eine kleine Metallbox unter die Nase. Sieht aus wie ein Zippo.

»Was ist das?«, frag ich.

»Hat unter deiner Mühle geklebt. Ein Sender. Ich dachte, du hast das Ölleck gefunden. Deine Karre hat gesifft wie ein Säugling ohne Windel. Wir schaffen sie auf die Bühne und finden das da. Wen auch immer du gerade anpinkelst, der Strahl geht voll in die Visage. 'ne kleine Nummer scheint das nicht zu sein. Da gibt sich jemand Mühe.«

Spontan fallen mir vier Leute ein, denen ich so etwas zutraue. Thyla, Stani, Igor und Bruckner. Was zum Teufel konnten sie damit anfangen, dass sie immer wussten, wohin ich reite? Mein Hirn ist zu müde, um alles zu rekonstruieren. Ich führe ja kein Buch. Bei Thyla war ich mit dem Pritschenwagen. Da hätte sie mir einen Sender angehängt, wenn sie gewollt hätte. Igor und Stani wäre es zuzutrauen. Würde Sinn machen, dafür zu sorgen, dass Igor mich nicht verlieren kann. Und Bruckner? Das wäre mein personal enemy number one. Den ersten Platz hat er sich redlich erkämpft. Möglicherweise hat der Pauli abgefertigt. Schließlich wusste er durch seinen Spitzel Igor mehr als genug. Dazu fähig wäre der Scheißkerl auf jeden Fall. Der geht über Leichen wie andere über ihren Teppichboden. Bleibt zu hoffen, dass der durchgeknallte Pole auf dem Weg ist, mir das Bruckner-Problem final vom Hals zu schaffen.

Mein Onkel befestigt den Sender am Pritschenwagen.

»Kann nicht schaden, oder?«, meint er und zwinkert mir zu. »Bis morgen lass ich das Ding dran, dann mach ich Schrott draus.«

»Okay«, sag ich. »Läuft meine Karre?«

»Sicher – falls du mal tankst.«

Ich lass den Chrysler an und such mir »Rock The Casbah«. Laut Seba war das einer der Lieblingssongs meiner Mutter, und ich hab mir alles von The Clash besorgt, was aufzutreiben war. Diesmal dreht sich mein Onkel um und geht sofort in den Trailer, als ich abrausche. Besser ist das, als dass ich mir seine kummervolle Miene reinziehen muss.

Noch im Auto versuch ich es erneut bei Daniela. Wieder nichts. Ich beschließe, nach Hause zu fahren und abzuwarten. Mit einem Pfeifchen und etwas Kaffee könnte ich versuchen, mich mit dem Tag anzufreunden.

Bei einer Apotheke halte ich an und besorge mir eine Chemiesalbe gegen Edgars Fußabdrücke. Zurück im Wagen verteil ich sie großflächig, bevor es ab zum Piusplatz geht.

Mit besserer Laune spring ich die Treppen nach oben, pfeife die »Jimmy Jazz«-Melodie von The Clash und stoß meine Tür auf.

Etwas Großes wirft seinen Schatten auf mich. Direkt vor mir steht ein glatzköpfiger Schrank im schwarzen Anzug und starrt mir in die Augen.

»Fühl dich wie zu Hause«, sag ich und versuch, an ihm vorbeizulinsen. »Ich kann dir leider nichts anbieten – war noch nicht im Penny.«

In meinem Sessel fläzt Nummer zwei. Er ist halb so groß wie mein Gegenüber. Ein Gorilla und ein Rhesusäffchen?

Beide haben sorgfältig barbierte Fressen mit zackigen Mustern in der Bartwolle und tragen Sonnenbrillen. Das Äffchen ziert ein Hemd mit Blumenmuster, als wär es frisch aus Honolulu eingeflogen. Für mich hätte der Typ sich nicht in Schale werfen müssen.

Gorilla schweigt und verbaut mir den Weg. Killen wollen sie mich nicht, sonst wäre der Spaß längst vorbei. Wer zum Geier hat mir diesen Zoo geschickt? Nach Eigeninitiative sehen die nicht aus.

»Stani schickt uns«, beantwortet das Blumenäffchen aus meinem Sessel heraus meine stille Frage. »Wir wollen wissen, wo das Arschloch ist.«

Ich brauch einen Moment, bevor mir die Botschaft ins Hirn einsickert.

»Meins oder eures?«, frag ich. »Ihr habt bestimmt schon lange gesucht.«

»Was redeste für'n Scheiß? Der Vollpfosten, der sich im Miez aufgespielt hat, wo is er?«

Gorilla macht einen halben Schritt zur Seite, und ich schieb mich an ihm vorbei in die Mitte meines Zimmers.

»Wie sollt ihr fragen?«, wend ich mich ans Äffchen. »Auf die ganz Harte?«

Der Typ überprüft, ob seine Fingernägel perfekt manikürt sind, bevor er mir einen Blick zuwirft.

»Stani hat gesagt, du weißt es, also mach einfach das Maul auf. Wir wollen nicht grob werden.«

In Zeitlupe bewege ich die Hand zu meiner Hosentasche und zieh mit zwei Fingern mein Handy hervor.

»Niemand von uns will grob werden. Ich ruf Stani an«, sage ich.

Der Kleine kratzt sich am Kopf. »Stani hat gemeint, du sollst ihn nur anrufen, wenn du ihm die Adresse sagen willst. Sonst …«

Der Gorilla macht einen Schritt auf mich zu. Das war sein Stichwort.

Ich steck das Handy weg und wende mich zu ihm um. Wenn ich einen tumben Totschläger malen müsste, käme sein Porträt dabei raus. Jeder würde ihn so malen. Als gäb es einen Fertigbaukasten bei Obi: Bastle dir einen Gewalttäter für zu Hause. Lohnt es sich, für Jurek aufs Maul zu kriegen? Wenn Stani ihn frittiert, bevor er Bruckner an den Hals gehen konnte, war mein Besuch bei ihm gestern Nacht eine Luftnummer.

Glatzkopf macht einen Schritt und baut sich dicht vor mir auf. Die Schultern nach vorn, hängende Arme, das Gesicht so leer wie mein Kühlschrank, aber der ist garantiert gescheiter.

Ich kann seinen Atem riechen. Er hat sich bereits sein Morgenbier reingepfiffen. Mir ist sonnenklar, dass dieses Urvieh sich mit Gewalt auskennt, das war sein Muttermilchersatz. Und deshalb ahnt er, dass ich meine Optionen durchgeh.

»Probier's nicht«, kommt seine Warnung. Er kann also so etwas wie sprechen.

Stille. Keiner von uns rührt sich mehr. Mein Mund wird trocken. Auf meiner Haut tanzen tausend Ameisen Squaredance. Bleib fluffig, Samson, der Gorilla hat die besseren Karten. Überraschungsmoment fällt aus. Wenn ich mich auf ihn konzentriere, macht mich Äffchen von hinten fertig. Die beiden haben mich da, wo sie mich haben wollten. Scheißspiel. Keine Chance. Tut mir leid, Jurek, aber ich häng an meinen Knochen, auch an den klitzekleinen.

»Also gut«, lenk ich ein, »ich geb euch die Adresse.«

»Geht doch«, meint Äffchen fröhlich. »Stani war sich sicher, du wirst ihn nicht enttäuschen.«

Die neugierige Visage meines Nachbarn Hattler erscheint im Türrahmen.

»Was gibt's zu glotzen, Hattler? Das ist ein Privatkrieg«, ruf ich ihm zu.

Der Gorilla dreht sich erstaunlich gewandt um.

»Früher gab's weniger Gesocks hier«, meint Hattler, ihn nicht beachtend. »Und alle kommen s' zu Ihnen.«

»Verpiss dich, ey, alter Sack«, fährt ihn der Riese an.

»Gesocks sag ich. Grattler, stinkige. Schau dich mal an! Du depperter Aff gehörst doch in den Tierpark.«

Hebt die Gläser – es kommt nicht oft vor, dass der Alte und ich einer Meinung sind.

Was man über Hattler wissen sollte, ist Folgendes: Er ist ein Tier und hat schwarze Gürtel, Mehrzahl. Und er war bei den Fallschirmspringern, Hauptfeldwebel. Er hält sich fit mit israelischem Streetfight-Gefrickel, um da zu sein, wenn »es« losgeht. Und es wird losgehen, da ist er sich sicher. Wenn wir Beef haben, also täglich, achten wir auf die rote Linie. Keiner trampelt drüber hinweg, geht bis zum Äußersten. Schließlich teilen wir dasselbe Schicksal, wir sitzen in diesem Haus fest. Das verbindet.

Der Glatzkopf ahnt davon nichts, sonst würde er nicht auf Hattler losstürzen, als gäbe es kein Morgen.

»Ich schwör's, du willst auf die Fresse, du Hurensohn.«

Nein, das will Hattler nicht. Lässig geht er in Position. Mit Bruce-Lee-Geste winkt er den Riesen zu sich.

King Kong holt aus, um ihm die Nase durch den Schädel zu hämmern, aber es bleibt bei der dummen Idee.

Wie Hattler den Typen abledert, hat Klasse. Es knackt fies, als der Unterarm bricht, und der Schrei hallt durchs Treppenhaus, als wäre ein panischer Papagei unterwegs. Hattlers Fäuste prasseln auf den Gorilla ein – in affenartiger Geschwindigkeit. Noch ein, zwei Kicks, bis die Kniescheibe knackt, das war's. Dass er seinem Opfer volle Pulle in die Nieren tritt, als es wehrlos ist, lässt Rhesusäffchen rotsehen. Der Kleine katapultiert sich aus meinem Sessel. Offenbar hält er sich für einen Krieger, mit gezücktem Teppichmesser reckt er die schmale Brust. Sein Kumpan krümmt sich mittlerweile auf dem Boden und winselt sich einen Wolf.

Ich trete einen Schritt zur Seite, damit ich niemandem im Weg steh, und geb mir die Darbietung.

»Ich mach dich tot, du …!«, blökt der Kleine. Er durchschneidet ein paarmal mit dem Messer die Luft und tänzelt sich geschmeidig an Hattler heran. Flink auf den Füßen ist er, aber nicht flink genug.

Alles geht blitzschnell.

Der Alte schnappt ihn sich, knickt ihm das Handgelenk, sticht ihm zwei Finger in die Augen, klopft ihm die Eier weich, kugelt ihm den Arm aus und bricht ihm das Nasenbein. Hab ich was vergessen?

»Ist das alles, was ihr draufhabt, ihr verlaustes Dreckspack?«, keucht er und trampelt dem liegenden Äffchen zum Finale mit seinen Combat-Boots böse auf den Klöten herum. Ich zucke zusammen. Das Zuschauen schmerzt, und es zieht zwischen meinen Schenkeln. Immerhin ist Hattler außer Atem.

Der Kleine brüllt sämtliche Qualen heraus und rollt sich, weg von seinem Peiniger, quer durch den Hausgang.

»Hoh, Brauner«, misch ich mich ein, »lassen Sie es gut sein, Hattler. Die bluten eh schon die Treppe voll. Das ist 'ne Sauerei.« Ich rühr mich sicherheitshalber nicht vom Fleck. Berserkern im Blutrausch solltest du kein Ziel anbieten.

»In fünf Minuten seid ihr weg«, knurrt er seinen Opfern zu, »oder ich schmeiß euch die Treppe runter und Sie mit, Simek. Wischen Sie es auf!«

»Jawohl!«, belle ich salutierend. »Mit meiner Zunge, Herr Feldmarschall!«

Hattler nimmt seine Mülltüte und stapft die Treppen hinunter, ohne ein weiteres Wort an mich zu verschwenden. Und ich muss zusammenkehren.

Einer der beiden ist groggy, der andere kann nicht allein aufstehen. Mein Blick fällt auf das Teppichmesser. Ich hätte Lust, Stani einen Satz Ohren zu schicken. Stattdessen zück ich mein Smartphone und ruf ihn an.

»Hab schon auf deinen Anruf gewartet«, sagt er.

»Wieso schickst du mir diese Loser vorbei?«

»Selbst schuld, ich will diesen Macker.«

Ich bück mich zum Äffchen und halt ihm das Handy vor die Schnauze.

Der Typ kann kaum sprechen, für einen gekeuchten Satz reicht es gerade.

Ich reiß ihm das Smartphone weg und stampf ihm mit dem Absatz auf die Finger. Es knackt unter meinem Schuh. Das »Aah!« ist ein perfekter Soundtrack.

»Selbst schuld!«, schreie ich in den Lautsprecher. »Und jetzt schreib mit: Ich weiß nicht, wo der Kerl sich rumtreibt. Dreh dich um, vielleicht steht er hinter dir.«

»Samson, du Huren…«

Ich bin auf hundertachtzig und drück ihn weg. So ein Narr. Ich hab mich von seinem Gelaber einlullen lassen. Blaue Fische, Löwen, was für ein Schwachsinn! Stani bleibt Stani. Von innen schmeiß ich die Tür zu und stell meinen Sessel davor. Später fällt die Haustür ins Schloss. Stanis Personal ist Secondhandware. Ich hätte nie gedacht, dass ich Hattler einmal dankbar sein würde. Dabei könnte er mir dankbar sein. Endlich konnte er losprügeln, anstatt für den Ernstfall zu trainieren.

Letzten Herbst, im Starkbierrausch, als ich Hattler die Treppen hochschleifen musste, hat er verraten, dass sie ihm einen Verdienstorden angesteckt haben, lange bevor er in dieses Loch einziehen musste. Er war an der Befreiung zweier harmloser deutscher Bergbauingenieure im Taka-Tuka-Land oder so ähnlich beteiligt. Wahrscheinlich hat er sie aus dem Kochtopf eines grimmigen Stammes gezogen, dem unser Fortschritt am Arsch vorbeiging oder ihn selbigen gekostet hat. Danach konnten die wenigen Überlebenden »Heckler & Koch« buchstabieren. Das kann eh die halbe Welt im Schlaf. Ja, der Hattler war gründlich beim Aufräumen.

Wo wir gerade beim Aufräumen sind: Ja, seine braune Brühe stinkt. Klar, bei ihm läuft's nicht flüssig, und er braucht jemanden, dem er die Schuld an seinem dicken Hals anhexen kann. Gibt ja immer wen, such es dir aus. Manche werfen Pillen ein, Hattler quatscht von »früher«. Das scheint ähnlich reinzuhauen.

Ich hab ihm gesagt, dass mein Ur-Onkel im KZ gesessen hat und ich darauf pfeif, was einer glaubt, woher er kommt und warum. Jeder wird verdammt gute Gründe haben. Einen Punkt kapier ich nie: Warum benützt niemand den Restgrips und sagt: »Ich versteh dich, Digga, woher du auch bist, uns geht's beiden erbärmlich. Los, lass uns das zusammen ändern. Wird Zeit, die Geldsäcke ordentlich zu melken.«

Klar, du könntest anmerken, ein mickriger Krimineller soll nicht labern wie Robin Hood, aber dass manche mehr Kohle geiern, als sie je verprassen können, damit kenn ich mich aus – und da wäre Erleichtern angesagt.

Apropos Kohle, Ur-Onkelchen war als BVler eingesperrt. Er trug den grünen Winkel, also Berufsverbrecher, und verdiente seine Brötchen in der Falschgeldbranche. Sie hätten ihn nie gezwickt, wenn er nicht seine Verlobte betrogen hätte. Eifersucht ist hartes Brot, aber das ist eine andere Baustelle.

Ich mach mir meine letzte Cola auf und schau aus dem Fenster. Rosi war nicht zu erreichen, ist sie auf dem Weg ins Paradies all inclusive? Daniela erwische ich auch nicht, und ich frage mich, ob sie mich nicht gestern vom Flughafen aus angerufen hat. Ist sie, mit Herrn Zierl im Schlepptau, samt dem da Vinci in der Südsee, trägt Blumenkränze und lacht sich schief über den bekloppten Samson? Das bunte Hemd des Äffchens hat meine Phantasie angeheizt, das bekommt mir nicht.

Ich steck mir mein Feinwerkzeugset ein und mach mich auf den Weg. Zeit nachzusehen. Diesmal kann ich auf Beschattung verzichten. Ich geh durch den Keller über den Ausgang zum Innenhof nach draußen. Nicht die große Masche, aber ein Anfang.

Von Edgar, Bruckner oder anderen Gestalten ist nichts zu sehen. Das muss nichts bedeuten. Ich muss auf Nummer sicher gehen. Thyla könnte, statt Edgar, ein paar ihrer Jungs auf meine Fährte setzen. Damit sie live mitbekommt, wie ich das Bild zu fassen kriege. Wenn sie wüsste, wie weit ich davon entfernt bin … Oh Mann!

Über die Wiese trab ich zum Nachbarblock und steig über die Kellertreppe wieder ins Gebäude. Ein paar Minuten heißt es warten, bevor ich meine Nase rausstrecke. Falls jemand den Eingang beobachten würde, hätte ich von hier aus den besten Überblick.

Nichts. Ich marschier bis zur nächsten Baumgruppe und warte. Es stinkt nach Hundekacke. Klar. Weiter vorn, bei zwei Bänken, kann ich eine Bewegung ausmachen.

Eine Gestalt, ganz in Schwarz, die Hoodie-Kapuze ins Gesicht gezogen, verharrt da. Der Rücken ist gebeugt, als gäb es im Gras etwas Interessantes zu beobachten. Biologe ist der Typ bestimmt nicht. Er scheint mich noch nicht bemerkt zu haben. Könnte alles sein. Vom wohnungslosen Süffel bis zu einem meiner Schatten. Ich will es wissen und marschier auf ihn zu. Jetzt kommt Bewegung in die Sache. Er richtet sich auf, dreht sich um und sprintet davon. Ihm nachzuhecheln macht keinen Sinn. Als ich bei der Bank angekommen bin, trete ich beinahe in frisch ausgekotztes Frühstück. War kein Verfolger, eher eine arme Haut, die Angst um ihr Dope hatte. Wir führen beide unseren Verfolgungswahn Gassi.

Ich lauf über die Wiese zur U-Bahn-Station und versuch dabei, rundum alles im Blick zu haben. Wenn mein Schatten gerissen wäre, würde er dort auf mich warten, nachdem ich nicht zu meinem Auto gegangen bin. Aber außer lärmenden Jugendlichen ist hier tote Hose. Ich steig in die nächste Bahn und atme auf.

Kaum bin ich in der Kafkastraße angelangt, erreicht mich Danielas Anruf. Sie sei zu Hause und alles in Ordnung. Sie klingt euphorisch.

»Ich hab's!«, plärrt sie mir ins Ohr. »Yes!«

Immerhin. Ohne die Skizze in meiner Hand ist der Handyfilm nicht nützlich, aber ich versprech ihr, sofort vorbeizukommen. »Sofort« bedeutet jetzt, weil ich vor ihrer Wohnungstür stehe.

»Komm rein«, sagt sie und geht voraus ins Wohnzimmer. Wir machen es uns auf der Couch gemütlich. Ich leg die Füße auf den Tisch, Fernsehen ist angesagt.

Sie zückt ihr Smartphone. »Ich hab seine Speicherkarte drin. Drei, zwei, eins, meins. Funktioniert.«

»Yes! Wie hast du das gemacht?«

Daniela grinst mich an.

»Da gibt es ein Café am Marktplatz. Wie ich da vorbeifahre, seh ich draußen zwei Typen sitzen. Einer war deine Transe. Ich setz mich an den Nebentisch und mach auf Langeweile. Nehme immer wieder Blickkontakt auf. Dein Ladyboy registriert mich gar nicht, der steht wohl auf Jungs, aber der andere winkt und lächelt und alles. Er quatscht mich an und zack, bin ich bei ihnen am Tisch. Es ist nett, und wir trinken Prosecco. Weil die Bedienung nicht aufschlägt, geh ich rein, besorg uns drei Latte an der Theke – und tu ihnen was ins Glas.«

»Was?«

»'ne Freundin von mir, die Samantha, ist Altenpflegehelferin. Von der hatte ich das heftigste Zeugs, das sie zum Ruhigstellen nehmen.«

»Du hast sie plattgemacht?«

»Klar. Die waren megafertig.«

»Woher wusstest du, wie viel du nehmen musst?«

»Samantha hat gemeint, ein paar Tropfen genügen.« Daniela winkt ab und smiled. »War mir egal, ich hab alles reingehauen, was ich hatte, damit es richtig abgeht.«

»Was hast du dieser Samantha gesagt?«

»Irgendwas von 'nem Volldeppen von Ex, dem ich was heimzahlen will. Ihr Mann hat sie gerade wegen einer jungen Bitch verlassen, die fand das mega.« Sie grinst mich an. »So, und jetzt mach die Augen zu.«

»Ist es ein Hörspiel, oder was?«

»Überraschung.«

Ich tu ihr den Gefallen und spüre, wie sie an meinem Handgelenk rumfummelt. Fesseln? Falscher Zeitpunkt. Später gern.

Als ich die Äuglein aufschlage, trage ich eine Uhr.

»Das ist eine Smartwatch, Edelstahlgehäuse«, erläutert mir Daniela.

»Sag nicht, die hast du dem Ladyboy geklaut?« Ich nehm das Teil ab und betrachte es.

Sie nickt. Guter Gott!

»Oh, danke. Und was kann die so? Puls, Blutdruck, GPS, sprechen und meinen Standort an sein iPhone schicken?«

Daniela greift sich an den Kopf. »Oh Scheiße, Samson, ich blöde Kuh!«

»Nicht tragisch«, mein ich, »Wille zählt.«

Ich schieb mir das Teil in die Hosentasche. Die Uhr schien aus zu sein, was bei den Teilen aber nichts bedeutet. Ich lass sie nicht bei Daniela. Ich kenne einen Typen, der kann sämtliche Fabrikate entschärfen und ummodeln, aber tragen werd ich sie nicht. Wer braucht eine Uhr, die spioniert? Man könnte sie höchstens als Lügendetektor nutzen.

Sie schüttelt den Kopf. »Ich blöde –«

Ich leg ihr meinen Arm um.

»Vergiss es, lass lieber sehen, was wir haben, Xenia.«

Sie räuspert sich und schaut mich mit schmalen Augen an. »Der Boss von diesen Typen ist eine Frau. Sie haben es mir erzählt. Ist sie hübsch? Was hast du mit der zu tun?«

»Alte Geschichte. Die Frau kann nützlich sein, wenn man sie unter Kontrolle hat. Aber sie ist gefährlich.«

»Hast du sie gevögelt?«

»Nein. Ich hab mal für sie gearbeitet, in Thailand.«

»Hast du für sie Leute umgebracht?«

»Eher angelockt.«

»Du kannst sagen, wenn es so war. Hey, ich bin tolerant.«

»Frag nie nach der ganzen Wahrheit, wenn du Gangsterbraut werden willst.«

»Bin ich doch schon, oder?«

Die Geschichte stimmt so nicht. Es gab abends mal eine Party am Strand. Das war nach dieser Stadtrundfahrt mit Thyla und dem Unglücksvogel im Van. Thyla stand unter Strom, wir haben jede Menge Mist eingeworfen und getrunken und es die Nacht über getrieben. Mit von der Partie waren noch eines ihrer Girls und ein Holländer namens Jap. Ab und zu ist einer von uns eingenickt, und die anderen drei haben sich weiter vergnügt. Einzelheiten spuckt mein Hirn nicht mehr aus.

Kaum kam der Morgen, war Thyla wie immer, so als wäre nichts passiert. Sugar, tu dies, Sugar, tu das. Es blieb dabei, bis ich aus Phuket abgereist bin. Ende der Story. Da gibt es nichts, was Daniela wissen müsste, außerdem bin ich aus der Übung, die Wahrheit zu beichten.

Danielas Finger wischen über das Display. Ich will es ihr aus der Hand nehmen, aber sie zieht es an ihre Brust. »Ich will mitschauen.«

»Bist du sicher?«

»Ich hab die Filme schließlich besorgt.«

»Okay, mach den Ton weg.«

»Wieso?«

»Ich hab gesagt, ohne Ton.«

Der erste Film läuft.

»Was macht der da?«

»Er tanzt.«

»Wer hat das aufgenommen?«

»Er selbst. Siehst du, die Bilder wackeln nicht. Er hat das Smartphone irgendwo hingestellt. Stativ oder so.«

»Hey, er strippt!«

»Nächster Film – ich will seinen Dödel nicht sehen.«

»Hey, komm schon.«

»Nächster Film!«

»Jetzt siehst du doch noch seinen Dödel, in Nahaufnahme.«

»Super – mach weiter.«

»Scheiße, was hat er da in der Hand?«

»Ein Zippo.«

»Er hält es jemandem an die …«

»So what? Ich kenn die Murmeln nicht persönlich.«

»Krass – hilft uns das nicht?«

»Ich seh kein Gesicht. Also nein.«

»Aber das ist echt heftig! Mach mal den Ton an – ich will wissen, ob der schreit.«

»Nein, lass es – vielleicht haben sie Spaß dabei. Mach den nächsten Film auf.«

»Du hast so was bestimmt auch schon gemacht.«

»Ich hab nicht mal ein Zippo. Warte!«

»Oh Mann, Scheiße!«

»Das ist unser Movie.«

Wir beugen uns synchron nach vorn. Volltreffer!

Da ist seine Visage in Großaufnahme. Der Typ ist definitiv

vollgepumpt mit Crystal oder ähnlichen Glückspillen. Augen weit aufgerissen, hyperaktiv, Schweiß glänzt auf der Stirn.

Er stellt die Kamera auf und richtet sie aus.

Im Hintergrund sieht man Igor am Boden knien. Die Hände sind auf dem Rücken verschnürt, ein Seil spannt sich von den Handgelenken zu den Fußknöcheln. Ich kenn die Technik.

Der Ladyboy geht hüftwackelnd auf ihn zu. Er trägt nur seinen Sarong um die Hüfte, dazu Latexhandschuhe. In der Hand hält er einen Revolver. Ich schnapp nach Luft – sieht aus wie meine russische Antiquität. Das darf nicht wahr sein. Dieses raffinierte Miststück! Jetzt weiß ich, wer meine Bude verwüstet hat! Thyla wollte auf Nummer sicher gehen, und die Waffe war ein praktischer Zufallsfund. Damit hat sie mich in der Hand. Fingerabdrücke und alles. Darum sollte der tote Igor gefunden werden. Zur Not hätten sie wahrscheinlich meinen Gurkenschäler benutzt, um ihn kaltzumachen.

Ladyboy stellt sich in Position, blickt kurz in die Kamera. Er unterhält sich mit Igor, tritt nah vor ihn. Stanis Major hat tatsächlich dessen Möpse vor Augen, der Freak hat nicht gelogen.

Igor schüttelt den Kopf, zerrt an seinen Fesseln. Der Ladyboy nickt und liebkost den Pistolenlauf. Er bringt sich richtig in Stimmung. Gerade hat er wohl seinem Opfer verklickert, dass er ihm die Kerze ausblasen wird. Eine Weile sieht er grinsend zu, wie Igor strampelt und sich aufbäumt, bevor er ihm einen Plastiksack über den Kopf stülpt.

Der Ladyboy stellt sich so, dass die Kamera ihn frontal aufnimmt, drückt Igor den Lauf an den Schädel, und »peng«, schon hat die Plastiktüte vorn und hinten ein Loch. Keine große Geste, eher beiläufig, als würde er sich ein Brot schmieren oder die Schuhe binden.

Der Russe hatte mich nicht beschissen. Der Revolver funktionierte picobello.

Igor sackt zusammen. Der Typ beugt sich über ihn, drückt noch zweimal ab. Eine Blutlache bildet sich auf dem Boden. Unser Ladyboy kommt zähnebleckend auf die Kamera zu, greift sich in den Schritt, macht das Victory-Zeichen und schaltet ab.

»Boah«, stößt Daniela hervor, »warum filmt er sich dabei?«

»Für den Heimkinoabend, weil es ihn mächtig antörnt oder er seinen Kumpels einen stinknormalen Arbeitstag im Büro zeigen will – such dir was aus. Wahrscheinlich alles drei. Was kann ihm passieren? Falls er in der Klemme sitzt, schafft ihn seine Chefin ruckzuck nach Bangkok, und er taucht spurlos unter.«

»Abgefahren ist das! Einfach abgeknallt. Ich will es noch mal sehen, mit Ton.«

»Ich nicht. Du hast echt 'ne perverse Ader.«

»Na und? Soll ich dir was sagen? Heute Vormittag hab ich mir gedacht, wenn die Schnitte auf Frauen abfährt ... why not? Ich hatte noch nie 'nen Kerl mit Möpsen. Und, schockiert?«

»Wenn du willst, arrangier ich was.«

Sie runzelt die Stirn, boxt mir an die Schulter und legt das Smartphone beiseite.

»Und, nützt es uns?«

»You are so beautiful«, sing ich, zieh sie zu mir und küss sie auf die Wange.

»Ja, und wie«, sag ich dann und muss schmunzeln. »Da hat jemand sich verzockt. Sie haben den Toten gerade aus der Isar gefischt – und, Süße, wir allein könnten jedem zeigen, wie es passiert ist. Wenn wir wollten ... Bull's Eye!«

»Und wem zeigen wir es?«

»Abwarten. Das muss reifen wie ein Käse.«

»Bis es stinkt?«

»Ja, genau. Bis es zum Himmel stinkt.«

Daniela kuschelt sich zu mir. Wir schweigen, und jeder hängt seinen Gedanken nach. Fehlt das Knabberzeugs und die Fernbedienung. Ich such mir 'nen ruhigen Song auf dem Smartphone. Zu Pearl Jams »Crazy Mary« schließ ich die Augen und versuch, meinen versauten Schädel auszulüften, die Bilder zu verscheuchen. Gelingt nicht, es sind zu viele aufgestapelt.

Daniela hält meine Hand fest, ihr Kopf ruht auf meiner Brust. Sie atmet ruhig. Wir leben noch, und ich werde gewaltig aufpassen müssen, dass es so bleibt. Ich darf mich jetzt nicht bewegen, lausche nur, sonst würd sich der Moment vielleicht verzupfen, und ich könnt ihn nie mehr einholen.

Später schieb ich mir die Speicherkarte in die Hosentasche. Meine Lebensversicherung, falls Thyla beschließen sollte, den Revolver den Bullen zuzuspielen.

»Die Rache ist mein, sagt der Herr«, den Bibelspruch kenn ich aus einem alten Mafiafilm. Ich hab mit Sühne nichts am Hut, als Richter wäre ich eine Null. Keine Ahnung, ob Igor so ein Finale verdient hat, aber wenn du mit den Haien schwimmst, solltest du das größte Gebiss oder flinke Flossen haben. Das hat er gewusst. Und die kleine Eva aus Polen war ihm schnuppe.

SECHZEHN

Daniela hat das Buch jedenfalls nicht in Händen gehabt. Ich fass mich kurz, bevor ich ihr reinen Wein einschenke. Nicht das ganze Glas voll, den komplizierten Part mit Stani, Thyla und Edgar lass ich weg. Nur, dass Pauli bei einem Hotelbruch eine Da-Vinci-Skizze abgestaubt hat und die, oder ein Hinweis darauf, im Buch aus der Bibliothek gewesen sein könnte, sag ich ihr. Und dass die Skizze futsch ist, das Buch ohne Hinweis und ein, zwei Gangstergrößen und korrupte Bullen nach dem Bild suchen.

Mit denen müssten wir uns anlegen. Daniela hört sich mit offenem Mund die Geschichte an.

Wir machen uns auf zu ihrem Nachbarn.

»Wenn Zierl die Skizze aus der Bücherei gemopst hat, besorg ich mir ein Zippo«, meint Daniela. »Ich schwör's dir, der sagt uns alles.«

»Alles« trau ich der Frau jederzeit zu, es ist Xenia, die willst du nicht zum Feind haben.

Zierl macht uns sofort auf. Da ist nicht die Spur von Erschrecken in seinem Gesicht, nur freudige Neugier.

Ich seh eine Katze durch den Flur huschen. Jetzt weiß ich, wen ich das letzte Mal gehört habe, als ich vor seiner Tür stand und dachte, er wolle nicht aufmachen.

Er bittet uns in sein Wohnzimmer. Auf dem Tisch liegen aufgeschlagene Alben. Briefmarken. Mir ist klar, dass Zierl das Bild nicht hat. Wer beschäftigt sich mit seinen dämlichen Marken, nachdem er eine Fünfzehn-Millionen-Skizze abgestaubt hat?

Der Mann stellt uns Butterkekse hin. Die Katze springt auf meinen Schoß, und ich kraul ihr den Hals. Sie macht es sich bequem und schnurrt.

»Minzi«, meint Zierl.

»Was?«

»Die Katze. Sie heißt Minzi. Ich hatte zwei Schwestern, die andere, Maunzi, ist vor Kurzem gestorben.«

»Tja, gestorben ist schnell mal«, sag ich in Gedenken an Igor und fahr Minzi mit den Fingern durchs Fell. Daniela zieht die Stirn in Falten und stupst mich an.

Zierl nickt und deutet auf ein gerahmtes Bild hinter ihm an der Wand, auf dem zwei Katzen zu sehen sind. Schön bunt, erinnert an Malen nach Zahlen.

»Hat mein Neffe gemacht«, sagt der Alte nicht ohne Stolz in der Stimme.

»Schade, dass es nicht von da Vinci ist«, bemerkt Daniela.

Ordentlich, sauber und aufgeräumt schaut Zierls Bude aus. Wie aus einem bejahrten Möbelkatalog. Wohnwand, dunkle Eiche, Glasvasen mit Plastikrosen auf weißem Häkeldeckchen und ähnlicher Schnickschnack. Erwartest du in dieser Ecke nicht, hat Parallelen zu Rosis Behausung. Der Fernseher allerdings ist eine mickrige Röhrenantiquität, bestimmt ein Unikat im Stadtteil.

Zierl nippt von seinem Tee und lächelt. Offenbar regt ihn Besuch an. Mich regt er meistens auf.

Während er die Alben wegräumt, erzählt er, dass er früher bei der Deutschen Post war. Kleines Licht, dürftige Pension. Briefmarken seien seit jeher sein Ding gewesen.

Ein Postler, der Marken sammelt. Man sollte meinen, der hätte in der Freizeit die Faxen dicke. Stell dir vor, du bist Fischverkäufer und glotzt am Abend zu Hause den Guppys im Aquarium beim Flossenwackeln zu.

»Und wo ist die Blaue Mauritius?«, will ich wissen.

Er schüttelt tadelnd den Kopf. »Die Guiana One Cent ist sieben Millionen wert. Die Mauritius ist halt die bekannteste Marke.«

»Okay, zeig mal die One Cent, wo hast du die versteckt?«

Er steht auf und verstaut die Alben sorgfältig hinter den Glastüren seiner Wohnwand.

»Ich mach mir Sorgen um Rosi«, sagt er und setzt sich zu uns. »Ich kann sie nicht erreichen. Zu Haus scheint sie auch nicht zu sein.«

»Da sind wir schon zwei. Ich könnte nachschauen.«

»Nachschauen? Wie meinen Sie das?«

»Ihr passt auf, und ich geh in die Wohnung.«

»Sie wollen einbrechen?«

»Nachschauen. Vielleicht ist ihr was passiert.«

Zierl stemmt sich aus dem Sessel. Das war das Zauberwort. »Wie wollen Sie vorgehen?«

»Vorgehen? Ach so, ja. Ihr bleibt im Hausgang. Es dauert maximal dreißig Sekunden, und ich bin drin. Falls jemand kommt, lenkt ihn ab. Das ist alles.«

Eine Minute später bin ich vor Rosis Wohnungstür und schlüpf in meine Handschuhe. Ich fummel gerade einen passenden Pick ins Schloss, da hör ich Getrappel und Stimmen auf der Treppe. Es scheint eine Gruppe Jugendlicher zu sein. Ich hops die Stufen nach unten und fall Daniela in die Arme, gerade als sie auftauchen. »Lassu reingehen«, lall ich. »Spaß ham!«

Daniela lacht auf. »Heut nicht«, sagt sie. »Du stinkst nach Schnaps.«

Die Meute lacht und feixt.

»Hey, Alda, schau dir den an« und »Der is fertig« und blablabla. »Ey, wie wär's mit mir?«, wirft der Alpha-Kevin Daniela zu und stellt seine tätowierten Muckis zur Schau.

»Wenn du volljährig bist«, gibt sie zurück.

Der Trupp schlappt nach oben, und ich warte ab, bis ich eine Tür ins Schloss fallen höre.

»Ganz großes Kino«, zisch ich Zierl zu, der stocksteif dasteht und vor sich hinschwitzt.

»Was hätt ich denn …«, setzt er an, aber da bin ich schon vor Rosis Tür.

Unter fünfzehn Sekunden, die Tür war nicht abgesperrt.

In der Wohnung ist es still.

»Rosi?«, ruft Zierl, der dicht hinter mir herschleicht. Er bekommt keine Antwort. Ich habe kein gutes Gefühl. Etwas flüstert mir, dass Rosi nicht einfach ausgeflogen ist. Nenn es Vorahnung. Straßenschuhe stehen zackig in Reih und Glied, und zwei Damenjacken hängen an der Garderobe. Es riecht anders, als ich die Bude in Erinnerung habe. Abgestandene, miefige Luft mit einer süßlichen Note.

»Wartet«, zische ich meinen Begleitern zu und öffne die Tür zum Wohnzimmer. Bevor ich im Zimmer bin, kann ich Paulis Witwe ausmachen. Sie sitzt in einem Sessel. Besser gesagt, ihre sterbliche Hülle.

»Oh Scheiße«, japst Daniela, die mir über die Schulter blickt.

Ich geh an der Leiche vorbei zum Fenster und reiß es auf. Rosi kann noch nicht lange tot sein, aber frische Luft ist dringend nötig.

Die Frau starrt ins Leere, und aus ihrem aufgerissenen Mund hängt eine blauschwarze Zunge. Kein erbaulicher Anblick.

»Nein«, stößt Zierl hervor. Ihm knicken die Knie ein.

Daniela packt ihn unter den Achseln und bugsiert ihn auf das Sofa.

Ich schau ihr forschend ins Gesicht. Ihr Besuch bei mir kommt mir in den Sinn und wie sie davon geredet hat, Rosi verschwinden zu lassen. Jetzt ist sie blass geworden und atmet schwer. Falls sie nicht die perfekte Schauspielerin ist, hat Xenia ihre Finger von Rosi gelassen. Das beruhigt mich. Ich werf einen Blick umher. Alles scheint an seinem Platz zu sein. Keine Unordnung. Falls Rosi nicht der Herzkasper ins Jenseits befördert hat – gesucht hat der Mörder offenbar nichts. Falls es Mord war …

Daniela ist inzwischen dicht an Rosis Körper herangetreten und mustert sie von oben bis unten.

»Schau«, meint sie und deutet auf die Arme der Toten. Um die Handgelenke ziehen sich rote Striemen. Ansonsten lässt sich nicht erkennen, woran die Frau gestorben ist.

»Also gut.« Ich seufze auf. »Rosi hat nicht einfach so den Löffel abgegeben. Da hat jemand nachgeholfen.«

Sie war gefesselt worden. Vielleicht gefoltert.

Im Buch aus der Bibliothek war nichts zu finden. Wenn man eins und eins zusammenzählt, ergibt es ein Bild. Jemand scheint die Geschichte mit der ISBN aus ihr herausgeholt zu haben und hat sie dabei umgebracht – beinahe spurlos. Weiß der Geier, wie.

»Das gibt's doch nicht«, jammert Zierl, »wer ermordet denn Rosi?«

»Jemand, der jetzt reich ist?«, schlag ich als Antwort vor.

Thyla kommt mir in den Sinn. Es wäre nicht nötig gewesen,

die Frau umzubringen. Verdammt! Der rote Faden geht mir verloren. Ich kann nicht nachdenken, bin bloß sauer. Wütend auf mich und dieses Chaos. Und mir schießt die Frage durch den Kopf, ob ich das ahnen hätte können. Musste Rosi sterben, weil du einen Fehler gemacht hast, Samson?

Ich treib die anderen aus der Wohnung. Wir müssen verschwinden.

»Wir können sie doch nicht hier sitzen lassen«, jammert Zierl.

»Was schlägst du vor?«, frag ich ihn. »Sollen wir uns auf die Couch setzen und auf die Cops warten?«

»Sie können nachher die Bullen rufen«, meldet sich Daniela zu Wort. »Sie sagen einfach, Sie machen sich große Sorgen, Rosi könne etwas passiert sein. Die kommen vorbei, die Tür ist aufgebrochen und sie finden die Leiche.«

»Oder lass einfach die Tür offen stehen, und es findet sie jemand, der reinschaut, um sie zu beklauen«, geb ich dazu.

Alles ist gesagt. Zehn Minuten später sitz ich in der U-Bahn. Ich brauche mein Auto, und ich muss zu meinem Onkel. Die Husqvarna neun Millimeter muss her. Dringend.

Seba hat mir keine Fragen gestellt. Mein Gesichtsausdruck war Antwort genug. Er hat mir die Pistole in die Hand gedrückt und genickt. Dass ich sie ihm persönlich wiederbringen soll, war seine Art, »Pass auf dich auf« zu sagen. Ich bin fix wieder vom Hof gezockelt, bevor sich die Angst in mir ausbreiten kann. Ja, ich will Alarm machen, ja, ich will Antworten, und ja, Thyla wird sie mir gefälligst geben. Immerhin hab ich den Film. Ob der mein Leben verlängert, wird sich herausstellen.

Mit der Knarre im Hosenbund fahr ich nach Grünwald. Thyla hätte Rosi nicht plattmachen müssen. Natürlich ist das unvernünftig, natürlich krieg ich Probleme, aber hey, was soll's? Die Skizze ist verschwunden. Ich hab nichts zu verlieren.

Den Chrysler stell ich vor Thylas Grundstück ab. Weiter vorn parkt Edgars Rostlaube. Da wären sie ja alle versammelt, meine schnuffigen Lieblinge.

Im Auto zieh ich die Waffe hervor und kontrollier das böse schwarze Ding. Geladen und bereit. Wie ich. Aber ich bleib sitzen. Nichts überstürzen, durchatmen. Thyla musste wissen, dass Igor Rosi befragt und ihre Bude auseinandergenommen hatte. Hatte sie tatsächlich auf ein totes Pferd gesetzt? Warum? Dachte sie, man könnte aus Paulis Witwe noch etwas herauswringen, was die vor Igor geheim gehalten hatte? Der Narr wird ausgeplaudert haben, dass ich Rosi getroffen hatte. Thyla könnte vermuten, dass sie der Schlüssel zu meinem Wissen über die Skizze ist. Damit läge sie nicht mal falsch. Aber wozu ein Risiko eingehen? Immerhin geb ich ihr jeden Grund zu glauben, dass ich ihr die Zeichnung servieren werde. Noch.

Alles zu weit hergeholt. Madre mia, ich steck im stinkenden Schlamm und komm nicht vom Fleck. Die ganze Sache ist aus dem Ruder gelaufen. Mach dir nichts vor, Samson, du hast nie die Richtung bestimmt.

Einer der Boys erscheint am Tor und schlendert auf meine Karre zu.

»Hello.«

Wahrscheinlich haben mich sämtliche Bewegungssensoren und Kameralinsen erfasst. Sie sind vorbereitet.

Ich verstecke die Pistole unter meinem Schenkel, so gut es geht.

»Hello«, sag ich durchs offene Fenster und lass meinen Mund lächeln.

»Thyla is not here«, meint der Boy.

»Okay.«

Er bleibt dicht neben der Fahrertür stehen und legt eine Hand lässig aufs Wagendach. So komm ich nicht raus. Soll das ein Hinweis sein, dass ich einen Abflug machen soll?

Ich lass den Motor an. Im Leerlauf brummt er vor sich hin. Ich war mir sicher, Thyla habe ihre zarten Hände im Spiel, jetzt kommen Zweifel. Zu viele Warum-Fragen, um in ihrer Villa den Rambo zu geben, abgesehen von gesundheitlichen Aspekten. Sterben ist nicht hilfreich. Ich sollte abwarten.

Stani wäre nicht dämlich genug gewesen, seine Männer erneut

zu Rosi zu schicken. Zu hohes Risiko. Die Aufmerksamkeit der Bullen wäre ihm sicher. Bruckner hat Rosi befragt und ihr dabei die Bude zerlegt. Der käme kein zweites Mal – oder doch? Wer ist noch im Spiel? Edgar? Der würde nicht eine Blume knicken ohne Thylas Einwilligung, und da hätte Rosis Körper anders ausgesehen. Den Mann schickst du vorbei, falls man ein Opfer nicht mehr identifizieren darf. Rosi hatte keine tödliche Verletzung. Vielleicht haben wir nicht genau hingeschaut. Herzschlag? Die Aufregung?

Wen habe ich vergessen? Wer könnte noch etwas geahnt haben von Paulis Coup? Hat Pauli seine Klappe nicht halten können?

Ein Satz von Rosi schießt mir ins Hirn. »Heißt der mit Nachnamen Filser?« Zwei Tage vor seinem Tod soll Pauli besoffen von Filser gekommen sein. Was könnte Pauli ausgeplaudert haben? Und warum hat der Alte mir gegenüber behauptet, er hätte Pauli seit Wochen nicht gesehen? Gedächtnislücke? Wohl kaum.

Ich nicke Thylas Boy freundlich zu, als ich losfahre. Ich muss ins Westend.

Zwanzig Minuten später steh ich vor Filsers Laden.

Er scheint nicht zu Hause zu sein.

Ich läute Sturm, aber nichts rührt sich. Es ist ein Gedanke, der in meinem Hinterkopf herumwabert. Was, wenn Pauli nach Filsers Schnäpsen geprahlt hätte, von seinem großen Coup? Vielleicht wollte er die Skizze auf eigene Rechnung verticken und hat den Hehler um Hilfe gebeten. Und nachdem ich mit Igor aufgetaucht war, konnte der Alte sicher sein, da ist etwas Wahres dran. Er fährt also zu Rosi, um sie auszuquetschen, und macht sie mit Absicht oder aus Versehen mit seinem Tierschocker fertig.

Niemand interessiert sich für mich. Wichtig ist es, Selbstverständlichkeit auszustrahlen. Mit der Tür dauert es länger als dreißig Sekunden. Sie hat zwei Schlösser. Nichts für blutige Laien, aber auch keine ernsthafte Challenge.

Abrakadabra. Filsers Allerheiligstes liegt vor mir. Vorsichtig setz ich Schritt für Schritt. Stolperfallen lauern en masse. Eine

Holzdiele knarrt unter meinem Schuh. Ich verharre einen Moment und lausche. Nichts. Falls ich recht habe …

»Wuah!«

Der Schmerz haut mich von den Beinen. Er ist überall in mir, lässt mich schlottern wie im Fieber. Meine Zähne klappern, mein Herz knallt in meinen Ohren gleich einem platzenden Luftballon. Es brennt höllisch. Keine Ahnung, ob ich liege oder noch stehe. Bin ich tot? Die Sau muss hinter der Tür auf mich gewartet haben. Verdammt! Ich … Mir gehen die Lichter aus. Ich …

»Das ist hinterfotzig, bei mir einzubrechen«, hör ich Filsers Stimme. Er muss direkt bei mir sein.

Ich schlag die Augen auf. Mein Körper kribbelt, so muss sich eine Batterie fühlen. Es riecht verschmort. Bestimmt mein Hirn.

Der Mann steht mit gespreizten Beinen über mir und hat seinen Drecksstock auf meine Brust gerichtet.

»Ich … ich wollt mit dir reden«, press ich hervor.

»Nach Reden hat mir des nicht ausgesehen, Samson.«

»Die Rosi hat auch nicht gut ausgesehen.«

»Die Rosi? Wie kommst du auf die?«

Ich versuch den Kopf zu schütteln, ohne ihn zu verlieren. Keine Ahnung, ob er fest auf dem Hals sitzt. Filser hat vier Beine. Oh Scheiße – ich seh doppelt. Jetzt verschwimmt alles. Fünf Atemzüge später probier ich, einen Gedanken zu fangen. Warum besteht mein Verstand aus einem panischen Vogelschwarm, der Schrotflinten entkommen will? Es schilpt und knallt im Schädel. Mach schon, Samson, reiß dich zusammen. Ja, ich hab eine Feder erhascht.

Sag einem Mörder nie auf den Kopf zu, dass du weißt, was passiert ist. Vor allem nicht, wenn er dir dein Gehirn zu einem Kirschkern einschmelzen kann.

»Paulis Witwe«, krächze ich, »die ist tot.«

»Und was wolltest du bei mir?«

»Schauen, ob was von Paulis Sachen hier ist, die er dir vertickt hat. Irgendein Hinweis.«

»Aha.« Filser zieht schweigend die Stirn in Falten. Die Geschichte ist dünnes Eis. So dünn, dass ich gleich einbreche und ersaufe. Aber was soll dir Besseres einfallen, nachdem ein Blitz dich gestreift hat?

»Das glaub ich dir nicht«, stellt er fest, »und es ist mir eh wurscht.«

»Was hast du jetzt vor? Wir können ja nicht ewig so bleiben, Filser.«

»Weißt du, Samson, Risiko kann ich mir nicht leisten. Das musst du verstehen. Hilft ja nix. Eigentlich warst du mir sympathisch.«

… sagte die Katze zur Maus. Okay, was muss, das muss. Ich will Zeit schinden – wozu auch immer.

»Warum hast du die arme Rosi umgebracht, Filser? Hat es dir nicht gereicht, dass sie dir vom Buch erzählt hat?«

Er schnauft auf. »Is ja wurscht. Des war keine Absicht. Sie hat den Strom ned vertragen. Wahrscheinlich das Herz. Tragisch.«

»Wie bist du drauf gekommen?«

»Der Pauli hat geplaudert von seinem großen Coup. Ja, den hat der Schnaps redselig gemacht. Ich hab mir gedacht, lass ihn spinnen, den Spruchbeutel. Aber wie ihr da gewesen seids und Fragen gestellt habts, war ich sicher, es hat geklappt mit dem da Vinci. Fünfzehn Millionen! Leckomio! Und ich wollt bloß mit seiner Witwe ratschen. Über dies und das. Reinhorchen, was los ist. Aber ich hab ihr gleich angemerkt, die weiß was. Da is was im Busch.«

»Und du hast es aus ihr rausgefoltert?«

»Ach geh.« Filser winkt ab. »Auf den Zahn gefühlt hab ich ihr. Es hat ja ned viel gebraucht.«

»Nein, mein Freund.« Schüttle ich den Schädel, oder wird er geschüttelt? »Du wolltest sie zum Schweigen bringen, damit sie nicht ausplaudern kann, dass Pauli sich erst kürzlich 'nen Vollsuff bei dir abgeholt hat – und gequatscht. Mich hast du belogen, böser Fehler.«

Er führt mir ein gleichgültiges Schulterzucken vor. »Ach geh, Fehler. Wen schert es, was du weißt?«

Wo er recht hat …

»Und wo hast du den da Vinci?«

Er seufzt. »Hilft nix, Samson.« Er beugt sich über mich. »Wir verplempern meine Zeit. Deine is abgelaufen, wie man so schön sagt. Und für mich heißt's: Nütze den Tag.«

»Scheißspruch«, murmel ich und versuch, mich hochzustemmen. Nichts zu machen, meine Arme wollen einfach nicht, hängen weg wie Putzlumpen. Ich bin fertig fürs Barbecue.

Filser streckt den Stock nach mir aus, oder sind es zwei? Ich halt die Luft an, schließ die Augen und werd wohl im nächsten Leben ein Steak. Medium bitte.

»Uaah!«, hör ich den Filser brüllen. Ich press die Augenlider zusammen und warte auf den Schmerz. Nichts. Was zum Teufel …

Sein Schrei geht in ein Gurgeln über, als würde er sich die Zähne putzen. Etwas Schweres plumpst über mich. Ein Körper. Ich reiß die Glubscher auf. Blut strömt mir übers Gesicht. Es ist nicht meines. Ich versuche mich wegzudrehen.

Jemand packt den Filser im Genick und zerrt ihn von mir herunter. Edgar schaut mir prüfend in die Visage.

»Was machst du hier?«, stoß ich hervor und wisch mir die rote Suppe ab.

»Das heißt ›Danke schön‹«, sagt er und stupst Filser mit dem gefakten Mittelalterspieß an. Der stöhnt – und wimmert. Sein Atem rasselt.

Edgar hat seine Lunge gepinnt und eine Menge anderer nützlicher Organe. Der Spieß hat eine gewaltige Spitze, die sich zu zwei Flügeln weitet.

Mein Versuch, auf die Knie zu kommen, scheitert. Keine Chance.

»Der Filser wollte dich grillen«, stellt Edgar fest.

»Weil ich bei ihm eingebrochen bin.«

Edgar kratzt sich mit blutigen Fingern am Kinn.

»Du tauchst bei Thyla auf. Mit einer Knarre. Einer der Boys hat sie gesehen. Jetzt brichst du bei Filser ein. Was geht ab bei dir? Drehst du völlig am Rad?«

»Du bist mir nachgefahren?«

»Klar, und ich merk, du willst zu Filser. Und wie ich reinspechte, reißt er dir gerade den Arsch bis zum Kragen auf. Das wär Thyla nicht recht. Es geht ja um die Skizze. Und Scheiße, die Alte hat mich in der Hand. Du hast mich da reingezogen, du Wichser, und eigentlich hätt ich zuschauen und dem Filser danach gratulieren sollen.«

»Deine Tochter?«

»Ja, die Bitch hat unsere Jennifer erwähnt, du weißt ja, was das bedeuten kann. Aber sie zahlt gut, das muss man ihr lassen.«

Ich nicke. »Du bist einer ihrer Boys?«

»Mhm, solang ich muss.«

Ich lach laut auf. Mein Schädel ist über dem Haltbarkeitsdatum, aber langsam spür ich Leben im angebratenen Leib.

»Was machen wir mit dem?« Edgar deutet auf Filser.

Ich roll mich zur Seite und zieh die Knie an. Den Oberkörper beug ich nach vorn und stütz mich auf. Bodenturnen für Arme, bis ich auf den Knien bin. Ich beug mich über den Alten.

»Filser? Hey, hörst du mich?«

Außer Röcheln kommt nichts.

»Wo zum Geier hast du es?«

Ein Schwall klumpiges Blut schießt aus seinem Mund. Er hustet und spuckt. »Das … das wüsstest du gern.«

Ich nehm ihn am Hosenträger und rüttle ihn.

»Wenn wir nicht die Rettung rufen, verreckst du, Filser.«

Wieder hustet er. Mühsam formt er die Lippen. Ich komm mit dem Ohr ganz nahe.

»Da … Ich hab's … ich … weggeschmissen«, haucht er.

Er ächzt auf, und ich lass ihn zurücksinken.

»Was hat er gesagt?«, will Edgar wissen.

»Er will auf dem Westfriedhof beerdigt werden.«

»Fick dich, Samson. Du verarschst mich!«

»Frag ihn selbst.«

»Schau ihn dir an! Der hat den Arsch zugekniffen.«

Edgar hat recht, es hat sich ausgefilsert.

»Ab jetzt machen wir alles zusammen«, verkündet mir mein Retter.

Ich hab ein Déjà-vu. So hat's mit Igor auch angefangen.

»Okay, kein Problem«, sag ich nickend, greif nach Filsers Stock und brezel Edgar gewaltig eins über. Oh Mann, die Macht ist mit mir!

Er fliegt gegen einen Bauernschrank und streckt alle viere von sich.

Das Aufstehen ist mühsam. Mir schlottern die Knie. Ich torkle auf Edgar zu und verpack ihn mit Paketklebeband, das ich mir von einem Regal gegriffen habe. Dazu stopf ich ihm eins von Filsers gebrauchten Stofftaschentüchern ins Maul. Schmeckt garantiert nach Schnupftabak.

Nütze den Tag, Baby. Jetzt hab ich die Ruhe, mich beim Hehler umzuschauen. Zuerst nehm ich mir den Toten vor. Als ich ihm den Wolljanker aufknöpfe, seh ich, dass er eine kugelsichere Weste trägt. Yeah! Ich beiß mir auf die Lippen, um nicht laut loszulachen. Der Alte wollte auf Nummer sicher gehen. Wahrscheinlich trug er sie ständig. Seine Kundschaft war wenig vertrauenserweckend. Die Weste wäre verflixt hilfreich gewesen – jede andere Figur außer Edgar hätte ihm eine Kugel in den Wanst verpasst. Aber gegen einen Landsknechtspieß mit Dreißig-Zentimeter-Spitze, den dir ein Tier von hinten in den Leib rammt, nützt dir eine Weste, als hättest du dir ein Origami auf den Rücken geklebt.

Ich stemme Filsers Oberkörper hoch, stütz ihn mit den Knien und zerr ihm das Teil vom Leib. Schweißtreibende Arbeit, der Kerl hat ganz schön Gewicht. Mach dich nicht so steif, Digga! Meine Beine zittern noch, als stünd ich nackt im Kühlhaus.

Die Weste hat ein gezacktes Loch und trieft von Blut, scheint aber sonst gut in Schuss. Abwaschen, und gut ist. Die Teile sind unerschwinglich. Ich leg sie beiseite, um sie später mitzunehmen. Morgen wäre sie gut zu gebrauchen, danach müsste ich sie endgültig entsorgen. Dem Alten die Taschen leer zu räumen, geht einfacher.

Hinter mir scharrt Edgar mit den Füßen und macht Radau. Selbst schuld!

In Filsers Taschen ist nichts Hilfreiches. Eine Schnupftabakdose und ein Schweizer Taschenmesser.

Ich stapf eine schmale Treppe nach oben in den ersten Stock, in seine Wohnung. Ich hoffe, hier fündig zu werden.

Filsers gesammelten Trödel zu durchwühlen würde fünf Mann für Wochen auf Trab halten. Gepackte Koffer und Taschen stapeln sich im Flur, der Mann war bereit zum Abflug. Ich steig darüber hinweg, öffne die erste Tür und betrete das Arbeitszimmer. Es müffelt nach schweißigen Socken, aber es schaut aufgeräumt aus.

Auf dem Schreibtisch fällt mir ein Ticket der Bahn ins Auge. Einfache Fahrt nach Bielefeld? Na ja, jeder hat einen Traum. Ob dort ein Käufer für die Skizze wartete? Andererseits, in Bielefeld könnte man bestens untertauchen – wer zum Teufel würde auf die Idee kommen, in diesem Kaff zu suchen, falls man es findet? Nur sterben ist sicherer.

Auf einem Stapel Papier liegt ein Brief obenauf. Eine Räumungsklage. Mietrückstand, Aufforderung und blablabla. Ja, auch im Westend fressen die Heuschrecken alles kahl. Und Filser war nackt, hatte nichts mehr herzugeben. Der da Vinci war seine Chance. Die letzte. Er musste zupacken. Da kannst du noch so viel Hehlerware verticken, mit den Spekulanten hältst du nicht mit. Das sind die erfolgreicheren Kriminellen. Die ziehen dich nicht nur aus bis aufs Hemd, sondern verdealen Haut und Knochen.

Ich lass das Zimmer auf mich wirken. Wo hast du die verfluchte Skizze hingepackt, Filser? Auf den ersten Blick ist kein Safe zu entdecken. Was nichts bedeuten mag, der könnte überall verborgen eingebaut sein.

Ich dreh mich um die eigene Achse. Wo soll ich anfangen? Zwei wurmstichige Kommoden, ein eichenes Ungetüm von einem Schrank, ein Schreibtisch. An der Wand prangt ein Gemälde mit erjagten Viechern, auf Tischen drapiert. Blutverschmierte Rehe glotzen mit getrübten Linsen ins Leere. Ihr habt auch nichts gesehen, oder?

Was meinte Filser mit »weggeschmissen«? Wo wirft man etwas weg, Samson?

Ich bücke mich unter den Schreibtisch und erspähe einen

Papierkorb. Beim Versuch, ihn herauszuziehen, wird mir schwindlig, und ich plumps auf den Hintern. Verdammt, der Alte hat mir richtig eingeschenkt mit seinem Stock.

Einen Moment muss ich die Augen schließen und durchpusten, bevor ich den Korb untersuchen kann. Ich wühl mich durch zusammengeknüllte Rechnungen, Zeitschriften und Schokokeksverpackungen bis zu einer Penny-Tüte. Aus der zieh ich ein braunes Kuvert hervor. Ich linse hinein. Hab ich dich!

Filser stand auf primitive Lösungen, Schätze zu verbergen, genau wie ich.

Aber das soll alles sein? Das braune Blatt hat nicht einmal DIN-A5-Format. Ich hab Imposanteres erwartet, an ein Gemälde gedacht. Klar, Skizze. Es ist kein magischer Moment. Nur meinen Puls treibt es in die Höhe, wie ich mich in die Senkrechte bringe. Ich lass das Kuvert in der Tüte verschwinden.

Den Grips sortieren ist nicht angesagt. Höchste Zeit, mich zu verdrücken. Ich schieb mir den da Vinci unter meinen Hoodie, um Edgar nicht auf falsche Gedanken zu bringen.

Als ich die Stiegen herunterkomme, hat der einen hochroten Schädel auf. Er sabbert und grunzt. Sein Shirt ist triefnass. Zumindest zappelt er nicht. Aus seinem Blick spricht mehr Panik denn Hass. So ist es brav, Eddy. Und sitz! Wenn ich ihn vergammeln ließe mit einer Leiche, die er eigenhändig aufgespießt hat – dann gute Nacht, Baby!

Aus Filsers Trödel greif ich mir ein Samuraischwert und zieh es aus der Scheide. Keine Antiquität, billigste Machart, aber eine scharfe, blitzende Klinge. Ich werfe Edgar einen grimmigen Blick zu und wedle vor seinem Gesicht mit dem Schwert herum.

»Hajoooooh-waah!«

Er folgt der Bewegung der Klinge mit den Augen und schüttelt den Schädel. Um den hat er Schiss.

Mit einem Schulterzucken schieb ich das Ding zurück ins Futteral und klemm es mir unter den Arm. Hoffentlich freut sich Daniela über das Geschenk. Xenia sollte ein Schwert besitzen.

Beim Umschauen entdecke ich einen Brieföffner, dessen Holzgriff zur vollbusigen Meerjungfrau gearbeitet wurde. Das scharfe

Mädel werf ich in Edgars Richtung und schau, dass ich aus Filsers Laden verdufte. In einer Viertelstunde wird Edgar die Fesseln los sein, wenn er sich geschickt anstellt. Zeit genug, um mich zu verdünnisieren.

»Lass den Filser und deinen Schaschlikspieß verschwinden und mach sauber«, schärf ich ihm noch ein, »denk an die DNA-Analyse.«

Vergleichsmaterial von Edgar dürften die Bullen in rauen Mengen horten. Wahrscheinlich ließe sich seine komplette Verwandtschaft problemlos klonen. Aber Edgar war bei Ziegelstein-Henry in die Lehre gegangen. Kein Grund, sich Sorgen zu machen.

Er wird Thyla über unseren Meinungsaustausch mit Filser berichten und den Antrag stellen, mir amtlich den Schädel einschlagen zu dürfen. Sie wird vorläufig ablehnen, weil sie glaubt, Samson wäre schlau genug, den da Vinci bei ihr abzuliefern, schließlich gibt es Angenehmeres, als dem Knacken und Knirschen der eigenen Knochen zu lauschen.

SIEBZEHN

Dass der Alte wegen der verteufelten ISBN Rosi getoastet hat, will mir immer noch nicht in den Schädel. Sein Plan war ja abzuhauen, nachdem er aus dem Buch die Skizze geschnappt hätte. Es wär ausreichend gewesen, sie zu fesseln, verdammt noch mal! Mir fällt ein, wie er mich nach Rosi ausgefragt hat, als ich mit Igor bei ihm war. Da ist bestimmt seine Idee gereift. Mit etwas Schwein hätte ihn in Bielefeld niemand aufgespürt. Oder es gäbe ständig Mitwisser zu liquidieren, als wär's das täglich Brot. Wir spielen »Wer andern eine Grube gräbt« für Edgar und Orchester. Die Melodie wird noch zum Ohrwurm.

Ich rufe Daniela an und frage nach, ob Rosi gefunden wurde. Offenbar nicht. Ich erklär ihr, dass Rosi von Filser ermordet worden ist. Sie glaubt mir, als ich ihr erzähle, dass zwei arabische Finstermänner Filser um die Ecke gebracht und jetzt den da Vinci eingesackt hätten. Ihre Enttäuschung ist zu spüren, obwohl sie schweigt. Dass ich eine große Chance hätte, die Skizze zu ergattern, munter ich sie auf, da ich morgen Abend dabei sein würde, wenn die Wüstensöhne sie an Stani, den Gangsterboss, verticken wollten. In jedem Märchen steckt ein Körnchen Wahrheit. Ich war nah daran, Daniela mein Herz auszuschütten, wie man so schön sagt. Aber einmal ausgeschüttet, darfst du nicht auf der Pfütze ausrutschen. Und die breitet sich aus. Ein goldenes Herz macht nicht reich, sondern weich. Hab ich bereits erwähnt, dass ich nicht einmal mir traue?

Filser war ein durchtriebener Fuchs – und sein Gewerbe hatte ihn misstrauisch und vorsichtig gemacht. Okay, nicht vorsichtig genug. Hast du einen Edgar zu Besuch, solltest du spitze Gegenstände verräumen.

Nachdem der Alte reisefertig gewesen wäre, hätte er sich mit dem Taxi zum Bahnhof aufgemacht und Adiós Muchachos. Stattdessen begibt er sich auf eine letzte lange Reise, wie manche behaupten.

Ich glaub nicht ans Leben nach dem Tod oder Himmel und Hölle. Was soll sich eine Gottheit dabei gedacht haben, all die Pappnasen erneut auftreten zu lassen? Gut wäre, wenn es nach dem Abnippeln einen Moment gäbe, um einen Strich darunter zu ziehen, nach dem Motto: Mist, du hast es verkackt, oder: Hey, war ganz in Ordnung.

Wenn heute dieser Strich fällig wäre, käme ein »so lala« heraus. Du hast es wenigstens probiert, Samson. Und du warst nicht bloß im Safe-Modus unterwegs. Besser, als nach acht Stunden Buckeln jeden Abend vor der Glotze einzunicken. Ist Ansichtssache. Falls Filser mich ausgeknipst hätte, gäbe es nichts herumzumäkeln. Hülfe ja nichts.

Mit Pudding in den Knien wank ich zu meinem Auto. Das wäre der Moment, mich nach Hause zu verziehen und mir einen Platz für das Meisterwerk zu überlegen. Am liebsten würde ich das Ding an die Zimmerwand pinnen. Tausend Gründe, mich abzufeiern, aber ich spür nichts. In der Tüte trage ich fünfzehn Millionen, trotzdem werden mir die Arme schwer. Als hätte mich wer aufgeschnitten und ausgeräumt. Leere.

Vom Westend aus mach ich mich auf Richtung Haidhausen. Mag sein, ich bin ein Narr, aber ich hab noch eine Sache zu erledigen.

Angespannt rutsch ich auf dem Fahrersitz hin und her und verfluche das Stop-and-go. Mit dem Fahrrad wäre ich kaum langsamer. Der Vinci an meiner Seite macht mich total kribbelig. Bei jedem Halt könnte ich ins Lenkrad beißen. Ich versuche, mich durch hellrote Ampeln zu mogeln, und kämpfe wie die anderen Heinis um jeden Zentimeter Asphalt. Im Kofferraum liegt das Samuraischwert, don't stop me!

Aus dem Innenspiegel glotzt mich ein verschwitzter, leichenblasser Freak an, mit geplatzten Äderchen in den Augen und einem blutigen Ohr. Filser hat mich vollgesabbert. Mittels Taschentuch versuch ich mich aufzuhübschen. Besser wird es nicht.

Es sind knapp fünf Kilometer, und ich brauch dreißig abgestandene Minuten, bis ich den mäandernden Backsteinklotz des Gasteigs vor mir auftauchen sehe. In dessen Bibliothek hatte sich

Pauli mit dem da Vinci geflüchtet. Ich stell meine Karre ab und lauf los wie in Trance.

Als Schüler bin ich zum letzten Mal im Gasteig gewesen, um mir eine Scheibe Bildung und Kultur abzuschneiden. Ob ich sie gefressen habe, steht auf einem anderen Blatt. Heute kann ich mit großer Kunst aufwarten. Da könnten meine Lehrer mir auf die Schulter klopfen. Genau die, welche Onkel Seba vollgetextet haben: »In ihrem Neffen steckt mehr, wenn er sich für die Schule interessieren würde, und blablablub.«

Ich male mir aus, wie Filser in der Kinderbibliothek aufgetaucht ist. Ein umherstrolchender alter Sack in Folklorehosen fällt zwischen den kleinen Bücherwürmern bestimmt auf wie ein Hai im Pool. Und dann ist der Kerl triumphierend davongeschlurft, oder hat er vor Freude schuhgeplattelt, bis die Kniescheiben gekracht haben? War das alles eine tote Rosi wert?

Die Pumpe schlägt mir bis zum Hals, ich bin nass bis auf die Boxershorts. Auswirkung von Filsers hingebungsvoller Zuwendung. »Der Gasteig brummt«, hab ich mal gelesen, vielleicht auf einem Plakat. Mein Schädel hat das auch drauf. Es fiept in meinen Ohren. Ich zieh mir die Kapuze über den Kopf. Ein Pärchen auf dem Bürgersteig hört auf, sich zu beschnabeln, und weicht zur Seite. Die beiden streifen mich mit verwunderten Blicken. Hat sich der Zombie verirrt?

Ich werf einen letzten Blick auf das Gebäude und schlendere die Rosenheimer Straße entlang. Niemand nimmt hier mehr Notiz von der fertigen Gestalt mit der Penny-Tüte.

Ich biege rechts ab, gehe ein paar Meter und schlag mich auf einem Trampelpfad in die Büsche. Zwischen Baumwurzeln klettere ich zum Auer Mühlbach hinunter. Hier zwischen den Bäumen soll es Pauli erwischt haben. Ein unscheinbarer, uneinsehbarer Fleck. Kaum zwanzig Meter bis zu einer Konzerthalle und dem Muffatbiergarten, wo sie es sich gut gehen ließen, während Pauli einsam verblutet ist. Ein paar Schritte weg vom wuseligen Leben mit all den Läden und Kneipen. Ich bin sicher, er ist hier hinuntergestiegen, um zu checken, ob er verfolgt wird. Und da ist er auf seinen Mörder getroffen. Ob er ihn stellen wollte?

Ich zünde mir eine Kippe an. Nein, natürlich liegen da keine Blumen. Ich hätte welche mitbringen sollen. Eine Rose für Rosi. Wenn du die Phantasie vom Himmel hast, könntest du dir vorstellen, Pauli ist mit seiner Rosi vereint und schaut herunter. Schade, manchmal wär's cool, dich in die Kindheit zappen zu können, in die Zeit, in der du an Gutes glauben konntest. Ich glaub an das, was ich in der Tüte habe. Wie auch immer. Das Gefühl stimmt. Ich soll an diesem grauslichen Ort stehen, mit dem da Vinci. Wir haben sie drangekriegt, Pauli, wir haben sie abgezockt!

Ich rauche zu Ende, hatsche zum Isarufer und schau eine ganze Weile auf den Fluss, bevor ich mich auf den Weg mache. Und Paulis Mörder? Ich glaube, Pauli hätte es mir nicht übel genommen, wenn ich mich zuerst um mein Überleben gekümmert hätte. Und das hab ich vor. Der Fetzen in der Tüte ist erst der Anfang, wenn er denn echt ist. Aber wer immer dich abgemurkst hat, Pauli, der soll nicht davonkommen.

Minuten später sitz ich im Auto und zuckle Richtung Piusplatz. Ich muss nicht lange fahren, aber die Zeit reicht, um mir den Tank halbwegs aufzufüllen. Allmählich hab ich begriffen, dass ich stinkreich bin, die Laune klettert nach oben. Rag'n'Bone Man singt sein »Human«, und ich singe mit.

Meine Penny-Tüte schlenkernd, nehm ich zwei Stufen auf einmal und trete übermütig meine Wohnungstür auf.

Überraschung.

Der Ladyboy sitzt in meinem Sessel. Er hat die Beine übereinandergeschlagen und streicht sich durchs blondierte Haar. In der anderen Hand hält er eine angezündete Nelkenzigarette. Außer Kajal hat er nichts aufgetragen, dazu Jeans und megaknappes »Hello Kitty«-Shirt.

Es hätte nichts gebracht, mein Türschloss zu reparieren. Meine Gäste scheren sich nicht um verschlossene Türen. Wenn ich von jedem unerwarteten Besucher einen Zehner abstauben würde, hätt ich bald die Miete drin.

Bevor ich die Tür schließen kann, höre ich Hattlers Stimme

hinter mir herpoltern. »Ich hab der Transe gesagt, Simek nix da sein. Aber sie hat gemeint, sie wird erwartet. Alles in Ordnung?«

Seit seinem Eingreifen scheint er um meine Sicherheit besorgt, oder er hofft, es gäbe Nachschlag. Immer bereit, der Mann.

»Alles okay«, sag ich, »das ist meine Freundin.«

Ich verrammle die Tür, so gut es geht, und schieb meinem Gast eine Untertasse für die Kippe hin. Die Penny-Tüte werf ich in die Küche und mach es mir auf dem Sofa bequem.

»Es gibt nur eine Person, you know, one person, die meine SD-Card haben wollte. Weil du von movie wusstest, Samson«, beginnt er, und mich wundert sein Deutsch.

»Ich dachte, du sprichst nur Englisch.«

»Mein Vater war Deutscher. A Tourist von Ingolstadt. Meine Mom war fünfzehn. Ich hab ihn nie kennengelernt, aber Sprache wollte ich verstehen.«

»Mhm. Also was willst du mir sagen? Ich versteh nicht ganz.«

»Du verstehst, brother. Die bitch, die gestohlen hat, your gilrfriend, oder hast du dafür bezahlt? Oh no, I am sure, your girlfriend.« Er lächelt. »I can see it in your face.«

Ich sage nichts, schau ihn nur an, die Augenbrauen hochgezogen. Was will er schon in meiner Fratze lesen? Ich war noch nie ein Bestseller. Klüger ist es, nicht von Daniela zu reden. Als mein »girlfriend« macht sie mich verwundbar, falls Thyla mich an die Angel bekommen will. Edgars Tochter Jennifer fällt mir ein, »like ice in the sun«. Ich darf keinen verdammten Fehler machen. Auf dem Drahtseil solltest du nicht mehr herumhopsen wie ein tumber Clown, Samson. Scheiße, ich war zu selbstsicher.

»Ich musste es Thyla sagen, holy shit, war die angry. Beast. Übermorgen geht mein Flug. Bye-bye, Germany.«

»Kann ich mir vorstellen. Muss hart sein.«

Es macht keinen Sinn zu leugnen. Thyla ist eh klar, dass ich dahinterstecke. Ich schieb ihm seine Uhr rüber. »Kleiner Trost.«

Er legt sie an und lächelt. »Thyla hat gesagt, du behältst the movie, niemand kann kontrollieren, ob du made copies. Deswegen: Sie behält gun. Everything alright. Draw.«

»Mexican Standoff«, sag ich beim Gedanken an Stani. Damit entlock ich ihm ein Grinsen.

Thyla hat sich gedacht, sie könnte Druck machen, falls ich es mir anders überlege und nicht sterben und ihr das Bild überlassen will. Igor war so oder so fällig. Besitzer einer Mordwaffe ist ein schlagendes Argument. Fingerabdrücke, haufenweise Volk, das mich mit Igor gesehen hat, massenweise Indizien, Beweise und ein Motiv finden sich immer. Das würde sogar Stani überzeugen. Natürlich könnte ich nicht riskieren, dass der Revolver auftaucht. Ohne den Film hätte ich an Thylas Haken gezappelt.

»Und wie weiter?«

»Hast du Passport?«

»Noch nicht – dauert ein paar Tage.«

»Wie heißt du?«

»Leo König.«

»Hast du painting?«

»Morgen Abend bekomm ich hoffentlich die Zeichnung.«

»Thyla wird dir den Plan sagen, wie Edgar dich tötet. Wenn du Passport hast, ertrinkst du im Fluss. Wir nehmen Mister Leo König mit uns, du gibst uns die Zeichnung und nimmst den Flug nach Bangkok. Thyla organisiert deine Beerdigung und everything. Es wird gut. Sie gibt dir money in Bangkok, wenn sie die Zeichnung verkauft hat.«

Also wenn ich ihn recht verstanden habe, soll Edgar mich vor Zeugen in die Isar werfen. Und zwar vor Zeugen, die für Edgar kein Risiko bedeuten, von denen keiner zu den Cops rennt. Stani zum Beispiel. Der müsste meinen »Tod« mit eigenen Augen sehen, oder selbst Hand anlegen, um es zu glauben. Und ich soll quasi untertauchen, auf Nimmerwiedersehen verschwinden. Ob Edgar mich an einem Stück in den Fluss befördert, ist die Frage. Die stellt sich, falls Thyla rausbekommt, dass ich die Zeichnung bereits habe. Ich denke nicht, dass der gute Eddy schlau genug ist, um sich einen Reim aus meiner Unterhaltung mit dem sterbenden Filser zu machen. Und wenn doch? Ich muss es riskieren.

»Mein Onkel wird die Beerdigung –«, setz ich an.

»No problem. Darum kümmert Thyla sich. Er wird es verstehen.«

»Okay. Hab ich eine andere Wahl?«

»Nein. No choice. Mach keinen Fehler, don't be stupid, sonst bist du fish food. Bist du nervös?«

»Ja. Und wie. Edgar soll keine Scheiße bauen. Das muss safe sein. Stani und am besten der Bulle Bruckner müssen an meinen Tod glauben.«

»Don't worry, das werden sie sicher. Wir sagen dir Bescheid, when and where. Sei bereit und besorg the picture. Alles wird easy gehen.«

»Ich ruf Thyla an, sobald ich den da Vinci habe.«

»Yes. Vergiss es nicht – und gib deine girlfriend a kiss von mir. Das war sehr clever, sehr schlau. She is a holy bitch, she don't has to worry. Keine Sorge. Du solltest sie mit nach Bangkok nehmen, she is a beautiful girl, and I think she loves you. Niemand tut das einfach so für dich, brother.«

Das muss ich mir von einem selbstverliebten Psychokillerfreak mit Silikonmöpsen anhören. Daniela kann zählen. Sie hat fünfzehn Millionen vor der Linse, dahinter wird Samson winzig. Oder?

Der Ladyboy beugt sich nach vorn. »Eddy hat erzählt, ihr beide habt ein Problem.«

»Hattet. Vergangenheit.«

»Warum wollte dieser Filser dich killen?«

»Ich wollte von ihm etwas zurück, was er mir gestohlen hat. Er hatte etwas dagegen. Alte Geschichte.«

»Nichts zu tun mit picture?«

»Nope.«

»Du hast Eddy sehr wütend gemacht.«

»Hab ich das? Wütend ist sein zweiter Vorname. Ich hoffe, ihr habt das Vieh an der Leine.«

»Don't worry, er tut, was Thyla ihm sagt.«

Das könnte genau das Problem werden.

Ladyboy ist noch nicht fertig. Ich weiß, was kommt. Er drückt seine Kippe aus, lehnt sich nach vorn und schaut mir ins Gesicht.

»Du bist mit einer gun zu uns gefahren? Why? Wen wolltest du erschießen? Thyla was not amused.«

Er hat sich das Beste zum Schluss aufgehoben.

»Tja, weißt du«, jetzt beug ich mich vor, »ich war mies drauf, wegen der Nummer mit meinem Revolver. Ich hab gedacht, ich hol ihn mir einfach zurück. Blöde Idee. Aber ich hab mich beruhigt. Alles easy. Warum musstet ihr meine Bude verwüsten? Durchsuchen hätte gereicht.«

»Das waren die boys. Sie wollten fun, waren unter Strom – sorry. Aber du brauchst den room ja nicht mehr lange, oder?«

»Nein.«

Unter Strom heißt im Klartext, die Trottel waren gestopft mit Crystal-Glückspillen und haben sich in meiner Bude abreagiert. Wenn's Spaß macht …

Der Ladyboy steht auf, und rein zufällig kommt Hattler die Treppen nach unten, als er durch die Tür nach draußen stolziert.

»Früher …«, fängt er an und wirft mir einen angeekelten Blick zu.

»Früher«, unterbrech ich ihn, »waren die Mädels blauäugige Blondies und hatten Zöpfe statt 'nem anständigen Willi in der Hose, oder?«

»Wär mir neu, dass Schlitzaugen was Anständiges haben, schon gar nicht in der Hose«, brummt Hattler und geht weiter.

Ich werf dem Ladyboy einen mahnenden Blick zu, aber der lacht los, bevor er die Treppe nach unten tänzelt.

Ich schlapp in die Küche und hol die Tüte mit dem da Vinci. Fünfzehn Millionen. Wahnsinn. Die Versuchung ist groß, ihn mir genauer zu betrachten. Das muss warten. Ich könnte das Blatt falten und in meine Brieftasche stecken. Nein, besser nicht herumtragen. Ich rolle das Kuvert zusammen und schieb es in das Hosenbein einer Jeans, die ich auf den Sessel werfe. Am besten ist immer, es liegt vor deiner Nase. Schlaueres fällt mir nicht ein. Ich muss mir die Zeit bis morgen Abend vertreiben und stillhalten. Mit etwas Shit im Schädel könnte ich mir einen Plan zusammenbasteln.

Kaum hab ich mir die Smoke-Utensilien gegriffen und steck meine Pfeife an, da wird meine Tür aufgestoßen. Soll ich mich noch wundern?

»Scheiße, hier gibt's nicht mal mehr was zu klauen!«

Eigentlich hab ich mit ihm rechnen können. Ich steh nicht vom Sofa auf, nehm einen Zug vom Pfeifchen und warte, bis er in ganzer Fülle vor mir steht.

Stani ist allein. Vielleicht wartet seine Eingreiftruppe vor dem Haus. Er trägt Hundeblick und zerknirschte Miene zur Schau. Meine Jeans fegt er vom Sessel und setzt sich ächzend.

Ich sage nichts und schau ihn gespannt an.

»Tut mir leid, Samson«, murmelt er. Da wird ein neuer Ton angeschlagen. Netter Versuch.

»Mir auch, dass ich für dich den Affen gemacht hab. Das war das letzte Mal!«

»Meine Jungs haben gesagt, ihr wart zu sechst. Musstet ihr sie so krass plattmachen? Das ist Scheiße, Mann! Abdi wird gerade operiert, und Ferdi kann nicht mal mehr 'ne Hose anziehen.«

»Manche stehen drauf. Die hatten die Wahl. Komm, du weißt, wie das laufen kann. Ich war stinksauer, da hab ich rotgesehen.«

»Sie sollten dich einfach fragen. Niemand hat von Stress geredet. Ich weiß hundertpro, du hast mit dem Polen gequatscht.«

»Stell dir einen Moment vor, es wäre so gewesen. Ich versuch rauszukriegen, welche Sauerei Igor abgezogen hat mit der kleinen Eva. Für dich. Und weiter? Ach ja, ich empfehl dem Polen natürlich, leg bei Gelegenheit Stani um, warum auch nicht? Gibt doch null Sinn, Alter.«

Er schüttelt den Kopf.

»Du traust mir nicht«, fahr ich fort. »Du traust niemandem. Und du hast verdammt recht. Warum wurde gegen Igor nicht ermittelt?«

»Hey – langsam. Der Pole hat behauptet, Oleg hätte seine Liesl abgemurkst. Wer weiß, ob es stimmt.«

»Gehen wir davon aus, es wäre wahr. Warum haben die Cops ihn nicht einfahren lassen?«

Stani zuckt mit den Schultern.

»Rahman wird es vertuscht haben«, beantworte ich meine Frage. »Nicht wegen deinem Oleg, sondern weil er einpacken kann, wenn sein Laden zum Friedhof wird. Muss ich dir doch nicht erzählen, dass das geschäftsschädigend ist, vom Ärger mit den Bullen ganz abgesehen.«

»Ey, warum kommt der Pole jetzt daher? Das war doch nicht gestern.«

»Ein Tipp von Rahman oder einer anderen Wurst? Aber fürs Vertuschen braucht es 'nen Cop, der mitspielt, oder? Das geht nicht hopphopp, wenn im Puff 'ne Tote rumliegt. Klar, ein Hauptkommissar schiebt keine Überstunden wegen 'ner kleinen polnischen Nutte, aber Fragen stellen würden sie. Doch niemand hat jemals Fragen gestellt. Wird Zeit, dass wir das tun.«

»Warum geht Oleg überhaupt in Rahmans Laden, der Wichser?«

»Sei happy, Mann. Ich stell mir vor, er hat ordentlich gelitert. Wenn er in einem deiner Läden den Hulk gibt, bist du der Erste, der es erfährt. Und du lässt ihm garantiert die Luft raus.«

»Kann so gelaufen sein. Denkst du bei dem Bullen, der beim Vertuschen mitgespielt hat, an jemanden Bestimmtes?«

»Paulis Alte hat mir erzählt, dass Hauptkommissar Bruckner und sein Kumpan Weinhauser ihr die Bude gefilzt haben, nach dem genialen Auftritt deiner Loser. Sie haben Kleinholz gemacht, als hätten sie etwas gesucht. Was wohl?«

»Könnte Routine gewesen sein. Die Säcke stehen doch auf Kleinholz. Kennen wir doch.«

»Und dass ich 'nen Sender an der Karre hatte? Routine? Oder warst du das?«

»Einen Tracker? Nein. Wenn es Bruckner war, woher soll er gewusst haben, dass Pauli die Skizze …?«

»Na, sag du es mir.«

»Das hat nur Oleg gewusst.«

»Und der ist mit 'nem Totschlag im Puff einfach so davongekommen. Zufälle gibt's.«

Stani kratzt sich am Kopf. »Mir geht dieser Bullshit tierisch auf die Nüsse. Wenn Oleg mit Bruckner 'nen Deal hatte, wer weiß, was die Cops von mir haben?«

»Bruckner ist nicht das Problem. Ich hab den durchgeknallten Polen wissen lassen, dass der den Mörder deckt. Und das stimmt wahrscheinlich. Jetzt ist Jagdsaison und Bruckner die Wildsau. Bumm – out go the lights.«

»Und du bist der Fuchs, Samson«, meint Stani und lächelt. »Aber wenn er Bruckner umnietet, weiß ich nicht, ob der Informationen von Oleg über mich gebunkert hat. Hat er 'nen Ordner im Regal, auf dem fett ›Stani‹ steht, oder 'nen Speicherstick? Dann bin ich Geschichte, wenn die Cops das finden. Oleg war mein Major. Kannst du dir vorstellen, was die mir anhängen könnten? Zum Glück hat der Freak ihn weggepustet.«

»Stimmt. Zum Glück.«

»Das heißt, ich muss mir Bruckner holen und ihn ausquetschen. Aber 'nen Cop abservieren, das musst du safe machen.«

»Du könntest vorher abtreten.«

»Fick dich.«

»Na, du könntest am Strand liegen, dir die Sonne auf den Wanst scheinen lassen und so. Davon hast du mir doch vorgeschwärmt.«

»Vergiss es. Ich hab dir gesagt, dann bin ich tot.«

»Mach dir keine Sorgen. Ich kauf dir 'nen Kranz.«

Ich steh auf und hol uns zwei Bier aus dem Kühlschrank.

Stani nimmt eine Dose in Empfang, leert sie in einem Zug und greift sich mein Pfeifchen.

»Weißt du«, sagt er und zieht kräftig, »wenn Bruckner wüsste, dass morgen Abend ein Deal mit dem da Vinci über die Bühne geht. Was würde der wohl machen?«

»Vorbeischauen bei der Party?«

»Und wenn der Pole auch käme?«

»Wieso solltest du das alles bei der Bildübergabe abziehen?«

»Meine Party, meine Regeln. Soll ich in der Nase popeln und darauf hoffen, dass der Pole einen Zufallstreffer landet? Ich will das erledigt haben! Wenn ich weiß, wo die Pfeifen sind, kann ich mich darauf vorbereiten. Sobald Bruckner abserviert ist, lass ich seine Bude auseinandernehmen. Am besten abfackeln. Falls er was gegen mich in der Hand hat … Hasta la vista, baby. Es gibt Cops, die sind mir was schuldig. Die müssen sich um sein Büro kümmern. Ende der Story.«

»Wie soll Bruckner davon erfahren?«

»Funktioniert der Sender noch? Kleb ihn dir an die Karre und komm morgen Abend damit.«

Den Teufel werde ich tun. Nach Bruckner sehne ich mich nicht. Mehr Knarren, mehr Risiko.

»Und der Pole?«, will ich wissen.

»Samson, ich weiß, dass du ihn auftreiben kannst, du Hurensohn machst mir nichts vor. Ich sag dir nur eins: Verarsch mich nie. Es sind nicht die Besten, die jung sterben, sondern immer die Dümmsten.«

Wo hat er das her? Gangsterfilme geglotzt? Ich zucke mit den Schultern. »Das wird 'ne üble Action. Könnte ein Massaker geben. 'ne verirrte Kugel juckt es null, ob du die hellste Kerze bist. Das ist Roulette!«

»Piss dich nicht ein, Samson.« Stani grinst und kratzt sich zwischen den Beinen. »Ich pass auf unsere Ärsche auf. Lehn dich zurück, hau dir Popcorn rein und genieß die Show.«

»Du bist der Boss, Stani.«

»Ja, das bin ich. Vergiss das ja nicht. Ich kann mich auf dich verlassen, Samson, morgen Abend?«

»So wie ich mich hoffentlich auf dich, Stani. Vergiss du meine Ocken nicht.«

Wir nicken uns zu.

»Du lässt den Polen am Leben?«, frag ich ihn und leer meine Dose.

»Was ist los mit dir? Ist deine Olle 'ne Betschwester, oder was? Aber gut, na schön, solang er mir nicht noch mal querkommt. Wenn's meine Schwester gewesen wäre …«

»Wenn du 'ne Schwester hättest, Stani, hättest du sie selber zum Anschaffen geschickt und die Kohle eingesackt. Du kennst keine Verwandten.«

Er lacht auf und zerquetscht die Bierdose in der Hand. »Woher weißt du das? Die haben sich eh alle verpisst. Sei pünktlich mit diesem Gutachter da und bau keinen Mist, sonst gravier ich deinen Zauberstab eigenhändig mit dem Lötkolben.«

Er kann halt nicht aus seiner Haut.

ACHTZEHN

Wann hab ich beschlossen, nicht zu sterben?

Vor zehn Minuten, als Stani in meinem Sessel saß.

Stell dir vor, du liegst mit sieben Millionen in der Tasche am Pazifikstrand – das klingt wie Musik. Und jetzt stell dir vor, du wirst als von Fischen angeknabberte, wabblige Wasserleiche an den Strand gespült. Ohne Augen, die haben sich die Krebse schmecken lassen. Das ist eine Fünfzig-fünfzig-Chance. Vorher hätte ich sie genommen und darauf gesetzt. Aber gerade ist Daniela in meinem Schädel am Tanzen, mit ihrem Grinsen, dem zungenbleckenden Drachen auf der Schulter und diesen Schenkeln, vor denen du einfach niederknien musst. Ich hör und seh sie vor mir und weiß, dass ich hierbleiben will. Sebas Blick ruht auf mir, und seine Hand spür ich auf meiner Schulter. Außerdem findest du in ganz Bangkok keine Bude, in der anständiges Falafel serviert wird, wie ich es von Omar gewohnt bin. Zum Teufel, ja, es mag sein, dass München eine abgezockte, geldgeile Dirne ist, aber sie ist weich, üppig, versteht Spaß und hat jede Menge zu bieten, wenn sie sich für dich entblättert und dich ranlässt. Stani hat mir, ohne es zu ahnen, eine Alternative geboten. Hauptsache, ich unterschätze ihn nie und begehe keine Fehler, so wäre der Jackpot möglich.

Ich reiß mir noch eine Dose Bier auf und fingere die Skizze aus der Jeans. Braunes, fleckiges Blatt, ich brauch Muße, um mir die Details reinzuziehen. Sieht aus, als hätte da Vinci diesen heiligen Sebastian gekannt, so lebendig ist das Gesicht. Den denkst du dir nicht einfach aus, den hast du vor Augen. Da stand oder lag jemand Modell, vor da Vincis Pinsel. Hübsch anzusehen, wie der junge, muskelstrotzende Kerl am Baumstamm lehnt – ich meine, falls man auf knackige Kerle abfährt. Er scheint gefesselt zu sein. Logisch, das gehört sich so beim anständigen Martyrium. Von mir aus hätte der Meister in dieser Pose ruhig ein Mädel zeichnen können. Auf der Rückseite findet sich eine Kritzelei, die ich nicht entziffern kann.

Ich schließ die Augen. Lass dich nicht blenden, Alter. Dass ich den da Vinci habe, bedeutet gar nichts. Sobald ich meine Fühler ausstrecken würde, um ihn zu Geld zu machen, würde mich die Meute zertrampeln wie eine Schnecke im Salatbeet.

Die Zeichnung darf zurück in mein Hosenversteck. Zeit, sich mit dem morgigen Abend zu beschäftigen.

Als Knirps war ich Fan von Doc Holliday. Ich hab mir jeden Film reingezogen, den es über Wyatt Earp und ihn gab. Gerade die alten Schwarz-Weiß-Streifen. Meistens hing der Doc mit seinem staubigen schwarzen Mantel herum und hat gepokert, gesoffen und übel gehustet. Tbc. Wenn es an der Zeit war, hat er miese Typen umgenietet. Meinem Onkel wär's lieber gewesen, ich hätte mit Jacques Villeneuve oder Schumacher mitgefiebert, aber im Kreis rumgurken ist nichts gegen ein sauberes Duell. Ich hatte mir angewöhnt, zu husten und mit unbewegter Miene über den Hof zu staksen, auf der Hut vor Scheißkerlen, die mich umlegen wollten.

Gemerkt hab ich mir, dass sie bei dieser legendären Schießerei am O. K. Corral in dreißig Sekunden dreißig Kugeln verballert haben, und drei Mann sind draufgegangen. Könnte sein, dass wir das morgen Abend toppen.

Ich muss mich mit Zierl treffen. Bevor ich mich aufmache, drapier ich meine Jeans auf dem Sessel, leg ein verschwitztes T-Shirt dazu und krümel ein paar Chips darüber.

Schnurzegal, wer mich verfolgt, ich fahr schnurstracks in die Kafkastraße. Das Samuraischwert bleibt fürs Erste im Kofferraum, die kugelsichere Weste trag ich in einem abgeranzten Jägerrucksack von Filser auf dem Rücken.

Mein Briefmarkenfreak ist zu Hause. Ob ich ihn von meiner Idee überzeugen kann, weiß ich nicht. Der Vorschlag wird ihm nicht schmecken, aber da muss er durch, wenn er davon träumt, sich eine Guiana One Cent zu spendieren.

»Aber das geht nicht so einfach!«, jammert Zierl, kaum bin ich mit der Tür ins Haus gefallen.

Gerade hab ich ihm verklickert, dass er meinen »Gutachter«

spielen soll. Erstens kenn ich keine Figur, die so seriös rüberkommt, und zweitens will ich niemanden sonst einweihen müssen. Natürlich gibt es einen dritten wichtigen Grund: Zierl hat sich als naiv und unbedarft rausgestellt. Ich muss mir keinen Kopf darüber machen, dass er mir das Fell über die Ohren ziehen könnte.

Stani und die beiden Araber werden ihn nicht in Frage stellen, es ist in ihrem Interesse, dass er die Echtheit feststellt. Nichts anderes soll er tun.

Zierl hört mit offenem Mund zu, wie ich ihm erzähle, dass Pauli eine Da-Vinci-Skizze geklaut und in diesem verhexten Buch versteckt hat. Ich versuch es mit einem Schuss Wahrheit, nicht zu viel, sodass mir der Alte nicht aus den Latschen kippt.

»Also Klartext: Paulis Hehler hat Rosi ermordet, mit ihrem Wissen um das Buch ist er an die Skizze gekommen. Aber zwei Araber haben ihm das Bild abgenommen. Sie wollen den da Vinci an einen Gangster namens Stani verticken. Lange, miese Geschichte. Dieser Stani will, dass ich dabei bin, weil ich einen Gutachter versprochen habe. Hier kommst du ins Spiel. Du bist der einzige Mensch, dem ich vertrauen kann, verstehst du? Der einzige! Du wirfst mit Fachwörtern um dich und behauptest, es sei echt. Dann ist alles paletti.«

»Und Rosis Mörder?«

»Wird bestraft, mein Wort darauf.«

»Und weiß das die Polizei?«

»Noch nicht. Aber der Mörder kriegt, was er verdient, keine Sorge.«

»Wie kommen wir an das Bild?«

»Ich nehme es diesem Gangsterboss ab. Das ist mein Teil des Jobs.«

»Mit Gewalt?«

»Natürlich nicht!«

Ich schau ihn so treuherzig an, wie ich kann. Mit dem Finger tippe ich an die Stirn und verkünde: »Köpfchen schlägt Gewalt.« Meistens. Falls du nicht der Stärkere bist oder dir die Munition ausgegangen ist, brauchst du Alternativen.

Zierl ist eine harte Nuss, ich kann es ihm nicht verübeln. Das

Frage-Antwort-Spielchen geht noch eine Weile, bis ich merke, dass die Schale Risse kriegt. Dass ein großes Kunstwerk in der Hand von Banausen und Gangstern bleiben soll, empört ihn. Er nimmt mir das Versprechen ab, dass er mitentscheiden kann, was mit dem Bildchen passiert. Mit leeren Versprechungen hatte ich noch nie ein Problem.

»Kann es gefährlich werden?«, will er wissen.

»Garantiert nicht für dich, und ich werde den da Vinci für uns abziehen. Das ist safe. Hey, ein bisschen Vertrauen, ja?«

»Ich soll nur behaupten, die Skizze ist echt?«

»Klar – das ist sie ja auch. Du musst nicht lügen.«

»Wird man nicht merken, dass ich …?«

»Die Typen, auf die du triffst, kennen sich null aus. Die haben nicht jeden Tag Kunstgutachter um sich. Da gibt's keinen Standard. Glaub mir, du kannst improvisieren, wie du lustig bist. Außerdem machst du alle glücklich mit deiner Expertise.«

»Ich brauch meinen Bibliotheksausweis. Ich muss heute noch über da Vinci –«

»Danke. Du bist ein großartiger Kerl.« Ich reich ihm den Ausweis. »Morgen um acht hol ich dich ab, Bruder, und wir gehen es auf der Fahrt noch mal durch.«

Die Katze beginnt zu schnurren, als ich ihr den Nacken kraule. Ich trink meine Tasse Darjeeling aus und klopf Zierl beim Aufstehen auf die Schulter. Nur Mut! Davon können wir beide ein Pfund gebrauchen.

Daniela ist zu Hause. Kurz darauf darf sie mir zusehen, wie ich in ihrer Küche Filsers Blut von der kugelsicheren Weste schrubbe. Sie will natürlich wissen, wie das Loch hineingekommen ist. In meiner Erzählung werden die beiden Araber zu blutrünstigen, messerschwingenden Killern, das wäre Futter für meinen Nachbarn Hattler & Company. Ich erklär Daniela, dass unser Video mich unverwundbar macht, die Chefin des Ladyboys würde ihre schützende Hand über mich halten. »Alles safe.«

»Nur fast unverwundbar«, sagt Daniela, »denk an Siegfried.« Das Loch zwischen den Schulterblättern würde mich gefährden.

Vieles beunruhigt mich – das nicht. Falls es jemand schafft, mir von hinten eine Kugel durch ein verdecktes, kaum faustgroßes Loch zu jagen, schein ich die Götter zu langweilen. Ich häng das Ding zum Trocknen auf, und wir vertreiben uns den Abend mit dem Rein-Raus-Spiel. Es geht unentschieden aus. Ich hab mehr Ballbesitz, sie ein paar Lattentreffer.

NEUNZEHN

Ich hab geschlafen wie ein Baby. Gelingt mir in letzter Zeit in meiner Bude selten. Zu viel Besuch. Sogar einen Pott Kaffee krieg ich ans Bett. Hoffentlich ist das nicht bloß da Vincis Anziehungskraft geschuldet.

Es ist eine Weile her, dass ich mit jemandem am Tisch saß und richtig gefrühstückt hab. Allein lass ich das Frühstück meist ausfallen. Brezen, Rührei, Lachs, Mozzarella – hat was von einer Henkersmahlzeit, geht es mir beim Kauen durch den Kopf.

Nach dem Essen fahren wir zu Seba. Vorbereitungen treffen. Schließlich soll es ein gelungener, stimmungsvoller Abend werden. Schließlich will ich den nächsten Morgen erleben.

Schließlich mal zwei, das Wort kommt von Schluss. Und den soll es geben, ein glückliches Ende für Samson. Des einen Glück …

Seba schaut mürrisch drein, als ich mit Daniela aufkreuze. Natürlich haben ihm seine Jungs vom Anruf »meiner Mutter« erzählt, und er muss sich fragen, in welche Scheiße ich geraten bin und ob ich noch alle Latten am Zaun habe, diese Frau anzuschleppen. Ihm ist klar, dass Daniela angerufen hatte. Ich kann froh sein, dass er mich nicht übers Knie legt, wie früher.

Als ich die Husqvarna abgeholt hatte, war keine Zeit gewesen für Nebensächlichkeiten. Jetzt komm ich nicht so leicht davon. Für Grimm und Groll haben wir heute ausreichend Zeit. Ich bin gerüstet.

Wir schlendern zu dritt zu seinem Trailer und machen es uns drinnen bequem. Seba schweigt und setzt Kaffee auf, ich leg seine Knarre auf den Tisch. Er sollte erleichtert sein, sie und mich unversehrt in seinem Wohnwagen zu haben.

»Ich will mich nicht einmischen«, sagt er, mit dem Rücken zu mir, »aber kann es sein, dass die Schuhe, die du dir anziehen willst, zu groß sind, hä?«

»Tut mir leid, die Nummer mit der Mutter«, murmelt Daniela.

Seba dreht sich um und lächelt sie an. »Ach das? Halb so wild.«

Frauenbonus. Ich gebe zu, deshalb habe ich sie gern mit zu Seba genommen. Weiblichkeit macht den Wolf zum Lämmchen.

»Okay«, sag ich, »es geht mir darum, die Schuhe ordentlich zurückzustellen, und Ende.«

Mein Onkel platziert Kaffeetassen und Milch vor uns und setzt sich auf einen knarzenden Bürostuhl. Die Husqvarna lässt er in einer Schublade verschwinden.

»Und auf das Finale will ich vorbereitet sein. Das soll safe laufen«, ergänze ich.

Unter zusammengezogenen Brauen erforscht er mein Gesicht. Den Blick kenne ich seit ewigen Zeiten, der soll schlechtes Gewissen wecken. Ich hab ihm als kleiner Scheißer einst einen Fünfer aus dem Geldbeutel gefingert und es nicht gleich zugeben wollen. Da hat der Blick geholfen, besser als eine Predigt oder ein paar hinter die Löffel. Darunter hab ich mich gekrümmt wie bei 'ner Blinddarmentzündung.

Jetzt nippt er vom Kaffee. Bedächtig platziert er die Tasse vor sich auf dem Tisch und lehnt sich zurück.

»Lass mich eins klarstellen: So einen Dreck wie mit dem Pritschenwagen ziehst du nie wieder ab. Nie wieder! Du weißt, du kannst mich alles fragen. Aber wenn du meine Firma reinziehst, haben wir beide ein Problem. Du das größere. So viel dazu.«

Er gibt sich einen Schluck aus der Tasse.

Ich nicke. »Verstanden.« Er hat nicht unrecht.

»Du bist hier, weil du was brauchst, Samson. Also sag schon.« Sein Blick wandert zu Daniela.

»Er ist ein Vollidiot, aber es gibt Schlimmere«, meint er. Damit bringt er das Mädel zum Grinsen.

»Muchas gracias, dafür kann ich nichts, das sind die Gene«, sag ich. Auf Sebas Stirn erscheinen drei Furchen.

»Eine Leuchtpistole brauch ich«, füg ich halblaut an.

»Bootsfahrt?«, will er wissen.

»Nicht direkt.«

»Du willst etwas anzünden?«

»Ja, wenn alles klappt.«

»Der Kerl ist ein Pyromane. Warum werde ich mit so einem Neffen bestraft, hä? Was hab ich getan?«

»Du warst immer mein Idol.«

Seba steht seufzend auf und schnappt sich sein Smartphone. Ich weiß, dass er seinen Kumpel Lothar, den Waffen-Frickler, anruft. Er fragt ihn, ob der eine Leuchtpistole auf Lager hätte. Daniela und ich hören schweigend zu.

Als Seba mir zunickt, steh ich auf. Mehr erklären kann ich ihm nicht, reinziehen will ich ihn auch nicht, bleibt nur, ihn zu drücken und ins Auto zu steigen.

»Wenn schon nicht auf dich, pass ja auf sie auf«, brummt er und deutet auf Daniela.

»Das werd ich«, stoß ich hervor. Mein Hals gleicht der Sahara. Hoffentlich war das nicht unsere letzte Begegnung.

Ich weiß, dass er sich Sorgen macht. Da sind wir schon zwei.

Wir müssen nicht lang fahren. Drei Querstraßen weiter ist Lothar zu Hause. Der Mann ist ein Original. Ich hab ihn mit ölverschmierter Lederschürze in Erinnerung, der ganze Kerl wirkt, als hätte man ihn aus Lederresten zusammengenäht. Ohne Alter.

Diesmal bitte ich Daniela, im Wagen zu bleiben. Seba hat mich allein angekündigt, und Lothar ist ein Kauz. Vorsicht ist die Mutter seiner Prinzipien.

Ich öffne eine quietschende Gartentür, laufe durch ein verwildertes Gärtchen, in dem ein Sammelsurium an Baumaterial herumliegt. Mit all den Stangen, Ziegeln und Kleinteilen könntest du noch ein Häuschen hinstellen, neben das Gebäude aus den Fünfzigern. Erinnert an den Hinterhof vom Baumarkt.

Ich läute, und Lothars Angetraute lässt mich ins Haus. Sie scheint gewartet zu haben. Eine Parfümwolke nebelt mich ein. Kleid, Lippen, Schuhe, Haare, Nägel – mehr Rot geht nicht.

Seba hat mir einmal erzählt, Lothar habe sie sich aus dem Katalog ausgesucht und bestellt. Ukrainerin. Mittlerweile seien sie seit fünfundzwanzig Jahren zusammen. So kann Liebe auch funktionieren. Hinter ihr geh ich bis zum Ende des Flurs. Sie stakst die Kellertreppe hinunter und öffnet behutsam eine Eisentür.

Lothar steht an einer Drehbank und flucht vor sich hin, ohne mich zu beachten.

»Lothar, da ist Sebas Neffe«, zwitschert das Rotkehlchen und stöckelt hüftwackelnd von dannen.

Der Mann dreht sich um, nimmt die randlose Brille ab und wischt sich den Schweiß von der Stirn.

Ich stell mich ordentlich vor, und er scheint sich an meine Fresse zu erinnern. »Die Walther PPK damals«, sagt er.

Ohne ein weiteres Wort geht er zu einer Blechkommode, zieht eine Schublade auf und holt eine Pappschachtel hervor.

Er stellt sie auf den Tisch, greift hinein und zaubert eine Pistole hervor, die er aus öligen Lappen wickelt.

»Fliegerleuchtpistole«, murmelt er. »Kaliber vier, zweiläufig. Sie hat einen Feuerwahl-Umschalthebel. Eine Krieghoff, Zweiter Weltkrieg – nicht billig.«

»Zweiter Weltkrieg?« Ich schüttle den Kopf. »Sorry, Lothar, ich brauch keine Antiquität, nur etwas, das funzt.«

Lothar verzieht die Schnute, als hätte ich ihm ins Gesicht gespuckt.

»Die funktioniert«, zischt er mich an, »verlass dich darauf. Munition gibt's dazu.«

»Was soll die kosten?«

»Du willst sie ein Mal benutzen?«

Ich nicke.

»Zweihundert Leihgebühr. Übermorgen bringst du sie mir unversehrt. Jeder weitere Tag hundert. Wenn die Waffe nicht wieder zu mir kommt, schuldest du mir zwei fünf, in bar. Und du willst mir nichts schulden, Junge. Und keine Polizei im Spiel.«

»Klingt fair. Ich nehm sie.«

Die Kohle geht über den Tisch. Er erklärt mir, wie ich mit der Knarre umgehen muss, und ich kann sie samt Munition einschieben. Zweiläufig ist gut. Massives Teil. Sie ist schwerer als mein russischer Revolver, und ich hab eine Beule in meinem Hoodie. Känguru-like. Heute Abend muss ich das besser lösen.

Ich leg die Pistole ins Handschuhfach, und wir machen uns auf den Weg nach Hause. Viel kann ich jetzt nicht mehr tun, außer warten. Bruckner ist noch ein Problem. Natürlich hab ich den Sender nicht an meiner Karre befestigt. Warum sollte ich Interesse daran haben, dass er auftaucht? Soll der Pole ihn plattmachen, wo immer er ein Plätzchen dafür findet. Damit muss Stani klarkommen.

Mit aufgeklappter Bettcouch lassen wir es uns gut gehen. Das Einzige, was wirklich hilft, wenn du willst, dass dir der Verstand wegfliegt und du nicht auf Vollrausch oder LSD abfährst. Wir grooven uns aufeinander ein.

Daniela schaltet ansatzlos vom Kuscheln ins derbe Programm. Sie ist Xenia, als sie mich reitet und sich dabei in Rage schlägt und beißt. Ihre Brüste wippen vor meinen Augen, und ich schnapp mit den Zähnen nach dem Happen. Sie scheuert mir ein paar, bevor sie stöhnend über mir zusammenbricht. Mein Becken bewegt sich heftig, ich lass nicht locker, bis es mich wegreißt und ich zum zuckenden, keuchenden Tier werde. Die Frau küsst mich drüber, dann lacht sie auf und streicht mir über meine Wange. Neben mich fällt sie auf die Couch.

Wir gönnen uns eine Pause mit Pfeifchen, Dosenbier und Nackenmassage. Später auf dem Klo betrachte ich mich im Spiegel. Mein Schultern und meine Brust zieren tiefe Bissspuren, und auf meinen Wangen leuchten rote Finger auf. Zurück im Zimmer stell ich mich hin und lass meine Augen über die Frau wandern. Berauschend sieht sie aus, nackt reckt sie sich mit geschlossenen Augen auf meiner Couch. Sie streckt die Arme nach mir aus.

»Komm her!« Es klingt wie das Maunzen von Zierls Katze.

Ich tu es, falle über sie her und versohle ihr den Hintern. Sie kniet vor mir, ich nehm sie bei den Hüften, dräng in sie und stürze und stürze … so tief.

Eine halbe Stunde später sitzen wir in meinem Wagen, und ich bring sie nach Hause. Es gibt mir ein gutes Gefühl, sie dort zu wissen. Natürlich hat sie darauf gebrannt, mich zu begleiten. Aber das würde weder mir noch Stani behagen. Sie löchert mich mit Fragen, und ich geb mein Bestes. Die Leuchtpistole geht ihr nicht aus dem Kopf.

»Warum nimmst du keine richtige Pistole mit?«

»Glaub mir, daran herrscht heute Abend kein Mangel – deswegen ja die Weste. Aber ich will irre viel Chaos stiften können, etwas abfackeln, in die Luft jagen. So hab ich die beste Chance, an das Bild ranzukommen, besser, als wenn ich den Revolverhelden spiele. In Stiefeln zu sterben war schon immer gaga.«

»Pass auf, dass du die Skizze nicht verbrennst!«

»Klar. Ich bin doch nicht blöd.«

Aber genau diese Chance erhoffe ich mir, am besten vor aller Augen. Burn, baby, burn! Mal kurz nachgedacht: Wir haben einen Big Boss samt Gefolge, zwei diebische Scheichs, die Fälschung, die Pauli im Hotel gelassen hat, meine Geheimwaffe Zierl und Samson, den Magier. Schaffe ich es, die Kopie abzufackeln, ist das Original bei mir safe. Vorausgesetzt, Stani vertraut meinem hoffentlich überzeugenden Gutachter. Dann bleibt noch dafür zu sorgen, dass Thyla und Bruckner – falls der den Polen überlebt – vom tragischen Verlust des da Vinci Wind bekommen, et voilà. Wenn's schiefgeht, könnte ich mich mit dem Original immer noch in Thylas Arme flüchten oder es an Stani vorbei an den arabischen Obermacker verticken. Sag noch einer, Samson könne nicht zocken. Drei Asse. Andererseits, kein todsicheres Blatt, für das du dein schäbiges Leben als Einsatz auf den Tisch werfen solltest. Wenn ich nur darauf vertrauen könnte, dass alles so flutschen würde, wie es mein vergammeltes Hirn ausgebrütet hat, wäre mir wohler in meiner Haut.

Daniela hätte sich gern als Assistentin meines Gutachters ausgegeben, aber ich habe keine Lust, graue Haare zu kriegen. Es reicht, wenn ich mir Gedanken um mich und Zierl mache. Wobei für den Alten, wenn alles glattläuft, kein Risiko bestehen dürfte. Aber was läuft glatt im Leben? Stani hatte noch nie den Hang, mit Kalaschnikows großflächig Probleme zu lösen, er sollte heute Abend damit nicht anfangen.

Ich setz Daniela vor ihrem Haus ab und begeb mich auf den Rückweg. Unterwegs mach ich noch einen Abstecher nach Haidhausen ins Green Bambus, um meinen Ausweis abzuholen. Es gilt, den Schein zu wahren, Thyla wird sicherlich informiert.

Zusammen mit einem bezaubernden Lächeln bekomme ich von der guten Tidaporn ein Kuvert und bin sicher, dass ich nicht nachsehen muss. Leo König. Wer weiß, wann ich das Dokument brauchen kann. Tatsächlich hatte ich noch nie einen falschen Pass, das ist eher die Trickbetrügerliga. War nie mein Ding. Bis dato hat es mir gereicht, als Samson durch die Welt zu stapfen. Ich war ja noch nie Millionär.

ZWANZIG

Ich will gerade am Piusplatz den Chrysler einparken, da rauscht mir ein blauer Transporter quer vor die Haube. Bruckner! Der hat mir gefehlt wie ein eitriges Furunkel. Leider weit und breit kein Jablonski in Sicht.

Der Mann steigt aus, öffnet die Schiebetür und winkt mir.

Ich schäl mich aus dem Sitz. »Bin ich zu schnell gefahren?«, will ich wissen.

»Wir sollten reden«, knurrt er mich an, »sonst hast du Probleme.«

»Aber nur reden. Anfassen kostet extra.«

Ich kann mir nicht vorstellen, dass er mich in seinem Transporter kaltmachen will, also folge ich seiner Einladung. Wir klettern beide ins Fahrzeug, und er lässt die Schiebetür zuschnellen. An einem Klapptischchen sitzen wir uns gegenüber.

»Gemütlich«, sag ich, »gibt's Kaffee und Kuchen?«

Er schweigt. Sein Smartphone klingelt. Er hält es sich ans Ohr, lauscht und nickt, offenbar befriedigt.

»Samson, Samson«, sagt er, »in was bist du da geraten? Das ist viel zu groß für dich.«

Ich sage nichts und warte. Wo ist sein Kumpel Weinhauser abgeblieben? Ist das eine Solonummer?

Bruckner kratzt sich am Kinn und seufzt auf.

»Wo soll ich anfangen? Wir wissen, dass du bei den ermordeten Jungs von Stani deine Hände im Spiel hattest, du warst im Haus. Sicher hast du sie gekillt, wer sonst?«

»Praktisch, so ein Sender, was? Und wenn ich mein Auto verliehen habe?«

»Ja, nachdem Stani dich beauftragt hatte, nach Pauli zu suchen, haben wir einen Sender an deine Schrottkarre geklebt. Die ist ja unverwechselbar. Wer konnte wissen, was du findest? Ich hatte schon Angst, du fährst nur U-Bahn. Für den Mord an Stanis Idioten würdest du lange in den Bau wandern, aber zuerst sollte man es Stani stecken. Was meinst du? Der hätte Spaß mit dir. Ich glaube, bei Olegs Tod hast du auch mitgemischt.«

»Den Tracker an meiner Karre hat Oleg montiert, oder? Dass er dein Spitzel war, hat sich längst rumgesprochen, das wusste jeder. Der musste so enden. Glaubst du, Stani ist blind und taub?«

Bruckner reißt die Augen auf und ballt die Fäuste. Damit hat er nicht gerechnet. Das muss er erst verarbeiten.

»Und du willst mich nicht ans Messer liefern«, schieß ich nach. »Du hättest Oleg ja verraten können, dass ich zur selben Zeit wie er in Rosis Haus war. Hast du aber nicht.«

Ich ernte Kopfschütteln. Der Bulle senkt den Kopf und reibt sich das Stoppelhaar, bevor er sich mir zuwendet.

»Wieso auch?«, sagt er langsam. »Schließlich hättest du nützlich werden können. Und das bist du jetzt. Wer hat den da Vinci, Samson?«

Ich zucke mit den Schultern. »Soll das heißen, Pauli hat –«

»Kein Spielchen mehr!«, schreit Bruckner. »Es reicht. Ich weiß, dass du für Stani arbeitest. Du warst mit ihm im Raja Palace. Wahrscheinlich hast du Pauli gekillt. Das ist mir egal, verstehst du? Ich will wissen, wo die Skizze ist! Sonst …«

»Sonst was?« Er weiß nicht, wem Pauli ins Messer gelaufen ist? Ich dachte bisher, er wäre das gewesen. Was erzählt der da? Merkwürdig.

Bruckner schenkt mir ein Haifischlächeln. »Du kennst doch meinen Kollegen Weinhauser? Er sitzt bei deiner Freundin auf dem Sofa. Er hat mir gerade gesagt, es sei sehr gemütlich. Und wenn wir die Skizze nicht bekommen … Also gib uns einen kleinen Tipp.«

Shit! Mehr kann ich nicht denken. Gottverdammt! Der fette Waschbär bei Daniela. Und Bruckner könnte Stani verklickern, dass ich seine Jungs geext habe. Was noch? Das ist so bitter.

Ich reib mir die Augen. Ich muss Zeit gewinnen. Nachdenken, Samson. Cool bleiben. Mit einer Geschichte vom banalen One-Night-Stand brauche ich ihm nicht zu kommen. Bruckner ist nicht blöd. Mir wird schwindlig, in meinem Schädel kreisen nutzlose Gedankenfetzen.

»Ich will mit ihr sprechen«, sag ich.

»Gut.« Der Hauptkommissar greift erneut zum Smartphone. Er murmelt etwas und reicht es mir.

»Daniela?«

»Ja.«

»Alles okay?«

»Ja. Der Wichser hat –«

Die Verbindung wird unterbrochen.

Neinneinnein! Ich stell mir den Waschbären auf Danielas Futon vor. Das feiste Grinsen, seine Pfoten … Ich kann nichts unternehmen.

»Ich geb dir einen Tipp, und Weinhauser verschwindet?«, frag ich und puste durch.

»Hängt von deiner Information ab.«

»Und wenn ich von der Skizze nichts weiß?«

»Tja, dumm gelaufen.«

Ich schau auf seine Hände, die mit dem Smartphone jonglieren. »Ich denke, Weinhauser sollte sich deine Süße mal richtig vornehmen«, sagt er, »die hat schon –«

»Okay, warte!«, unterbrech ich ihn. »Heute Abend ist die Übergabe der Skizze an Stani. Zwei Scheichs haben sie jetzt. Ich sag dir, wann und wo, und Schluss mit der Scheiße.«

»Wenn es sich als wahr herausstellt und ich das Bild bekomme.«

»Verkackter Mist!«, braus ich auf. »Was weiß ich, ob du es Stani abnehmen kannst! Wenn du dich zu dämlich anstellst, was ist dann?«

»Dann wirst du dir Sorgen machen müssen, Samson. Wenn ich den Fetzen nicht kriege, kann's für deine Schlampe übel ausgehen. Und weißt du auch, wen wir dafür wegen Mordes drankriegen werden?« Die Sau lächelt mich an. »Und du wirst das Maul nicht mehr aufreißen können, weil Stani dich längst erledigt hat. Na, was sagst du?«

»Verstanden. Aber wenn dieser Klops sie auch nur berührt mit seinen Fettgriffeln …«

»Spiel dich nicht auf, Samson. Dafür bist du nicht in der Position. Weinhauser lässt deine Ische in Ruhe, wenn ich die Skizze bekomme.«

»Du Drecksau!«

»Danke. Wann und wo?«

Bruckner labert Bullshit. Wenn er die Skizze hat, werden die beiden Cops Daniela und mich verschwinden lassen. Todsicher. Wir wären die Einzigen, die über alles Bescheid wissen. Das Risiko würden die beiden nie und nimmer eingehen, wenn sie sich ungestört an ihren fünfzehn Mios erfreuen wollen. Samson wäre der Stachel im Fleisch, der könnte wehtun. Den ziehst du dir besser. Kurz und schmerzlos. Selbst wenn ich wollte, ich könnte nicht bei den amtlichen Sheriffs oder bei Stani petzen, mein Pfeilschuss würde mir das Genick brechen. Wie zur Hölle komm ich da raus?

Ich beschreibe Bruckner, wo und wann die Übergabe des da Vinci stattfindet und wer dabei sein wird. Der Bulle ist hocherfreut.

»Sobald ich die Skizze habe, bekommt Weinhauser Bescheid. Mach ja keinen Fehler, Samson! Und jetzt verschwinde. Wir sehen uns in zwei Stunden.«

Ich klettere aus dem Bus und hatsch zurück zu meiner Karre. Während ich zusehe, wie sich Bruckner vom Acker macht, wähle ich Jablonskis Nummer. Er geht selbst ran und hört sich schweigend an, wo er Bruckner heute Abend finden kann. Ich wünsch ihm Waidmanns Heil und lege auf. Es wird das große Feuerwerk geben, ganz so, wie Stani es bestellt hat.

Für fünfzehn Millionen würde manch einer seine Beine hergeben und die seiner Freunde dazu. Falls Bruckner ins Gras biss, würde das Weinhauser nicht zu Tränen rühren, Hauptsache, er wittert die Kohle. Für den Geruch kann ich sorgen. Hoffentlich! Solange er Daniela als Pfand benötigt, bleibt sie am Leben. Wenn nicht …

Eine Stunde später schlage ich in Neuperlach auf. Eine horrende Stunde, die ich mit Grübeln zugebracht habe. Eine Stunde, die Weinhauser mit Daniela zugebracht hat.

Ich trage die schussfeste Weste unter meinem Hoodie, die Signalpistole im Hosenbund und hab da Vincis Skizze im Kofferraum. Für alle Fälle. Vor dem Haus stell ich meinen Schlitten ab und läute bei Zierl. Beim Blick nach oben glaube ich, Weinhausers Schädel hinter Danielas Küchenfenster gesehen zu haben. Schade, wenn ich ein Sniper wäre, hätte der Waschbär ein Loch im Pelz.

Ich muss ruhig bleiben.

Die Haustür geht auf, und Zierl erscheint. Er sieht aus wie aus dem Ei gepellt. Sakko, Aktentasche, randlose Brille, so hab ich mir das vorgestellt.

Wir setzen uns in den Chrysler, und ich spreche nochmals alles mit ihm durch. Ich wiederhole es, bis ich glaube, er hat es gefressen. Ein Mantra: Hingehen, anschauen, Echtheit bestätigen, fertig.

Der Mann wirkt erstaunlich gefasst, relaxter, als ich mich fühle. Dass er mir auf die Schulter klopft, zeigt mir, wie ich wirke. Mir zittern die Flossen. In mir glühen alle Drähte. Mein Gott, wie schaff ich es, Zierl bei der Stange zu halten, wenn ich am liebsten aussteigen und losbrüllen würde? Ich muss Weinhausers Visage aus meinem Kopf bekommen!

Zierl schaut mich missbilligend an, als ich mir eine Kippe anzünde. Ich öffne brav das Fenster.

Den Rest der Fahrt schweigen wir.

Es geht nicht weit. Ins Perlacher Gewerbegebiet Süd. Niemand scheint an meinen Fersen zu kleben. Ich hätte nicht gedacht, dass die drittklassige Lage von Sebas Autohandel noch getoppt werden kann. Stani schafft das spielend. Wir zockeln an rostenden Firmenschildern und Hallen vorbei, irgendwann einmal hatte jemand Hoffnung auf Wohlstand und Erfolg, aber die ist längst abgeschrieben und verrottet. Als würden wir eine neue Episode von »Mad Max« drehen. Endzeitszenario. Vielleicht hätten wir einen Geigerzähler mitnehmen sollen. Zum Glück ist es dunkel – wenn du eine Viertelstunde zwischen Abwrack-Grundstücken entlangrollst, macht dich das depressiv.

Verlockende Angebote: fast runderneuerte Reifen, vergammelte Wohnwagen, Altmetall, Paletten, Bretter, Schrott, Büromöbel vierter Hand und was sonst noch alles vom Truck fallen kann.

»Wo sind wir hier?«, will Zierl wissen, als wir an einer mannshohen Steinmauer mit Stacheldrahtapplikation vorbeikommen, gebaut, um Lärm oder Neugier auszusperren. Wer auf Mauern abfährt, hat Beton statt Hirn im Schädel und glotzt meist, als habe er Stacheldraht um den Pimmel. Erfahrungswert. Post auszutragen gab es hier für Zierl früher nie.

»Nirgendwo«, antworte ich, »nirgendwo, wo man sein sollte.«

Dabei gibt's um die Ecke ein Großraum-Puff. Aber die Mädels sollten hier auch nicht sein.

Zierl verzerrt es die Gesichtszüge wie bei einer Wurzelbehandlung, als ich uns mit »Uprising« von Muse beschalle. Ich kenn keine Gnade. Das muss er jetzt ertragen. Ich brauch dringend Stoff, der mir hilft, die nötigen Vibes aufzubauen, und 'nen Blitzableiter für meine Nerven. Wenn die weiter so unter Strom stehen, gibt's 'nen Kurzschluss, und mir verschmort die Birne.

»We will be victorious!«, plärr ich mein Lenkrad an, dann schnauf ich durch. So und nicht anders!

Wir sind da. Mich an Stanis Beschreibung haltend, biege ich auf einen gekiesten Platz ab, der von Maschendrahtzaun eingerahmt wird. Vor einer verwitterten Stahlkonstruktion stelle ich den Chrysler neben einem BMW X6 ab. Hier also. Ursprünglich wird die Halle blau gewesen sein, mittlerweile haben Regen und Zeit die Farbe fast vollständig abgeschmirgelt.

Wir schälen uns aus der Karosse und marschieren zu einer halb offenen Stahltür. Mit einem Seitenblick registriere ich drei Figuren, die sich rauchend vor einer Blechhütte des Nachbargrundstücks postiert haben und uns mustern. Stanis Personal. Wacht ja gut über uns, Jungs!

Es ist angerichtet.

Den zögernden Zierl schieb ich vor mir her, wie die Kuh in den Schlachthof. Ich stoße die Metalltür ganz auf. Quietschend bewegt sie sich.

Wir bleiben stehen, und ich schau mich um. Die Halle ist beinahe leer. Es riecht nach verbranntem Gummi. Die Neonröhren an der Decke summen, als würden sie miteinander quatschen. Blaue Fässer nebst vergammelten Holzkisten stehen umher, das Ganze erinnert an Ego-Shooter-Szenarien. Hinter jeder Kiste könnte ein tückischer Zombie lauern oder Lara Croft.

Stani erwartet uns. Allein hat er sich in der Mitte der Halle aufgepflanzt. Breitbeinig, die Arme über der Wampe verschränkt. Vor ihm auf dem Boden steht ein schwarzer Aktenkoffer.

»Was ist mit dir los, Samson?«, ruft er mir entgegen und lacht auf. »Du siehst ja jetzt schon aus wie tot.«

»Wie witzig«, zisch ich ihm zu.

Zierl zuckt zusammen und rückt seine Brille zurecht.

Ich setz gerade an, ihm Beruhigungsformeln einzuflößen, da kreischt die Metalltür auf. Die Araber. Zu zweit, Sonnenbrillen, unbewegte Mienen. Einer trägt eine Ledermappe, die wohl die gefälschte Skizze enthält. Ob sie bewaffnet sind, kann ich nicht erkennen.

Sie stolzieren auf uns zu, als gäben wir »Spiel mir das Lied vom Tod«.

Zierl wischt sich Schweiß von der Stirn. Stani lächelt. Ich behalte die Tür im Auge.

Einen Meter vor uns bleiben die Typen stehen. Sie wirken nervös, ihre Finger sind in ständiger Bewegung. Sie haben Grund. Wenn ihr Obermacker herausbekommt, dass sie ihn abgelinkt haben, möchte ich nicht in ihrer Haut stecken. Die dürfte zeitnah zur Decke oder Handtasche verarbeitet werden.

»Professor Zierl«, stell ich meinen Begleiter vor, der an seiner Krawatte nestelt.

Die Araber nicken schweigend.

Die Zeichnung wird aus der Mappe genommen. Ich darf einen Blick auf den Zwillingsbruder meines halb nackten Heiligen erhaschen.

Zierl nimmt das Blatt entgegen, beäugt es von allen Seiten.

»Das Martyrium des heiligen Sebastian«, murmelt er. So was nenne ich vorbereitet. Er legt Ehrfurcht in seine Mimik. Gefällt mir. Ich seh einen Schweißtropfen an seiner Schläfe entlangziehen, beobachte, wie er sich einen Weg nach unten bahnt. Vom Kinn tropft er auf den Hemdkragen.

Mit fahrigen Bewegungen zückt Zierl seine Briefmarkenlupe und eine Taschenlampe, kniet sich mit dem da Vinci auf den Boden und breitet ihn auf dem Mappendeckel aus.

Niemand muckst sich.

Die Araber warten auf das Ergebnis, Stani und ich auf die Überraschung, die er mir im Miez angekündigt hat, und Zierl darauf, mit heiler Haut rauszukommen. Er wendet die Zeichnung um und betrachtet sie akribisch aus jedem Winkel. Ich hab gehört, da Vinci habe Italienisch in Spiegelschrift geschrieben. Nicht gerade mein Spezialgebiet.

Die Uhr tickt. Mach schon, Zierl! Bedächtig geht er vor, bewegt die Lippen, als ob er den Text entziffern könnte. Hoffentlich fragt ihn niemand nach der Bedeutung. Ich spähe umher. Wo wäre ein geeignetes Plätzchen, um in Deckung zu gehen? Was hat Stani geplant? Wo bleibt Bruckner?

Zierl richtet sich schwerfällig auf. Er streckt den Rücken durch und holt tief Luft. Wir hängen an seinen Lippen.

»Echt!«, ruft er aus. »Das ist ein da Vinci. Ohne jeden Zweifel. Oh Gott, das ist phantastisch!«

Die Araber nicken synchron. »Da Vinci« haben sie verstanden.

»Everything okay?«

Sie warten auf Stanis Kohle.

Zierl gibt mir ein Zeichen, er spreizt den kleinen Finger ab, wie besprochen.

Stani, dem das nicht entgangen ist, wirft mir einen fragenden Blick zu.

»Wirklich echt«, flüster ich ihm zu und zucke mit den Schultern.

Sollte der Big Boss uns tatsächlich abnehmen, dass eine fünfminütige »Expertise« im flackernden Licht auf dem dreckigen Boden einer Lagerhalle Bedeutung hat?

»Pang!« Die Metalltür fliegt auf. Zwei Männer springen in die Halle. Ganz in Schwarz, Strumpfmasken, Springerstiefel, das volle Programm. Der eine fuchtelt mit einer Pumpgun herum, Nummer zwei zielt mit einer Fünfundvierziger auf uns. Beeindruckende Darbietung.

»Keiner rührt sich!«, schreit der Revolvermann. »Don't move!«

Die Araber und Zierl reißen ihre Hände nach oben.

Stani nicht. Er stürzt sich auf mich und haut mir voll in die Schnute. Bevor ich »Piep« sagen kann, sitz ich auf dem Hintern und schmeck Blut im Mund.

»Du mieser Verräter!«, schreit er theatralisch. »Traitor!«, fügt er für unsere ausländischen Freunde hinzu. Stanis Showeinlage? Die Nummer ist vom Wühltisch. Ich bete für uns, dass die Scheichs darauf hereinfallen.

»Stopp!«, knurrt einer der Maskierten. Es knallt. Der Typ hat Richtung Decke geschossen.

Stani verharrt mitten in der Bewegung.

Der Revolvermann kommt auf uns zu. Direkt vor Zierl baut er sich auf, hält ihm die Pistole an die Stirn und streckt die andere Hand aus. Zierl reicht ihm das Blatt. Es verschwindet in einem Stoffbeutel, der Kerl schnappt sich Stanis Aktentasche und geht langsam rückwärts zu seinem Kumpan. Uns nicht aus den Augen lassend, schreiten die beiden Richtung Tür.

Mit einem Fluch reißt Stani eine Pistole aus dem Jackett.

Der Maskierte ist schneller. Sein Schuss holt den Gangsterboss von den Beinen.

Mit einem Schrei fasst der sich an die Brust und bricht zusammen. Er bleibt liegen und rührt sich nicht mehr.

Sterbender Schwan? Wo bleibt mein Popcorn? Was für ein Drama! Die Räuber verdrücken sich samt Skizze, die Scheichs halten Stani für tot und gehen ab. Und wenn wir nicht gestorben sind … Ich such mit den Augen die Halle ab. Was treibt der verdammte Bruckner? Mir fehlt mein Chaos.

Zierl ist hinter ein Fass gesprungen. Kluger Mann! Verirrte Kugeln töten häufiger als gezielte. Es sind zwar sicherlich Stanis Jungs, aber falls die Araber hohldrehen, könnte es krachen. Ich schätze, der Kerl mit der Pumpgun hat scharfe Munition. Und ich glaube nicht, dass jemand bei Zierl oder mir Rücksicht walten lässt.

Den Faustschlag nehme ich Stani übel. Sein Protzring hat mir die Lippe aufgerissen. Fast wünschte ich mir, er wäre real umgelegt worden. Ich soll also schuld sein. Will er mich den Beduinen als Opfergabe überlassen? Ein rachsüchtiges Duo aus dem Orient, das hinter mir her ist, käme ungelegen. Die beiden blicken nervös zwischen Stani und den Maskenmännern hin und her. Ihre Schädel glänzen von Schweiß. Spielt bloß nicht die Helden!

Vor der offenen Tür bleiben Stanis Schwarzkittel abrupt stehen, als wäre dort eine unsichtbare Mauer. Sie lassen ihre Waffen auf den Boden poltern und heben die Flossen. Was zum Geier …?

Erst erscheint der Lauf einer Pistole, dann der ganze Typ. Er trägt eine Werwolfmaske und Camouflage-Klamotten.

Die beiden Maskierten werden zu Säulen.

»Hinlegen!«, schreit der Neue.

Alle, die noch stehen, tun ihm den Gefallen.

»Her mit dem Bild!«

Stanis verhinderter Räuber fummelt die Skizze aus dem Beutel und reckt den Arm nach oben.

Der Werwolf reißt sie ihm weg. Er faltet sie mit einer behandschuhten Hand und schiebt sie sich in die Seitentasche seiner Hose. Die Aktentasche vergisst er auch nicht.

Ich werfe einen Blick auf den Big Boss, der wie leblos in der Ecke liegt. Was ist mit seiner Show? Nein, so hat sich Stani das nicht vorgestellt.

Plötzlich wirft er sich zur Seite, greift nach seiner Waffe – und bamm! Er ballert auf den Werwolf. Schuss um Schuss. Kein Treffer.

Sein Gegner macht keine Anstalten abzuhauen, sondern marschiert ungerührt auf ihn zu und erwidert das Feuer.

Ich rapple mich auf und versuche, zu einer der Kisten zu rollen.

Das Echo der Schüsse wird von den Wänden zurückgeworfen. Querschläger pfeifen um uns herum. Mir klingeln die Ohren. Nur weg. Ich bin mit den Füßen schon hinter einem Fass, da trifft mich ein Schlag. Wamm – als hätte mir ein Pferd einen Tritt vor die Brust versetzt. Mir bleibt die Luft weg. Platt bleib ich liegen. Fühlt sich wie tot an. Auch Stani ist zusammengebrochen. Der Boss liegt direkt neben mir und stöhnt.

Die Tür knallt zu. Ich schaue hoch. Der Werwolf ist verschwunden. Das Vieh hat uns beiden eine Kugel verpasst!

Die Maskierten springen auf. Mit der Pumpgun eilen sie nach draußen.

»Hey, Alter«, japst Stani und richtet sich auf. »Was abgekriegt?«

»Du?«

»Nee.«

Er hat ein Loch im Hemd, Bauchhöhe. Es scheint ihn nicht zu jucken.

Ich rappel mich auf.

Durch das Loch im Hoodie kann ich meinen Daumen stecken. Das wär ein blitzsauberer Herzschuss geworden.

Stanis Kugelfangweste ist eine Luxusausführung. Mir brennt die Brust, am liebsten würde ich mir alles vom Leib reißen. Der Schmerz macht mich fertig, Scheiße, verfluchte!

Die Araber würdigen uns keines Blickes. In ihren Pfoten sind Revolver aufgetaucht. Laut lamentierend rennen beide nach draußen.

Gemeinsam mit Stani komm ich hoch. Ich muss mich beim Boss aufstützen. Es ist höllisch.

Zierl ist auch aufgestanden. Wilde Blicke wirft er umher.

»Rühr dich nicht vom Fleck!«, ruf ich ihm zu. So, wie er aussieht, kommt er eh keinen Meter weit. Seine Knie wackeln. Er hyperventiliert.

Ich beiß die Zähne zusammen. An Stanis Seite haste ich den Arabern hinterher. Jeder verdammte Atemzug ein Stich.

»Warum triffst du den Wichser nicht?«, schrei ich.

»Fick dich, Samson!«, plärrt er zurück. »Was hast du gemacht, hä? Bodenturnen?«

Stanis maskiertes Überfallkommando wartet mit laufendem Motor im X6 auf dem Hof. Ihr Boss wuchtet sich in den SUV, und zu dritt brettern sie los. Von Stanis Wachpersonal auf dem Nachbargrundstück ist weit und breit nichts zu entdecken. Loser! Bruckner muss sie ausgeschaltet haben. Ja, der Fachkräftemangel, da nimmst du, was du kriegen kannst. Von wegen »mein Spiel, meine Regeln«. Ich klemm meinen Kadaver hinters Steuer des Chryslers und mach, dass ich loskomme. Wo ist der verdammte Pole, wenn man ihn braucht? Wer sonst außer Bruckner könnte der Werwolf gewesen sein?

Ich trete das Pedal durch, und die Karre schlingert mit durchdrehenden Reifen über den Hof. Gegen die Hallenwand prasselt der Kies, es hört sich wie Kugelhagel an. Der Motor heult gequält. Ich muss alles aus der Mühle herausholen, um Stanis Rücklichter nicht zu verlieren. Auf beiden Seiten fliegen die Wände maroder Hallen an mir vorbei. Im Spiegel seh ich noch zwei Fahrzeuge, die es eilig haben. Wer hat sich da festgesaugt? Das ist eine gottverdammte Rallye!

Es geht nach links. Nicht mehr als eine Gasse, gesäumt von Maschendrahtzaun. Vor mir steigt Stanis Fahrer in die Eisen. Es qualmt. Nie und nimmer schaff ich das! Ich reiß das Lenkrad nach rechts, plätte einen Meter Zaun und schieß an Stani vorbei. Was zur Hölle …? Ein Van steht quer auf der Fahrbahn. Bruckner! Reifen quietschen, ich tret die Bremse ins Bodenblech. Vor mir rauscht gerade ein Auto ab, schießt mit aufjaulendem Motor durch den Zaun ins Gelände. Das müssen die Araber sein. Meine Stoßstange knufft den Van sanft. Uff! Ich stehe.

»Rams!« Ich werde nach vorn geworfen. Scheiße, wer ist mir ins Heck gedonnert? Es gibt nur eins: Tür auf und auf den Teer fallen lassen. Kluge Entscheidung. Um mich herum knallt es. Keinen Schimmer, wer auf wen ballert. Ich roll mich weg vom Geschehen hinter einen Verteilerkasten und geh auf die Knie.

»Samson, du Sau!« Das ist Edgars Stimme. Sie klingt bedrohlich nahe. Ich kann erkennen, dass es sein Golf ist, der meiner Karre am Hintern klebt. Was will der Honk? Hier gibt es keinen Fluss, in den er mich werfen kann.

Vorgetäuschter Tod ist längst durch. Aber Edgar täuscht nie vor, der fährt auf ehrliches Handwerk ab.

»Komm da raus!«, ruft er mir zu. Super. Aus der geduckten Haltung vollführ ich einen Hechtsprung durch Gestrüpp hindurch. Dunkelheit umgibt mich. Vor mir ertaste ich eine Mauer, da komm ich nicht weiter. Meine Sneakers versinken in matschiger Brühe. First class, eine Ölpfütze. Hinter mir fallen Schüsse. Aber das kann nicht Edgar gewesen sein. Ich wälze mich durch den Modder an der Mauer entlang zu einem verkrüppelten Baumstamm und linse hervor. Die Scheinwerfer der Autos bestrahlen die Szenerie.

Edgar vollführt wilde Sprünge und wirft sich hinter Stanis BMW in Deckung. Der ist leer. Die Seitenscheiben zerbersten unter den Kugeln. Er wird von den Arabern beschossen. Die Jungs geben Feuer frei auf jeden, der ihnen vor die Kimme kommt. Die Pumpgun bellt, und alle ziehen die Köpfe ein. Wo ist Bruckner hin? Ich muss mich orientieren.

Stani hat sich auf der anderen Seite des Weges mit seinen Jungs in die Dunkelheit zurückgezogen. Ich kann dort die Konturen eines Gebäudes wahrnehmen.

Rund um mich seh ich Mündungsfeuer aufblitzen. Jemand rennt achtlos an mir vorbei die Gasse entlang. Oh Mann, das scheint Jablonski zu sein!

Ich kann zuhören, wie Stani halblaut seine Männer anweist. »Schnappt euch den Werwolf lebend, das ist ein Cop. Und niemand knallt mir einen Scheich ab.«

Die Pumpgun meldet sich zu Wort. Noch einmal, und wir werden alle taub sein.

»Worauf schießt du?«, tobt Stani los. »Ich steck sie dir gleich in den Arsch und drück ab.«

Wäre keine schlechte Idee.

Ich renne geduckt dorthin, wohin Jablonski entschwunden ist. An einem klammen Bretterzaun entlang arbeite ich mich vorwärts. Sirenen sind zu hören. Die Bullen werden bald da sein. Du kannst nicht minutenlang mitten in München ein Feuerwerk geben, ohne dass es der aufmerksame Bürger registriert.

Der Zaun endet an der Bretterwand einer Hütte. Vor mir verzweigt sich der Weg. Ich muss um das Gebäude herum. Links oder rechts? Wohin ist der Pole? Ich seh die Hand vor Augen nicht.

»Ich hab dir nichts getan!« Das war Bruckners Stimme. Ich presse mich an die Holzplanken und linse um die Ecke. Keine zwei Meter vor mir steht er, Jablonski vor ihm, die Pistole im Anschlag.

»Das ist für Eva«, sagt er.

Ich zieh meine Signalpistole. Von der anderen Ecke der Hütte hör ich ein Geräusch. Jemand hat sich von dort angeschlichen.

Ein Kopf erscheint, verschwindet aber sofort, als Jablonskis Arm herumfährt. Sein Colt bellt, die Kugel geht ins Leere.

Bruckner handelt sofort. Er springt Jablonski an. Die beiden kämpfen um die Knarre. Es sieht aus wie moderner Tanz, sie hängen aneinander und drehen sich gemeinsam. Bruckner hält Jablonskis Handgelenk gepackt, der ausgestreckte Arm rudert hin und her. Dabei keuchen beide wie brünstige Igel. Ich warte ab, wer gewinnt.

Als der Schuss kracht, sprinte ich aus der Deckung.

Jablonski sinkt stöhnend zusammen. Bruckners Gesicht wendet sich mir zu. Ich kann die Wut in seinen Augen sehen. Er will mich mit der Knarre anvisieren. Zu spät, Bulle! Auftritt Doc Holliday. Im Laufen halt ich den Pistolenlauf in Bruckners Richtung und drück ab. Das Ding hat richtig Wums, fast wird es mir aus der Hand gerissen. Die Leuchtkugel zischt Bruckner zwischen die Beine. Schreiend wirft er sich auf den Boden. Er steht in Flammen. Wow, seine Camouflage-Hose taugt nichts. Billiges Polyester. Er wälzt sich hin und her und klopft sich seine Kronjuwelen ab. Ich bleib vor ihm stehen, schieb Lothars Knarre unter den Hoodie und schau mir das Tänzchen an.

Jablonski kommt ächzend hoch. Ich kann nicht erkennen, wo Bruckner ihn erwischt hat. Er bückt sich schweigend nach seinem Revolver und torkelt in die Dunkelheit. Ich schätze, die Jagd ist für ihn noch nicht vorbei.

Erst hör ich es nur keuchen, dann kommt Stani leibhaftig um das Hauseck gestürmt. Er erstarrt.

»Scheiße!«, schreit er mich an. »Warum fackelt der sich ab! Was hast du gemacht?«

»Der Pole war's.« Ich zuck mit den Schultern. »Jetzt geht Bruckner ein Licht auf.«

Der ist inzwischen seine brennende Hose losgeworden. Andächtig schauen Stani und ich zu, wie sie zu Asche wird. Niemand rührt sich. Als wären wir bei einer Trauerfeier im Krematorium. Aus der Hosentasche lodert es hell auf. Wir wissen, was da verbrennt. Auch die Araber sind bei uns angelangt. Keiner schießt oder spricht. Ich schau auf und seh Bruckner, der sich beim Davonspringen seiner lodernden weißen Unterhose entledigt. Ich erhasche einen letzten Blick auf seinen blanken Arsch, dann verschlingt ihn die Nacht. Höchste Zeit, die Erstarrung abzuschütteln. Ich versuche zu löschen und trampel auf der Hose herum.

»Zu spät«, meint Stani, »lass es!«

»Zu spät für was?«, sag ich und ziehe Bruckners Handy aus den Fetzen. Das Display hat ’nen Sprung, aber das Teil funktioniert.

»Ja, toll, beklau den Loser!«, grunzt Stani und wischt sich den Schweiß von der Stirn. »Wir machen halbe-halbe.«

Ich sage nichts. Wo ist Jablonski hin? Will er Bruckner auflauern? Meinen Segen hat er. Der Bulle soll nicht von hier verschwinden. Wenn er mit Weinhauser Kontakt aufnehmen kann, wird es eng für Daniela.

Auf dem Dach einer Garage erkenne ich eine schemenhafte Gestalt, die uns mit einem Nachtsichtgerät begafft. Könnte einer von Thylas Boys sein. Woher haben die den Treffpunkt gekannt? Bevor einer der anderen meiner Schicksalsgemeinschaft ihn entdeckt hat, ist er verschwunden wie ein Spuk.

Begleitet von Stanis Jungs mach ich mich an Bruckners Verfolgung. Wir haben ein gemeinsames Interesse. Nur ein toter Bruckner ist ein guter Bruckner. Ich hätte ihm die zweite Leuchtkugel zwischen die Augen verpassen sollen.

Bevor wir ihn entdecken, hören wir den Schuss.

Vor uns sind zwei Gestalten auszumachen. Einer auf den Knien, der andere liegt direkt vor ihm.

Wie wir näher kommen, richtet der Kniende seine Knarre auf uns.

»Hoh-hoh!«, sag ich und reiß die Arme hoch. »Lass gut sein, Jurek.«

Stanis Brigade macht es mir nach. Der halb nackte Bruckner hat ein blitzsauberes Loch in der Stirn. Aus Jablonskis Ärmel tropft Blut.

Stanis Männer haben genug gesehen. Sie verzupfen sich, um ihren Boss mit guten Neuigkeiten aufzuheitern. Dass er Bruckner losgeworden ist, wird ihm aber kaum über den Verlust der Skizze hinweghelfen.

»Wir haben höchstens zwei Minuten, Jurek«, sage ich, »die Bullen sind gleich da.«

Er sackt zusammen. Ich bück mich zu ihm und leg mir einen seiner Arme über die Schulter. Dann trollen wir uns, so schnell es geht.

Der Klang der Sirenen kommt näher und näher.

Niemand scheint mehr hier zu sein, um uns aufzuhalten.

Ich bugsier den Mann auf den Beifahrersitz des ramponierten Chryslers und umrunde die Motorhaube.

Edgar steht vor mir, aufgetaucht wie aus dem Nichts. Haben die Psychopathen Wandertag?

»Ein andermal«, sag ich, »hörst du die Cops nicht?«

»Geht ganz schnell«, meint er und lässt eines dieser fiesen Jagdmesser mit gezackter Klinge aufblitzen. Zwei Sekunden, und ich könnte meine Gedärme anglotzen. Keine Zeit für die Leuchtpistole. Herrgott noch mal!

Ich hechte Richtung Kühlerhaube und rolle mich darüber. Auf der anderen Seite komm ich wieder auf die Beine und greif unter meinen Hoodie. Brennen sollst du, Sucker! Edgar fletscht die Zähne. Gerade als er zum Sprung ansetzt, rauscht ein Cayenne heran und räumt ihn ab. Einfach so. Der Wagen bremst, und Edgar liegt platt darunter. Bingo.

Die Seitenscheibe fährt nach unten.

»Thyla hätte was dagegen, wenn er dich tötet. Es gibt keinen Grund.« Der Ladyboy am Steuer nickt mir zu, der Cayenne beschleunigt.

Ich kick das Messer in die Böschung.

Edgar röchelt, so leicht bringst du den nicht um. Der Vollpfosten wollte mich ausweiden, aber auf der Straße liegen lassen wie ein überfahrenes Eichhörnchen will ich ihn nicht. Wäre ein Fehler, ihn den Bullen zum Fraß vorzuwerfen. Er meint es ja nicht böse, ich schätze, das sind Ziegelstein-Henrys Gene.

Mich schmerzt jeder fiese Knochen im Leib. Ich kenn sie alle. Der Stunt war Gift für die Rippen. Japsend wuchte ich den schweren Kerl hoch, und Jablonski hilft mit, ihn auf die Rückbank zu zerren. Ich zück meinen Flammenwerfer für Arme, öffne die Fahrertür seiner Rostlaube und jage eine Leuchtkugel ins Innere.

Höchste Zeit, Gummi zu geben und mit meinen zwei Berserkern zur Lagerhalle zu kommen. Im Rückspiegel seh ich die Flammen im Golf aufflackern. Wenn der hochgeht, wird das die Bullen beschäftigen. Ich sag Jablonski, er solle Edgars Trulla eine WhatsApp-Nachricht schicken, dass sie den Wagen als gestohlen meldet. Er zieht ihm das Smartphone aus der Hosentasche und streicht übers Display.

»›Schnäuzelchen‹ nennt sie dich?«, murmelt er. »Das muss die Richtige sein.«

Wir müssen Zierl einsammeln. Man könnte sagen, alles ist glattgegangen, je nach Perspektive.

Zierl hat brav gewartet, er steht noch genau dort, wo ich ihn verlassen habe. Ohne Widerspruch lässt er sich ins Auto bugsieren. Es wird kuschelig. Die beiden verletzten Kameraden starrt er an wie stieläugige Aliens, schweigt aber. Was soll's, ich hatte ihm versprochen, ihm wird nichts passieren – et voilà, alles noch dran am Mann.

Minuten später fahren wir Richtung Neuperlach-Mitte.

Zierl hab ich aufgefordert, er soll Edgar durchsuchen, solange der sich nicht wehren kann. Es finden sich ein Schlagring, zwei Messer und ein Teleskoptotschläger. Kein Ziegelstein. Das Zeug fliegt aus dem Fenster.

Jablonski hat einen Schulterdurchschuss, scheint halb so wild zu sein. Fürs Erste hat Zierl die Blutung mit Kram aus dem Verbandskasten gestillt. Der Alte steigert sich von Minute zu Minute. Ich hab den Briefträger unterschätzt.

»Dieser Bulle Weinhauser hat deine Frau?«, will Jablonski von mir wissen. Gerade hatte ich es Zierl verklickert.

»Ja, in ihrer eigenen Wohnung.«

»Wie willst du das machen?«

»Musst du nachdenken. Tritt die verfickte Tür ein und leg den Hurensohn um«, keucht Edgar vom Rücksitz. »Bamm-bamm, und weg die Sau.«

»Mieser Plan, Schnäuzelchen«, brummt Jablonski. »Musst du mit Köpfchen machen.«

Nachdenken, Köpfchen? Gerade die beiden? Immer gut, zwei Philosophen an der Seite zu haben.

Edgars Knurren geht in Röcheln über.

So wie der Ladyboy ihn zerlegt hat, sind Knochen gebrochen, Mehrzahl. Dafür ist er in erstaunlich guter Verfassung.

Jablonski zieht seinen Monsterrevolver und fuchtelt mir damit vorm Gesicht herum. Ich halt den Atem an.

»Nimm«, sagt er, »den wirst du brauchen.«

»Na, herzlichen Dank, Bruder, aber damit hast du bei Bruckner eingelocht. Lass ihn lieber verschwinden.«

»Ach, Bruckner«, sagt Jablonski. »Ich bin in seinen Van und hab gewartet, bis er aus der Halle kommt. Er soll fahren, aber das Schwein macht Vollbremsung und rennt davon. Scheiße war das.«

»Ja, Scheiße«, sag ich. »Aber – hasta la vista, Werwolf! Da fällt mir ein, kennst du eigentlich Rahman, den Boss vom Spicy Legs?«

Jablonski schnaubt nur.

Wir kommen auf belebte Straßen. Hoffentlich zieht uns kein Verkehrsbulle raus. Edgar hat mir mit seinem Golf ein Rücklicht ausgepustet.

»Woher hat Thyla vom Treffen gewusst?«, will ich von ihm wissen.

Sein Zeigefinger scheint zu funktionieren. Er deutet auf Jablonski. »Wir haben …«, ein Hustenanfall stoppt ihn kurz, »die Boys haben den da beschattet. Du warst bei ihm in der Wohnung. Thyla wollte wissen, was passiert, wohin er geht.«

»Und er hat euch hergeführt? Oh Mann!«

»Wir sollten …« Edgar spuckt einen Batzen Blut aus. Nicht gut für die Polster.

»Solltet was?«

»Die Kontrolle haben.«

»Ernsthaft jetzt? Du kannst ja nicht mal dich kontrollieren, Alter.«

»Sie … sie wird nicht zufrieden sein. Der da Vinci ist futsch, oder?«

»Verbrannt«, bestätige ich ihm. »Aber das weiß sie längst. Ich schmeiß euch beide vor dem Neuperlacher Krankenhaus raus.«

Jablonskis Grunzen soll wohl »Nein« bedeuten.

»Halt da vorn an!«, meint er. »Nehm ich U-Bahn.«

»Wirklich?« Ich tret auf die Bremse. Er reißt die Tür auf und verschwindet stumm in der Nacht.

»Was ist mit dir, Edgar?«

»Machst du Witze? Laufen ist nicht. Ich sag denen, ich bin von der Leiter gefallen.«

»Auch gut.«

Ich fahr direkt hoch bis zur Notaufnahme. Zierl macht die Tür auf, und Edgar lässt sich aus dem Auto fallen. Er schreit nicht, als er auf dem Asphalt aufkommt. Mit Zierl und mir an Bord jagt der Chrysler davon. Ich hoffe, mit Edgar habe ich einen Feind weniger.

EINUNDZWANZIG

»Was machen wir?«, will Zierl wissen.

»Wir fahren zu Daniela.«

»Und dann?«

»Du rufst Weinhauser an, sagst ihm, Bruckner und Samson sind tot und dass du den da Vinci hast. Der sterbende Bruckner hätte dir noch sagen können, was Sache ist. Du vereinbarst einen Treffpunkt, egal wo, weil Daniela eine Freundin von dir ist und dir am Herzen liegt.«

»Und wenn er sich nicht darauf einlässt? Das kommt ihm doch spanisch vor?«

»Spanisch oder französisch, er wird sich darauf einlassen. Fünfzehn Millionen sind im Pot. Es ist die Chance seines Lebens. Da greift er nach jedem Strohhalm.«

Wir parken den Wagen zwei Straßen entfernt. Ich rüttle so lange am verbogenen Kofferraumdeckel, bis sich das Ding endlich öffnet. Die Penny-Tüte ist noch da.

»Da ist der echte da Vinci drin«, erklär ich Zierl. »Das andere war eine Fälschung. Stell keine Fragen, glaub es einfach! Wenn was schiefläuft oder ich draufgehe ...« Ich hol das Kuvert aus der Tüte und reiche es Zierl. »Pass ja gut drauf auf. Vielleicht musst du die Skizze gegen Daniela austauschen.«

»Wa...?«

Zierl starrt den Umschlag mit offenem Mund an. Endlich greift er zu und schiebt ihn in seine Jacketttasche.

»Sie ... Sie wussten, dass das in der Halle bloß eine Fälschung war?«, fährt er mich an. Er zittert vor Empörung. »Und Sie haben von Anfang an geplant, sie zu vernichten? Nach Strich und Faden haben Sie mich belogen! Sie ...«

»Ja, kann sein. Aber hey – es kommt, wie es kommt. Und wir haben einen echten da Vinci. Das ist doch was, oder?«

Zierl klappt den Mund kopfschüttelnd zu. Plötzlich beginnt er leise zu lachen. »Das war ein Schachzug! Ich zieh meinen Hut.«

»Zieh, was du magst, aber beeil dich, verdammt noch mal!«

Bevor ich den Kofferraum zuhaue, schnapp ich mir das Samuraischwert. Entweder ich kann es Daniela schenken, oder ich benutze es.

Der Alte zeigt mir, wie wir durch den Kellereingang ins Haus kommen. Wir schleichen uns die Treppe nach oben bis vor Danielas Wohnungstür.

Ich zück Bruckners Smartphone, hol mir Weinhausers Nummer aus dem Adressbuch und drück das Teil Zierl in die Hand.

»Du rufst genau in drei Minuten an, und jetzt hol deinen Minispion, damit wir in den Flur schauen können«, flüster ich ihm zu.

»Was?«

»Na los, mach schon, du weißt doch, wie das geht.«

Er hüpft die Treppen nach unten wie ein Junger und erscheint kurz darauf schnaufend mit seinem Spannerwerkzeug. Damit stellt er sich vor Danielas Tür und glotzt durch den Spion.

Ich halte die Luft an und lausche. Außer dem gedämpften Gedudel von Fernsehern garniert mit Balkanpop und Rapbeats ist nichts zu hören. Klassischer Treppenhaus-Soundtrack.

»Niemand zu sehen«, zischt der Alte.

Ich greif nach meinem Pick.

Geräuschlos fummel ich das Schloss auf und klopf Zierl auf den Oberschenkel. Er seufzt auf und trabt wieder nach unten. Seine Wohnungstür schließt sich leise.

Daniela und Weinhauser scheinen im Wohnzimmer zu sein. Ich höre den Fernseher blöken. Kriegsgeschrei. Die beiden glotzen wohl einen von Danielas Sandalen-Movies. Die Lautstärke kommt mir gelegen.

Ich schließ die Wohnungstür und schleich mich ins Bad. Dessen Tür lasse ich angelehnt. Es heißt warten. Zierl sollte jetzt anrufen. Wird's bald!

»Bist du bescheuert?«, hör ich Weinhauser brüllen. »Was soll der Scheiß? Wenn du mich reinlegen willst, ist das Weib tot und du auch! Wer bist du überhaupt?«

Wenn er mit oder ohne Daniela die Wohnung verlässt, um zu

Zierls Phantasie-Treffpunkt zu kommen, werde ich zuschlagen. Von hinten. Wenn ich Glück habe, wird er pinkeln gehen. Aber auf Glück will ich mich nicht verlassen, nur auf mich.

Ich höre Schritte auf dem Gang. Ich stell mir vor, wie er Daniela vor sich herschiebt. Falls sie gefesselt ist, muss er sie nun freilassen. Zu auffällig in der Öffentlichkeit, selbst nachts. Jetzt sind die Schritte an der Badtür vorbei.

»Los, los«, hör ich ihn knurren. »Beeil dich.«

Ich höre Daniela schluchzen.

Weinhauser wird ihr verklickert haben, dass ich tot bin. Freu dich auf die Auferstehung, Bulle.

Jemand öffnet die Wohnungstür. Hoffentlich Daniela. Checkt sie, dass das Schloss aufgehext wurde? Wohl kaum.

Jetzt oder nie!

Mit dem Schwert in der Hand drück ich die Badtür einen Spalt weit auf. Daniela ist im Hausgang. Weinhausers Rücken direkt vor mir. Seine rechte Hand ist in der Jackentasche. Pistole? Soll ich ihm das Schwert ins Kreuz rammen? Den Arm abhacken? Ich schau unschlüssig auf die Klinge. Abmetzeln ist nicht mein Ding. Ich lass das Schwert fallen, werf mich nach vorn und spring ihm in den Rücken. Er knallt gegen den Türrahmen. Bevor er die Hand aus der Tasche hat, umgreif ich ihn mit der Rechten und schlag ihm mit der anderen in die Nieren. Er geht auf die Knie.

Daniela springt auf uns zu.

»Samson!«, schreit sie.

Ich bekomm seinen Arm nicht richtig zu fassen. Der Kerl ist verdammt schwer.

Er wirft sich nach hinten und windet sich wie ein fetter Aal. »Du Sau«, keucht er.

Ich geb ihm eins mit dem Ellenbogen in die Visage, treffe aber nicht richtig, und er kontert mit einem Schlag in den Magen.

Daniela stürzt sich auf ihn und greift von hinten nach seiner Schulter. Er dreht sich blitzartig zur Seite, und mein Ellenbogen knallt der Frau ans Kinn. Volltreffer. Ich seh, wie sie umsinkt, bevor der Kerl mich zu Boden reißt. Wir rollen umklammert durch den Flur. Er versucht seinen Arm mit der Knarre freizukriegen.

Ich muss mit beiden Händen zupacken. Scheiße! Er verpasst mir eins mit dem Hinterkopf auf die Nase, und ich fliege rückwärts. Weinhauser kommt auf die Knie und reißt die Pistole heraus. Außer Reichweite. Das Schwein hat mich.

Keine Chance mehr. Ich sitz an der Wand und streck die Arme aus. Daniela ist k. o. Mir rinnt Blut aus der Nase.

»Soso«, keucht Weinhauser, »du bist also tot. Na schön, kannst du haben.«

Er baut sich breitbeinig vor mir auf und hält mir den Pistolenlauf unter das Kinn. Eindeutig zu hoch für die Weste.

»Sag mir nur eins: Wo ist die Skizze?«

Ich wisch mir Blut vom Mund und versuch, Luft zu bekommen.

»Die hat Bruckner abgegriffen«, sage ich.

»Was faselst du da?«

»Er ist damit abgehauen.«

»Und wer hat mich von seinem Handy angerufen und behauptet, ihr wärt tot?«

»Ich hatte nur den Job, hierherzufahren und dich fertigzumachen.«

»Du weißt nichts von einem Treffpunkt? Verarsch mich nicht. Ihr wolltet mich linken.«

Er zwinkert unablässig mit dem linken Auge. Scheint ein Tick zu sein, oder Nervosität. Er steigt nicht mehr durch bei der Geschichte.

»Okay«, sage ich. »Du hast die Knarre. Es gibt keinen Treffpunkt. Bruckner wollte, dass ich dich ausschalte, dafür hätte er bei Stani die Klappe gehalten über dessen tote Jungs. Er hat mich in der Hand. Er hat mir auch erzählt, dass du Pauli abgestochen hast. Du wärst ein Risiko. Mörder sind immer ein Risiko.«

»Was?« Seinen Tritt auf meinen Oberschenkel spür ich kaum. Der Schmerz muss sich hinten in der Reihe anstellen.

»Halt's Maul«, schreit er, »das konnte er gar nicht wissen! Warum erschieß ich dich nicht einfach?«

»Weil ich weiß, wo Bruckner mit der Skizze ist. Es war dämlich von dir, Pauli umzubringen.«

Wer sonst soll's gewesen sein? Bliebe nur noch Selbstentleibung oder Unfall beim Apfelschälen.

»Du hast ja null Ahnung, Mann. Pauli war selbst schuld. Wir wussten von Oleg, dass er das Ding im Hotel drehen wird, wir wussten aber nicht, wann. Also haben wir ihn abwechselnd observiert.«

»Und du hattest den Treffer.«

»Ja, er kam aus dem Raja, und ich war sicher, er hatte die Skizze. Man hat es ihm angesehen, vor mir konnte er das nicht verbergen. Spürsinn. Aber ich konnte nicht an ihn ran. Er war zu vorsichtig. Quer durch die Stadt ist er gegondelt, stundenlang. Ich verlier ihn aus den Augen …«

»… und findest ihn später wieder.«

»Weil er sich finden lassen wollte! Ich bin ihm nach und dachte, jetzt krieg ich meine Chance. Aber er hat mir zwischen den Bäumen aufgelauert, der Idiot. Es war Notwehr.«

»Es war Dummheit. Du wusstest nicht, wo er die Skizze gelassen hat, und hast Bruckner erzählt, dass Pauli dir irgendwo entwischt ist.«

»Und wenn schon – Ende mit dem Gequassel. Du sagst mir jetzt, wo Bruckner mit der Skizze ist, oder …«

»Wenn du mich abknallst, bleibst du dumm.«

»Scheiß drauf, ich glaub dir eh kein Wort. Ich weiß, du hast Bruckner fertiggemacht, und dein Komplize, der Anrufer, hat die Skizze.«

»So oder so. Lass uns verhandeln.«

Quatschen ist immer gut. Reden schafft Zeit. Wenn du am falschen Ende der Waffe sitzt, brauchst du die. Noch bin ich nicht gestorben, selbst wenn ich mich so fühle.

»Verhandeln?«, ätzt der Cop. »Besser, ich stech dir einfach ein Auge aus, dann rückst du schon mit der Wahrheit raus.«

Seine Hand fährt in die Jackentasche. Ich hör es klicken. Er beugt sich zu mir und drückt mir die Pistolenmündung an die Schläfe. In der anderen Hand hält er die Klinge. Ob er mit der Pauli erledigt hat? Die Spitze wandert vor meinen Augen hin und her.

»Rechts oder links, Samson?«

Ich starre zu ihm hoch. Schweige. Warte. Xenia ist erwacht.

Plötzlich werden seine Augen riesig, quellen aus den Höhlen. Sein Gesicht verzerrt sich zur schmerzhaften Grimasse. Er ächzt auf und sieht an sich herunter. Aus seinem Bauch ragt eine Schwertspitze. Pistole und Messer poltern zu Boden.

»Mitte«, sag ich.

Weinhauser sinkt auf die Knie.

Xenia nähert sich mit dem Mund seinem Ohr.

»Wie gefällt dir das, hä?«, sagt sie. Filmzitat. Die Rolle ist ihr auf den Leib geschneidert.

Der Bulle wendet sich mir zu und glotzt mich an. Er schüttelt den Kopf, als könne es nicht möglich sein. Letzter Irrtum. Seine Lippen ziehen sich in die Breite wie bei einem grinsenden Schimpansen.

»Die Schlampe hat uns beide ver…«, bringt er hervor. Er stöhnt auf.

Mit einem Schrei packt Xenia ihn mit der linken Hand bei der Kehle und treibt ihm das Schwert noch tiefer in den Wanst. Ihre Augen sind weit aufgerissen, sie keucht.

Blut spritzt mir entgegen. Weinhausers massiger Leib lässt mir keinen Raum, um hochzukommen. Ich kann nur die Arme ausstrecken, falls er über mich plumpst. Sein Gesicht ist dicht vor mir, sein verschleierter Blick geht durch mich hindurch.

Die Kriegerin tritt ihm in den Rücken, um das Schwert beidhändig herauszuziehen. Ihr Opfer kippt in Zeitlupe zur Seite und plumpst mit einem Geräusch zu Boden, als wär ein Sack Reis umgefallen. Kurz schüttelt es Weinhauser durch, seine Hände verkrampfen sich, er schnappt noch einmal gurgelnd nach Luft – dann ruht er still und starr.

Ich erheb mich, mach einen Schritt auf Daniela zu und nehm ihr die bluttriefende Waffe vorsichtig aus den Händen. Könnte sich ja wer schneiden.

Die Frau fällt mir um den Hals, klammert sich an mich. Ich spüre, wie ihr Körper bebt. »Ist er tot?«, fragt sie.

»Toter geht es kaum.«

»Er war so … Plötzlich musste ich … Ich hatte Angst«, stammelt sie. »Er wollte dich …«

»Hey, alles okay«, sag ich und streich ihr über den Kopf, obwohl nicht alles okay ist. Vorbei schon gar nicht. Im Gegenteil. Der Cop liegt nun mal aufgespießt im Flur, und klar, er wollte mich … was auch immer. Scheint sich zur Gesetzmäßigkeit zu entwickeln, dass Typen, die mir ans Leder wollen, aufgespießt werden. Grundsätzlich hätte ich da nichts gegen einzuwenden. »Don't mess up with Samson.« Aber eine Leiche ist eine Leiche. Die hat man ungern zu Hause. Du kannst sie ja nicht einfach in die Biotonne stopfen. Dazu sehen der Boden und ich aus, als wär ein Schwein gemetzgert worden. Der tote Waschbär kann uns teuer zu stehen kommen. Bitte zurückspulen, sag mir jemand, dass das nicht wahr sein kann!

Ich muss ins Bad. Daniela tapst mir nach. Ich stell mich ans Waschbecken.

Sie setzt sich auf den Klodeckel, stützt ihren Kopf auf die Hände und beobachtet mich. Den versauten Hoodie reiß ich mir vom Leib und halte meinen Kopf unter den kalten Wasserstrahl. Mindestens eine Minute. Endlich kann ich mich aus der Weste schälen.

Ich trockne mich ab und verschwinde nach draußen. Eine kreative Lösung muss her. Keine Zeit zu vertrödeln. Ich steig über den Toten und greif zu meinem Smartphone. Damit wank ich ins Wohnzimmer und werfe mich in einen Sessel. Kurz die Augen schließen. Die Dusche rauscht. Daniela wäscht sich Weinhauser vom Leib. Wo ist mein Fallschirm?

Stani geht sofort ran. »Was ist los, Alter?«

»Stani, ich hab ein fettes Problem. Hundert Kilo. Es ist dringend.«

Er sagt nicht viel, aber seine Jungs werden sich kümmern. Es wird ihm ein Fest sein. Weinhauser wird verschwinden, spurlos, als hätt es ihn nie gegeben, so viel ist sicher. Das bedeutet, ich werde in Stanis Schuld stehen, bis zum jüngsten Tag und darüber hinaus. Einen Cop bringst du nicht um, ohne die Rechnung vom Big Boss präsentiert zu bekommen. Und Stani wird es kostspielig für mich machen. Er ist der Puppenspieler, und ich komm in seine Marionettensammlung.

Als ich das Smartphone einschiebe, seh ich das Visitenkärtchen. Es ist eines mit bayrischem Polizeiemblem. Bruckner. Was macht das Ding auf dem Boden neben der Couch? Vielleicht hat Weinhauser es verloren. Vielleicht auch nicht …

Ich schleich mich in den Flur. Da liegt Danielas Smartphone auf dem Schuhschränkchen. Ich seh mir das Anrufprotokoll an. Ja, da taucht die Nummer auf. Zweimal. Einmal Anruf Bruckner, einmal Rückruf Daniela. Beides zeitlich knapp vor meinem Aufeinandertreffen mit dem Cop beim Piusplatz. Was wollte Weinhauser mir sagen, bevor meine Xenia ihn entleibt hat? Sie hat uns beide – was? Verarscht? Will ich es wirklich wissen? Ich leg das Smartphone zurück an seinen Platz, fläze mich in den Sessel und warte auf Stanis Roomservice.

Frisch geduscht und im Slip setzt sich Daniela zu mir. Sie legt ihren Kopf auf meine Schulter. Ich spüre feuchte Haare an meiner Wange und betrachte ihre Hände. Sie sind ruhig. Die schwarz lackierten Nägel harmonieren mit meinen Gedanken.

»Das war mega«, flüstert sie, »ich hab mir vorgestellt, ich bin Xenia. Er hat behauptet, du wärst tot.«

»Danach sah es aus. Wie geht's dir?«

Sie legt sich die Hände in den Nacken und streckt sich. Ich seh die Spur eines Lächelns. Wir sind beim Abspann.

»Nicht schlecht. Der Typ hat's verdient.«

»Solang es keine Gewohnheit wird.«

Die wenigsten Menschen bekommen, was sie verdienen, wenn nicht gerade eine Xenia den Lohn auszahlt. Weinhauser hat Pauli kaltgemacht und trachtete mir nach dem Augenlicht. Wer will, kann abfeiern, dass Paulis Tod gesühnt ist. Die Racheengelnummer perform ich nicht, ich mag es praktisch. Bei Licht betrachtet ist es perfekt, dass der Vogel den Löffel abgegeben hat, trotz der lästigen Begleitumstände. Weg ist weg.

Während Daniela sich ausgehfertig anzieht, befragt sie mich nach der Skizze.

Ich bleib maulfaul und ausweichend. Sie sei an einem sicheren

Ort. Alles safe. Nicht dass Xenia dem braven Zierl an den Kragen geht.

Allein auf dem Klo, rufe ich ihn an. Er freut sich wie Harry, dass die Sache gut ausgegangen ist. Ich will ihm nicht sagen, dass für Daniela wohl keine Gefahr bestanden hatte und ein Toter den Flur versaut. Dass Weinhauser geflüchtet wäre, frisst er, ohne nachzuhaken. Ich sag ihm, er könne beruhigt schlafen gehen. Den da Vinci lass ich heute Nacht besser in seiner Obhut. Da ist er perfekt aufgehoben. Zur Sicherheit geb ich dem Alten noch meine Adresse, für Notfälle. Ich nehm ihm das Versprechen ab, mit Taxi und Skizze sofort zu mir zu jagen, wenn ihm etwas komisch erschiene. Ansonsten würde ich morgen unseren Schatz holen kommen – falls ich bis dahin durchblicke.

Mir stellen sich Fragen. Die Verbindung zwischen Bruckner und Daniela steht ganz oben auf meiner Liste. Was zum Geier soll ich davon halten?

Stanis Jungs sind schweigsam und abgehärtet. Sie erscheinen zu viert, in weißen Klamotten samt einem Rollstuhl, und begutachten die Szenerie fachmännisch. Ich pack das Schwert, die Weste und unsere versaute Kleidung in eine Sporttasche, die ich mir über die Schulter werfe. Bleibt noch, den Jungs die Hausschlüssel in die Hand zu drücken, dann mach ich mich mit Daniela davon. Sicher hinterlassen sie die Bude geputzt, besenrein und gießen zusätzlich die Blumen.

Die Damen-Jogginghose zwickt im Schritt, doch das ist auszuhalten. Vom Aushalten weiß mein Körper genug. Darin hat er die Meisterprüfung abgelegt. Ich bin aktuell ein blauer Fleck mit Ohren.

Vor dem Haus parkt ein gefakter Krankenwagen.

Daniela stutzt beim Blick auf meinen Chrysler. Er sieht verbeult und verranzt aus, hat sich meiner Optik angeglichen. Der Innenraum ist nicht besser. Auf den Polstern haben Edgar und Jurek blutige Spuren hinterlassen.

Aus dem Kofferraum hole ich mir eine Rettungsdecke als Unterlage und verstaue die Tüte mit meinen Klamotten. Während

Weinhausers Leiche, sorgsam eingepackt, in den Krankenwagen gehoben wird, fahr ich los. Wir cruisen zu mir. Niemand verfolgt uns. Die Nacht ist ruhig und friedlich wie eine vollgefressene Python.

Eine Viertelstunde und eine ausgiebige Dusche später machen wir es uns auf der Bettcouch gemütlich. Ich hatte Zeit nachzudenken.

Daniela beugt sich zu mir, um mich zu küssen.

»Was hatte Bruckner, was ich nicht habe?«, frag ich sie und nehm einen tiefen Zug von meiner Zigarette.

Sie begreift sofort und springt auf. »Es ist nicht so –«

»Wie ich denke? Wie denk ich denn?«

»Na ja, dass ich dich gelinkt habe.«

»Du hast zweimal mit Bruckner telefoniert, und du hast Weinhauser gekillt, bevor er was ausplaudern konnte.«

»Nein, das stimmt nicht. Ich war durch den Wind.«

»Schwachsinn! Ich bin doch nicht verblödet.«

Ich schnell hoch und pack sie am Arm.

»Wegen dir hat mich Stani für immer an den Eiern! Du hast mich Bruckner ans Messer geliefert und die Geisel gespielt. Was hat er dir versprochen? Sag, wie hoch war dein Anteil?«

Ihre Augen füllen sich mit Wasser.

»Flenn jetzt bloß nicht rum!«

»Ich heul nicht!«, heult sie los. »Er … er hat mich angesprochen und gesagt, dass er dich leben lässt und diesem Stani nichts verrät wegen seinem Mann, den du mit dem Pfeil …«

»Oh what the … Halleluja! Darauf hast du dich eingelassen?«

»Ich wollte Bedenkzeit, aber ich hatte 'ne Scheißangst um dich.«

»Wohl eher Angst um die Skizze. Du hast ihn angerufen, einen Deal gemacht und mit Weinhauser Filme geglotzt, während ich dachte, der Kerl fällt über dich her. Wie viel haben sie dir dafür versprochen?«

Mehr als Schweigen und Kopfschütteln bekomme ich nicht zur Antwort. Daniela vergräbt ihren Kopf zwischen den angezogenen Knien.

Ich patsch mir an die Stirn. Funktioniert da oben noch alles? Ich zerr meinen Hoodie aus der Tasche und bohr meinen Zeigefinger durch das Einschussloch.

»Das da war dein reizender Bruckner mit einer verdammten Fünfundvierziger! Schau genau hin. Darunter war mein Herz. Oh, ich könnte dich eiskalt umbringen! Waaah!«

Vor dem nächsten Gedanken wende ich mich ab. Ein Blitz zuckt mir durchs Hirn. In meiner Faust rührt sich Eigenleben, und sie drischt gegen die Wand. Verdammt! Den Schmerz spür ich kaum. Ich ahne, das wird kommen. Gut möglich, dass ich mir einen Fingerknöchel geknickt habe, aber es war unvermeidlich.

Ich bring die Frau nicht um, noch nicht, lieber leg ich meine Arme um sie. Mit etwas Pech hätte mir Weinhauser den Schädel weggepustet oder die Augenhöhlen geleert. Das muss echt Liebe sein, denk ich mir, als ich ihre Tränen wegküsse. Sie schluchzt weiter, bis wir gemeinsam auf die Couch fallen.

ZWEIUNDZWANZIG

Der Morgen kommt zu früh. Ich muss Grauen pur geträumt haben, jedenfalls wundere ich mich nach dem Augenaufschlagen, meine Zimmerdecke und keinen Sargdeckel zu sehen. Ist doch was, zum Tagesanfang. Daniela lass ich weiterschlafen und greif mir mein Smartphone.

Vollgestopft mit Nachrichten, das Teil.

Seba schickt mir ein Fragezeichen und Stani ein »Okay«.

Beide Meister der Kommunikation. Bei Thyla hat es wenigstens zum Satz gereicht. »Bis nächstes Mal. See you, Sugar.« Ich schätze, Leo König wird sie mir in Rechnung stellen.

Was an mir nicht schmerzt, will schlafen. Dabei bin ich nach einer heftigen Versöhnungsnummer mit Daniela direkt ins Koma gefallen. Ich muss Lothar die Leuchtpistole zurückbringen und mir den da Vinci von Zierl holen. Ich bin zu kaputt, um mich reich zu fühlen. Da wäre noch Stanis Preis fürs Großreinemachen.

Bei meiner Wohnungstür liegt ein blaues Kuvert auf dem Boden. Jemand muss es unten durchgeschoben haben. Ich geh wacklig in die Knie, schnapp es mir und reiß es auf. Bestimmt waren wir zu laut gewesen für Hattler.

Ich komm bis zur Überschrift. Es zieht mir die Beine weg, ich plumps in meinen Sessel.

Ein Brief von Zierl! Bestimmt selbst ausgeliefert, gelernt ist gelernt.

Sehr geehrter Samson,
heute, frühmorgens, bin ich nach Italien aufgebrochen. Wie und in welche Stadt, werde ich nicht verraten. Der heilige Sebastian hat mich begleitet. Ich habe Absprache mit einem Museum getroffen, dem ich die Zeichnung am Mittag übergebe. Eine Schenkung. Seien Sie mir bitte nicht böse, aber für dieses Kunstwerk darf es keinen anderen Platz

geben. Ich weiß, Sie hätten mir meinen Anteil ausgezahlt, jedoch wäre ich mit Diebstahl nicht glücklich geworden. Die Schönheit und Einzigartigkeit von da Vincis Werk muss jeder betrachten können. Und immer, wenn wir dieses Werk in Zukunft vor Augen haben, sollten wir es in Gedenken an Rosi und Pauli tun.
Hochachtungsvoll
W. Zierl

Es ist elf vorbei! Die Nummer ist durch. Falls ich dieses Werk in Zukunft vor Augen haben muss, werde ich sie mir mit dem Samuraischwert ausstechen. Daniela hätte Weinhauser nicht stören sollen.

Es überfällt mich ohne Vorwarnung. Erst muss ich schmunzeln, dann lach ich laut, ich kann mich gar nicht mehr einkriegen.

Daniela reckt ihr Köpfchen aus der Bettwäsche.

»Was is los?«, murmelt sie und reibt sich die Augen. Eine ihrer Brüste spitzt vorwitzig unter der Decke hervor.

Ich hol ein Piece aus der Socke und mach mir mein Birnenholzpfeifchen zurecht. Zurück zu unkomplizierten Angelegenheiten.

Aus Zierls Brief bastel ich einen Papierflieger und lass ihn zu Daniela segeln. Er landet neben ihr auf dem Kopfkissen.

»Was los ist, Xenia?«, sag ich und zieh vom Pfeifchen. »Wir sind lebendig!«

DREIUNDZWANZIG

Das Tanzprogramm im Miez ist gewagt. Ein Muskelprotz mit Lendenschurz und Schwert stemmt eine nackte langhaarige Blondine und wirbelt sie herum. Sie gibt alles und streichelt, was sie von seinem Body ertasten kann.

»Das Schwert ist aus Gummi. Den Kerl könnte ich ruckzuck fertigmachen«, meint Edgar, der neben mir sitzt. Bedächtig nippt er vom Bier. »Einhändig!« Sein Schädel ist bandagiert, und sein rechter Arm steckt in einer Schlaufe. Neben ihm lehnen Krücken mit Totenkopfaufklebern. Seine Maus tätschelt ihm beruhigend den Bizeps.

»Samson und Delilah«, gurrt mir die neue Geschäftsführerin ins Ohr. »Gefällt es dir?«

»Xenia wäre mir lieber«, sag ich und leg Daniela den Arm um die Hüfte. »Aber die Choreografie hat was.«

»Danke.« Sie greift mir grinsend in den Nacken, und ihre Lippen fordern meine zum Infight.

Zu Grace Jones' »Slave to the Rhythm« gehen die beiden auf der Bühne in die Horizontale und geben Vollgas. Solange sie ihm nicht die Haare schneidet …

»Bumsvoll, jeden Tag«, bemerkt ein Stani in Höchstform. »Ich wusste, dass deine Daniela es draufhat.«

Er stellt sich neben mir auf und dreht sich um die eigene Achse. Auf einer Polsterbank hinter mir gibt Seba bei Anna-Christin, meiner Schneekönigin, den Charmeur. Sie scheint nicht abgeneigt. Omar sitzt bei ihnen, und ich kann erlauschen, wie er einer zu Tränen gerührten Rotmähnigen von seiner überfahrenen Ehefrau erzählt. Welch ein Drama, zwei Tage nach der Hochzeit. Alles, wie es sein sollte, Partytime.

Ich lehne mich zurück, schlürfe vom Mai Tai, schnapp mir eine Handvoll Erdnüsse und genieße die Show. Wie antwortet Doc Holliday im Film »Tombstone«, als Wyatt Earp vom normalen Leben faselt? »Es gibt kein normales Leben, es gibt nur Leben.«

Später, als ich pinkeln muss, kommt der Big Boss mir nach. Wir strullen Seite an Seite. Ich stumm, er rülpst und ächzt auf.

»Ach, Samson«, sagt Stani und nestelt am Reißverschluss seiner Hose. »Ich hab mitbekommen, ein verficktes Museum in Florenz hat 'ne neu entdeckte Da-Vinci-Skizze geschenkt bekommen. Das Martyrium des heiligen Sebastian.«

Ich knöpf mir die Jeans zu, dreh mich zu ihm und schau ihm ins Gesicht.

»Klar, den Sebastian hab ich ihnen geschenkt, einfach so«, sag ich.

Er klopft mir auf die Schulter, und wir lachen beide über den prächtigen Witz.

»Weißt du«, meint er beim Händewaschen, »ein Jammer, dass die Skizze abgefackelt ist. Bei dir hängt nicht zufällig noch ein da Vinci rum, oder?«

»Bin ich lebensmüde?«

Der Big Boss patscht mir fröhlich seine feuchte Pranke auf die Schulter. Dafür schenke ich ihm ein Premiumgrinsen. Ich lass es in der Visage hängen, wie ich in seiner Begleitung wieder auf die anderen zuschlendere.

Als Daniela mich sieht, winkt sie mir strahlend zu. Mein Blick bleibt an ihr kleben wie 'ne Stubenfliege im Honig. Fühlt sich ganz passabel an, mit niemandem tauschen zu wollen.